秋元貞雄
Akimoto Sadao
作品集

落日の罪

――青春の苦悩と叛骨――

現代出版社

秋元貞雄作品集　落日の罪／目次

第一章　小説作品　5

運命　6
落日の罪　23
ある青春　43
遠くの花火　58
悲しき慕情　71
醜女との関係　104
恋情　118
自惚れ成佛　122

第二章　エッセイ　125

文学と映画　126
序章／文芸映画に就いて／文芸的作品の穴／日本映画の芸術性／怒声／観劇の後で
日記　一九五二　132
日記　一九五六　134
日記　一九五七　141

第三章　平凡が良し　149
往時茫々　150
わが内に揺れやまざる満洲　152
〈参考資料〉秋元貞雄インタビュー記事　158
健康に暮らすための道標として始めた店「現代」
へるしー・らいふ　160
自然食品ってなに／化学調味料ってなに／玄米食ってなに／現代病ってなに
一本の杖　166
かえり船　172
室生犀星　178
上林暁　179

秋元貞雄略年譜　182

戦後の焦燥を背負って　北大路翼　190
解説　王道も楽土もない時代を生きる　池田康　194
「秋元貞雄作品集」刊行について　「女房慕何《ばか》」の記　秋元千恵子　201

付録　晩年の周辺　205
詩歌の環境28〜33（ぱにあ１０３〜１０８）
短歌作品（二〇一八〜二〇二〇年）
写真で辿る叛骨の生涯　225

〈画像説明〉

扉の船のシルエットは、秋元貞雄が終戦後大陸から引き揚げたときの引揚船の海王丸。

巻末カラーページの章「写真で辿る叛骨の生涯」の扉の画像は、上は満鉄のあじあ号、下は満鉄の駅のスタンプ。

第一章　小説作品

高校・大学時代である、一九五〇年代に書かれた小説作品を収める。漢字は新字体に、仮名遣いは歴史的仮名遣いに統一した。

運命

UNMEI

—宿命とは個々の生命の場合に準じて、意志の方向を指示する所の、現象学的の公式に過ぎないのである—

—絶望の逃走—

宿命がかくも簡単に公式づけられるのならば、この世の中に生を授けられた瞬間、運命のプロットについて今少しはつきりと暗示する事は出来ないものだろうか。

私はたつた一人の姉を無慈悲な運命の波にさらはれてしまつた。そこで私は姉の悲しい哀れな姿を心の塑像として、断片的な記憶を綴り、忘れ難い幻影《まぼろし》の姿を少しでもより新しくしたいと念願するところから、この物語を記さう。

私は冒頭から姉の半生が運命によつて決定されたと断言してゐる、何故なら、身も心も美しかつた姉が悲惨な最後を遂げたといふ事は運命の悪戯であるとしか思へないのである。

姉は幼ないころから勝気で一面非常に優しい性質の持ち主だつた。長ずるにつれてしとやかで相当世間体もわきまへ、母のよい相談役だつた。

亦私は姉が美しかつた事が誇りでもあつたし特にその黒い目は印象的だつた。

この物語が始まるのは終戦当時の満洲を背景にしてゐる。

（一）

四月の夜、といつても大陸の気候は骨の髄までも凍る様な寒さである。私と姉はかん〳〵に凍つてトンネルでも潜つた様に靴の音を反響させるアスファルトの道路を歩いて行つた。

前方に鉄条網が見えると思つた途端

「誰也《セイヤ》」（誰か）、

私と姉は頰でも引張たかれた様なかん高い武装した国府軍の誰何を浴びた。

殆ど震ひのついた声で私は白い息をはきながら「日本人《リーベンレン》」と答へた。

「去罷《チュイバ》」（行け）。

邪慳な声におびえながらも私達はそゝくさとその前を通り過ぎた。中共軍の接近によつて国府軍の警備は水をもらさぬものとなつて来た。牧山病院へ姉がゆくのを無理に連れていつて貰つた帰り途の事である。姉は病院を出た時から一言も云はず物思ひに沈みながら歩いてゐる。今思ひ起すとこの時身体について重大な宣告を受けたのであらう。

私は姉の外套のポケットに片方の手を入れて一方の手で先刻病院前のランタンの灯火で一輪車の台に山と積んだ南京豆売りから豆を買つてもらつてポリポリ食べながら姉にひかれて来た。家までの道程はまだ可成あつた。

月の光りが白いのであたりが一層寒々としてゐた。半月が鋭どく中空を切り裂く様に尖つてゐる。やがて私達は高いポプラの並木路にさしかかつた。冬は、もう、一枚の葉も残さずポプラの樹を真裸にしてゐた。とがつたほそい枝々の間より白い光りが行く手のアスファルトを仄めかしてゐる。

凍りついてしまひさうな夜気を払ひのけながらやつと我家に帰りついた。

家へ入ると母がおろ〳〵と玄関へ出て来た。

「どうしたんですよ、こんなに遅くまで出歩くとどんな目に会ふかも知れないのに。何もなかつたかい。」

泣き出しさうに云つた。

「済みません、旧市街の牧山病院まで行つたものだからおそくなつてしまつたの。」

私は遅くなつた責任を姉一人に負せて暖房《スチーム》の傍にかけよつた。外と内とでは地獄と天国の様な違いで各室についてゐる二つのスチームが暖かく骨も肉もかち〳〵にかじかんでゐるのをほぐしてくれる。

私はそのまま寝てしまつた。その夜の様子は常とは違つた重苦しいものだつた。

× × × ×

国府軍と中共軍の折衝が始まると日本人の内地帰還は急を要して来た。そして留用（専門的知識や技術をもつ人間を帰国させず留めおき用いる行政処置）を解除された人々は続々帰国したが中国高官は重要な日本人技術者は留用を解除しなかつた。

私の父も満洲日日新聞社編集課長の要職を追ひ落されはしたものの、新しく設立された東北導報社の編集を務める様になつてから、解除される見通しはつかなくなつてしまつた。

姉も終戦直前、市の某機械工場の製図作成に動員された儘、そこに居残つた。慣れない仕事は遂に前日病院で宣告された腎臓結核を背負ひこませたのである。その頃はまだ病状も甚だ軽の疲労を覚える程度だつた。落着いて治療すれば十分回復の余地はあつた筈だ。

しかし姉にとりついた運命は冷酷だつた。

春季攻勢の中共軍は意外に手強く国府軍を圧迫していつた。幸ひこの町では国府軍が武器弾薬、食糧一切を中共軍に提供して撤退する表明を出した為、砲弾の雨を蒙らずして平穏裏に接収された。爾来、二ヶ月の間は重苦るしい落着かない日々だつた、―中共兵士の乱行、中国人労働者の各所に於ける暴動―聞くも無惨な事件が続出した。日本人はこれ等を耐へ忍んだ。亦忍ばねばならなかつたのである。平和な町は、デカダンスとアニマリズムの巷と化しつつあつたが、自然はこの様なスラッガーをいつまでも放任して置かなかつた。

五月の中旬になつて、茫々たる蒙古高原を越えて黄塵が吹きすさんだ。国府軍は雲霞の如く北上した。同胞が相闘ふといふ三千年来の宿命から彼等は未だ離脱出来ないのである、私は三日間も続いた暴風の猛威と、国府軍の活躍を、今もあり〳〵と記憶してゐる。

私は二階の今にも打砕かれさうなガラス窓から荒れ狂ふ荒天の黄塵を唖然として眺めたのである。中共軍は逃げ去り暴風は去つた。夏空がくつきりと青い腹をみせ、男性的な夏雲が姿を現わす。陰惨な、絶望的な生活を続けて来た人達の心に、このむく〳〵と湧き上つて来る白い雲は一種の感動を与へた。町は平穏をとりかへした。

（二）

近頃の姉はだん〳〵活気がなく何をしても物憂気であつた。私にとつては限りなく淋しい現象だつた。生来美しい姉が白ロウの様な病的美しさを増して来た。朝夕の通勤も洋車《ヤンチョー》（人力車）を利用した。父や母が会社を休む様無理に云ひ附けた頃はもう午後からは三十八度の熱が出て来る様になつてゐた。たうとう姉も我を折つて今の製図が完成してから休む事に決めてゐた。

その日の夕暮時、夕食後私は家の塀によりかかつて、夕焼けを目をほそくして眺めてゐた。私の家は高台にあつた為展望がきいてはるか向うに見える競馬場が地平線になつてゐた。

満洲大陸の夕焼けは情熱的である。

私はふと皮靴の音が間近に聞こえたのに振り返つた。二人の中国青年がにこ〳〵笑つて私に近かづいて来た。一人は銀ぶち眼鏡をかけてインテリらしく見える。清潔な白のカッターシャツに折目のついたブルーのズボンで背広の上衣を腕に掛けてゐた。もう一人は青い縞のシャツでやはりブルーのズボンだつた。縞のシャツの方が私に稍々明瞭な日本語で尋ねた。

「老太太《ロオタイタイ》（お母さん）いらつしやいますか」

私は家へ入つて母に来客を告げた。

母と玄関で話してゐるのを聞くと、銀ぶち眼鏡の人は姉の勤めてゐる工場の接収員で今度華南の方から接収委員の委員長として派遣された者である事、事情もよく知らないし、日本語を教はりたい事、美しい姉と交際出来れば光栄である、といつた事を巧みな日本語で話した。縞のシャツの方は通訳としてついて来たものらしい。丁度姉は不在だつたし母は即答に困つて、その旨を娘に伝へておくといつて一度帰つて貰つた。

その夜、母と姉は終戦後の中国人の進出や日本人の腐敗堕落した事等を今更の様に話し合つた。中でも中国人高官が日本人の娘を欲してゐるといふ事が大きな話題だつた。脂肪に頬も腹もたるむ位肥つた大人、高官の尊大ぶつて油ぎつた顔をてか〳〵させている連中、この人達が日本娘を秘書にしたり妾にしたりした。そしてその結果は腹が大きくなると、これ等の娘は親元へいくらかの金品と一緒に送りかへされるのが普通だつた。亦日本人を自分のものにしたり使つたりする事が中国高官の間に於ては自慢の種でもあり、流行してゐる位だつた。これは中国人の単なるサディズムではなく日本人に対する鬼火の様に燃える復讐心だつたのである。

姉はこの様な不幸な例が多くあるのに異国人とたゞ交際して汚らしい噂をたてられるのが嫌だといつた。私は先刻の青年と肥満しきつた大人と比べて決してアモーラスな人ではない様な気がしてゐた。あのにこ〳〵とした銀ぶちの奥の細い優しい目、柔らかな物腰、態度も他の中国人の様にどこでもつばを吐く事もせず極く教養のある紳士だと思つた。

それから二、三日白さんと張さんは同じ時刻頃毎日やつて来た。その態度は慇懃で礼を失していない。話の内容にも執拗さはなかつた。母はその誠実さに困惑した。交際を認めなければこちらが失礼になつて来たのである。彼等が帰つて姉は会社で白さんから散歩や昼食を誘はれたがそれを全部断つたにかかはらず彼の態度がどこまでも紳士的である事を話した。

翌日母は姉が病気である事を話すと、ひどく心を痛めた様子であつたが少しでも援助して、一日も早く回復出来る様努力しようとまで張さんの口を通じて申し入れた。母はそれ以上断る事も出来ず承諾した。それから数時間して白さんの宿泊してゐるホテルのボーイが市立病院の一等室を姉の為指定する手筈をとつて来た事を報せた。母と姉は顔を見合はせたが、私は銀ぶちの白さんに心からの御礼を云つたのだつた。

（三）

あしたの朝入院する様決定した晩、家の中はその準備に父と母は忙しく動いてゐた。私も姉がゐなくなると淋しくて堪らなくなる事を意識しながら姉の姿を求めた。姉はヴェランダに安楽椅子を持ち出して降る様な星空を仰いでゐた。私も傍らへいつて細い肩に手をおいて空を仰いだ。

月のない星空は実に美しくぬれて光つてゐる。

「茂美ちゃん早く日本へ帰へりたいでせう」

詫びる様な姉の声にはつとして
「勿論……、いや帰りたくないさ、第一日本へ行つた事がないんだから、あんなせまい所へ帰つたつて……」

私は全く心と正反対の言葉を発してゐた。実際此頃は、中共軍が遠のいて再び内地帰還が始まり私の通つてゐた中学校も空席の方が多くなつてゐた。

そして私はまだ一度も見た事のない故国ではあつたが焦がれる様なノスタルヂヤを感じてゐたのである。

「私本当に茂美ちゃんやお父さんお母さんに今迄何をして上げたかしら……。何もして上げられなかつたわ。今になつて皆にこんな迷惑をかけると思ふとたまらなく悲しくなるのよ」

「………」

「それから白さんが親切にして呉れるのが心苦しくて、いくら一等室へ入れて貰つても気兼で病気もよくならない気がするわ」

「姉ちやんそんな考えはよくないよ、白さんは絶対アモーリストではない本当に姉ちやんと朋友《ポンユウ》になりたいんだ。さつぱりと気持を受け入れた方がいいんだがなあー」

「僕は最初白さんを見た時から好感が持てる紳士的な態度には尊敬してゐるし姉ちやんが病気だから余計友達になつた方が心強いよ。」

私は生意気な口をきいてまで躍起となつて白さんを賞讃した。

「病気の姉ちやんが僕達の事を考へないでも、姉ちやんさへよくなつたらよいのだから」

「そうね茂美ちゃんの為にも早く癒らないとね。」

姉は消え入る様に微笑《ほほえ》んだ。

「いつまでも外にゐると身体に悪いから室に入ろう。この前姉ちゃんがやるといつてゐた万年筆を出しておくれよ。」

私はかう云つてヴェランダの戸口をあけて中へ入つていつた。その時暗闇の中へ溶け込んでいつた姉のか細い声を背後に聞いたのだつた。

「神様!! 苦るしい時の神頼みでは有りません、私はどの様になりませうとも父・母・弟を無事にお守り下さい……。」

翌朝、ホテルより廻されたタクシーに最近では珍らしい日本人の客を乗せて病院へと疾走していつた。それは勿論母と姉だつた。

到頭行くべき所へ行つてしまつたのであるが私にはとても〳〵淋しいやる瀬ない気持だつた。しかし姉の立場の苦るしさを考へると砂塵を巻いてゆくタクシーの後を追つていつて
「しつかりしてね。」

と大声で激励してやりたい衝動にかられるのであつた。

× × ×

私は学校がひけて病院へ行つた。(この頃は学校の帰りに病院へ行く様になつてゐた)。

姉は入院して以来すつかり病人になり切つてゐた。体温計は三十八・九度を上下するのみである。

「姉ちゃんもつと元気を出しなさいよ」

といふと首だけにつこり頷いて

「元気を出さうと思つても身体が受け付けて呉れないの、身体中の五臓六腑をつかみ出してやりたいわ。」
熱がありながら姉らしい気象を表してゐたが、その反面
「情けないと思ひながら布団にくるまつてゐるといひ知れぬ淋しさを感じるのよ。茂美ちやんをしつかり抱きしめてゐたい位淋しいわ。」
かう云つてぽろ〳〵と涙をこぼすのであつた。私は最初に云つたなじる様な言葉を後悔しながら熱い姉の手を握りしめた。
この様な絶望的な雰囲気を明かるくしてくれるのは白さんだつた。この頃ではお供の張さんは連れずに一人でやつて来た。此の日も大きな果物籠に一杯果物の入つたのを提げてにこ〳〵と入つて来た。終戦後私達にとつて新鮮な果実は甚だ得難かつた。
「您病好不好《ニイピンハオプーハオ》」(病気はいかがですか)
白い半袖のシャツに白ズボン、青の運動靴の白さんの服装は彼の気質をそのまま出した様な清潔さで、彼が来ると私達迄がほつとして救はれた様な気持がした。母や私と握手して
「梨《リー》・桃兒《タアオル》・葡萄《プウタアオ》・桜桃《イエンタアオ》・苹果《ピングウオ》(林檎)甚麼甚麼有《ショマショマユウ》」
といつて一つ一つ姉の枕元に並べた。それはいかにも中国人らしい親切だつた。
「您要吃甚麼《ニイヤオチショマ》」(貴女は何が上りたいですか)
あつけにとられて見てゐる姉の顔を優しく覗き込んでさう尋ねてゐる白さんの顔は情愛に満ち〳〵て居た。母が差し出す椅子に腰掛けて
「請大夫了麼《チンダイフラマ》」(お医者さんは来ましたか)

「没《メイ》吃《チ》薬《ヤアオ》麼《マ》」（お薬は上りましたか）

とか聞いてつく〴〵と姉の顔を見詰めるのであつた。

しかし姉としてはまだ白さんに大金を使はせたり世話をかけたりする事は、心苦るしい責任を負はせられる様な気持がするといつた女らしい考へだつた。だから白さんに対する態度も礼は失してゐないが自然何か白々しいものがあつた。

私はこんな態度が見受けられると白さんに大変済まない気がしてそれとなく姉を非難するのでした。一方白さんは私達のつまらぬ思惑等は全然気にしてゐない風だつた。

この様に白さんは自分の事務が終った時、休日の時は姉を見舞つた、そして姉の憂鬱をほの〴〵とした愛情と無爹を慰める品々とでいくらかでも忘れさせようと努力してゐた。

話をしてゐても姉の容態に気を配り枕元では好きな煙草を決して吸はなかつた。ニコチンで黄色くなつた指を手持不沙汰にしてゐる恰好は本当に気の毒だつた。私が

「您《ニイ》吃《チ》煙《イエン》罷《バ》」（煙草を上つて下さい）

とすゝめても

「我《ウオ》不《プ》要《ヤオ》吃《チ》煙《チエン》」（煙草は要りません）

と笑つて手を振るだけであつた。

（四）

白さんの愛情は姉の心のわだかまりを溶かして行つたやうである。中国人によくある打算的行動、権謀術策等とははるかに隔りのある暖い愛情だつた。

女学校時代の同窓生、会社の同僚は殆ど全部引揚げ病院へ訪れる人も大陸の雨の様に少なくなつた。夏の、おまけに雨の少ない乾燥期の病人程苦るしさうで哀れなものはない。姉もその一人だつた。この時の一日は姉にとつてはおそらく長い長い苦るしみの連続だつただろう。この苦るしみと無寥をいたはるのも白さんの親味溢れる愛情だつた。

彼は、手真似と、筆談でよく彼の故郷の話をして聞かせた。揚子江中流にある四川省の廷安が彼の故郷だつた。茫々たる揚子江の流れ、微風にそよぐ楊柳。住民のこころあたりの中国人とはまるで国柄が違ふ位善良質朴である事等だつた。

話の合間合間に彼が

「明白《ミンパイ》不明白《プミンパイ》」（お判りになりますか）

と首をかしげたりした。身振りがお可笑といつて姉は涙を浮かべて喜ぶのであつた。白さんも自分の意志が通じた事を知つて何度も頷きながらハンカチで姉の涙をそつとふいてやるのだつた。

白さんは姉の身体がひどく衰弱してゐるのに胸を痛め、ミルクと鶏卵を多く摂取する様すすめた。しかし、姉の様に高熱を持つてゐる者の身体はこの高価な蛋白質をきらつた。脂肪の臭ひにむかつきながらも姉は白さんの前で少しづつ飲んでゐた。白さんは空になつたコップを指して、これだけ今日も養分がついたといつて満足するのだつた。

或る時、遂にたまらなくなつた姉は白さんがちよつと外へ出た時に

「茂美ちやん、これだけ飲んで、お願ひ。」

たまりかねた姉の語勢に私は否む事も出来ず半分以上残つてゐたミルクを飲んでしまつた。姉はほつとした様に

「白さんがあれだけ心配して呉れるのに、こんな悪い事をしては卑怯だけど茂美ちゃん判つてくれるでせう。」

私は大きく頷いた。姉は白さんが姉を愛してゐると同じ位彼を愛してゐるといふ事も判つたのである。

「姉ちやん気分がよい時にはなるべく飲む様にするといいよ。」

と云ふとにつこり笑ふのだつた。

外から帰つて来た白さんはその日も空のコップを手にして満足してゐた。

× × × ×

姉の病状はどんなによい薬やよい注射を打つても恢復の色を見せないばかりか増々悪化していつた。亦衰弱も激しく医師と両親の間では、侵されてゐる片方の腎臓を摘出しなければいけない、といふ最後的手段が相談される程になつて来た。父や母は、娘が患部より出る熱の為に苦しみ抜いてゐる事をこれ以上見るに忍びないが、一人娘を片輪にされる事もこれにまして耐へられるものではなかつた。そして私達の大きな宿題である帰国を目前にしてゐては、何事もスピーディな決断を必要としてゐた。父や母の悩みはこの上もなく大きかつた。白髪が増しやつれてゆく両親を私はどう慰め様もなかつたのである。

母等は見知らぬ人に

「娘さんはいかがですか。」

と問はれるだけで訳もなくぽろ〳〵と涙を流すのだつた。両親はとう〳〵この事情を姉に話して患部摘出の決心を促した。病人の心理はデリケートなものでこの話をする前から全てを察してゐた。

「美智枝、こんなに衰弱してしまつてさぞ苦るしいだろうね」

母は姉の細い腕をさすりながらかう切り出した。

「熱が下らないものねえ、衰弱するのも仕様がないけど。藤本先生が仰言るには悪い方の腎臓を切り取つたらよいさうだよ。」

母の精一杯の勇気だつたが語尾がふるえてゐた。

「なあに順調にいけば秋頃までには癒るだろう。今度は私も手強く頼んで帰国出来る様にするからな」

「内地の気候だつたらきつと健康も回復して来るさ。」

父も力強くかう言つて姉を激励した。

姉は両手で顔を覆ひ、懸命に詫びるのだつた。

「済みません。私はもう決心してゐるのよ。午後になれば四十度も上るんだもの、早く除けるものは除けて了はねば駄目なのね。」

細い指の間から熱い涙が溢れ出て来る。父や母も一様に今更痛ましい娘の姿をみつめる他はなかつた。

（五）

藤本医師の紹介で外科医富岡医師が手術を執行する事に決定した。そしてどちらの腎臓が悪いのか検査が始まつた。注入薬の反応、膀胱鏡での検査とこの一週間姉はまるで地獄の責苦の様な苦るしみと激痛にさいなまされた。まして愛娘の傍に始終立会つた母の苦悩は、身体を一寸きざみにされる程辛かつたであらう。一週間の間に母の顔も苦悩にゆがみ、枯木のように痩細つていつた。

姉は自分より以上母も苦るしい事はよく知つてゐて少しでも母を安心させなければ、と悲壮な覚悟で超人的な忍耐を続けたのだつた。私は可憐な姉に与へられた宿命が余りにも大きく、残酷である事を呪はずにはいられなかつたのである。

検査の結果は右腎がその機能を発揮出来ない程結核菌の為に侵されてゐた。手術は八月二十三日孔子祭の日と決定した。

どこから聞いて来たのか堀田といふ婦人が姉を見舞つた。全然知らない人だつたが日本人が少なくなると皆親類の様に親密になり、お互いに助け合ふ様になつてゐた。彼女もやはり腎臓結核を患ひ、五年前に左腎を摘出したと云ふのだ。おまけに手術をして二年目に子供まで出来たと云ふのである。成程彼女は一人の可成丈夫さうな子供を連れてゐた。

私達にとつてはこれ程大きな朗報は他になかつた。母は躍起になつて順調にいつたその経路を根ほり葉ほり聞いた。姉の深刻な顔にも一抹の生色が漂つてゐた。しかし堀田夫人の話は条件が良過ぎたのだ。環境もよく、物資もすぐ手に入り、早期治療だつたのが健康を齎らしたのだ。即ち運が良いのである。それに比べて姉のはすべてその逆なのだ。運命が皮肉な表情を露出してゐる。こう考へると決して楽観は許されなかつた。しかし私達は一つの活路を開き得た心持だつた。

刻一刻と迫る宿命の刃《やいば》はそつと脇腹に手を当てて云ひ知れぬ感情を抱いてゐる姉に迫つて来た。大きな溜息に不安をはらみつつ疲労しきつた姉の身体はこはばつてゐた。

「これで私もやつと茂美ちやん位元気になれるわね。」

無理に作つた姉の笑顔は観念の眼を閉ぢた表情に淋しく映つた。

やがて寝台車に乗せられた姉は二人の看護婦に附き添れ、長い暗い廊下を手術室へと連れて行かれた。母と私は戸口にたゝずんで後姿に合掌し姉の無事を祈るのでした。

それからの二時間私達にとつては永い〳〵空虚な時間だつた。母と私は遠く離れてゐる手術室から姉の苦痛の呻きを聞き取るかの様に沈黙を守つた。父や白さんもやつて来てこの沈黙に加わつた。私達が早く時が経過して呉れる様祈つたのが天に通じてやつと無事に手術は済み寝台車は静々と空虚な室の中へ帰つて来た。

私達は等しく足音忍ばせて寝台車に近寄り姉を覗き込んだ。麻酔薬の効目で姉は死んだ様に眠つてゐた。時々眼元と口辺が痛さうに痙攣する。血液を傷口に溜ない様に枕をはづし頭部をずつと低くしてゐる。白い額はべつとりと脂汗がにじんでゐるが、私はそれを優しくふいてやる事も出来ない。

× × × ×

手術後の姉の熱は依然下らなかつた。医師も私達もそれが創口の化膿から出る熱だと思つてゐた。結核性の創はなか〳〵ふさがらないもので、二週間を経過したにも拘はらず創口の一帯は蝕ばまれてゐた。

私が家へ帰らうとしてゐた時、医師と看護婦が傷の治療の為回診にやつて来た。私は外へ出ようと思つたがこの場の行き掛りから出られなくなり母に眼で合図して残る事にした。看護婦は姉の肩から寝間着を脱せた。乳房は平つたくみじめに痩細つてゐた。繃帯が段々とかれ姉は俯向きになつた。

見まい〳〵と宙を彷徨つてゐた私の眼は凄惨なあの恐るべき傷口を見て電気にはじかれた様な衝撃に遇つた。何たる無惨、何たる残酷な宿命の烙印。一通りや二通りでない姉への愛着に対して現実はむごたらしい傷を見せつけたのだ。あれだけ白かつた肌はすつかり黄ばんで、脇腹から斜めに長さ十糎、巾三糎程の真赤な傷口が毒々しい迄嘲笑的に、不自然に掘り返された墓穴の様な口をあいてゐる。私は釘付けになつた眼をやつとの事でそらし慄然と戦慄《おのの》く体を圧へつけた。私は姉の宿命の結末があの様に残酷な烙印である事を、憤怒をもつて呪つた。私は病院の庭を呻きながらかけずり廻つた。ハムレットのモノローグよりも私のそれはまだ血走り深刻だつた。

「残酷だ!! 残酷だ!! 宿命の悪魔奴! まだ苦しめる積りか!」

子供の様になつた姉に献身的愛情を傾むけ、枕元で一日中いたわり世話をしてゐた白さんが公用で二週間位出張する命令を受けたのである。

「我辦公事去《ウォパンクワンシーチュイ》」（私は公用で行かなければならない）

と云つた彼の言葉は悲痛だつた。ここから汽車で四十時間も離れた所に行き、病気の姉を思ふのは堪らなくわびしいものだつたに違いない。傷から出る熱と思はれてゐたのは間違いで今度は膀胱結核を併発して尿毒症による中毒病状を表して来たのである。しかし彼はどうしても行かねばならない義務があつた。

「白先生《パイシエンシエン》、行つちやいや、行つたらいけないてば。行つたら私死んぢやふ。」

姉は白さんの手を握つて泣くのだつた。

「美智枝、白さんにそんな事をいつて御迷惑をかけてはいけない。さあ手をおはなし。」

母もこう云ひつつ一緒になつて泣いてゐた。

子供の様に他愛なくなつたものの、姉にこれ程深く慕われてゐる事をはつきりと感じた白さんは非常に嬉しかつたのだろう、銀ぶちの奥に涙を光らせながら宥めすかして、やつと姉をおとなしくさせたのだつた。

彼の優しい眼と、姉の黒い瞳は、扉が閉ぢられる迄万感をこめてお互に絡み合つた。扉が閉められた。

「さやうなら」

「好的東西那来《ハオデトンシナーライ》」（好いお土産を持つて来ますよ）

この言葉が空間に消え去つた時が二人の間の永遠の哀別となつた事を、誰が知つてゐたであらう。

白さんが出発して三日後、尿毒症の症状は姉を昏睡状態に引きずりこみ、二日目に手当の甲斐無く椿の花が落花する様にあつけなく息を引き取つた。姉は死んだ。余り悲しくては決して泣けるものではなかつた。

姉の火葬は、緑色の渾河の流れのほとりで行はれた。うづ高く積み重ねた薪の山に遺体と母の心づくしの見廻り品が安置され、父の落着いた手付で火はつけられた。

どこまでもどこまでも上つてゆく白い煙りが私の涙で曇つた視界からだん〳〵消え去つていつた。渾河の流れだけが聞こえてゐた。

（一九五一年四月二日）

落日の罪

RAKUJITSU NO TSUMI

成城学園前から、新宿に向ふ小田急電車である。上り電車の最後部は、明るい西日を浴びてゐた。秋の澄み渡つた西南の空には、富士山が霞んで見えた。この入り陽が富士連峯に姿を没する頃、堀部雄市は新宿の盛り場で一日の糧を求めなければならない、一介の貧乏似顔絵画きなのである。

晴れた日の西日は、満洲の曠野に陥る赫い太陽を思はせた。堀部はこの光景から、曠野に戦友の墓穴を掘る兵隊の後背と、虐殺の憂目《うきめ》に逢つた中国人五列（諜報活動を行う部隊や人）の、己の墓穴を掘る後背とが、常に夕日の残影を宿してゐるやうな連想を覚えるのであつた。

下北沢に電車が入ると曲折して来た軌道は、堀部の連想を断ち切るやうに人家や樹木が、この西南の光景を遮ぎるのである。

堀部はしがない職業意識に返つて乗客の一人一人を観察し始める。戦後八年世相の移り変りは人々の服装扮飾で、その安定を知り得ると思へた。それに引き換へ堀部のは駐留軍雑役夫時代の恰好と、スケッチブックを持つてゐるだけの違ひにしかない。蓬髪は額にかかり、無精髯が顎までも埋めてゐた。敗戦の惨禍が頽廃を生み、八年間が昨日から今日にかけて己の不仕堕落を続けてゐるやうな錯覚であつた。

朝出勤して夕方退社する勤務人の性格が、始めから堀部には合はないと思つてゐる。合はないと思ふ所に自堕落な性分があるのかも知れなかつた。

何かでつかい事をしてやるぞといつた、憶測のきかない不了見が、彼の生家を飛び出して以来十数年にもなる三十七才の今日になつて、間違ひであつたと思ひ知つた。

新宿に着いた時は、釣瓶落しの秋の日は没してゐたけれども、残光がきらめくネオンや燈の光を不明瞭にする程、街は明るかつた。酔客を相手とする商売であるだけに、不適当な時間であつた。

街の雰囲気が歓楽の波でざわめいてゐる感じで、堀部のわびしい境遇には挑発的であつた。貨幣の威力と魅力は、こんな騒然たる巷でざわめいてゐるものなのだ。

ゆつくりと歩を運びながら、堀部は岐阜県の生家である安恵寺が、いかに平和であつたかを回想してゐた。一人息子であつたから当然、僧侶となる運命を背負つてゐたのだが、それを嫌つて出奔した自分の若さが今となつて厭はしかつた。坊主で生涯を暮すことの味気なさは、貧乏絵画きの生涯に較べていかに平穏である事だろうと思ふのである。

僧籍にある者は兵隊にも取られなかつた筈だ。しかし、抑揚のない読経、その単調さは僧生活の単調さにも似てゐた。青春の悶えが仏像を前にした本堂では、抹殺しなければならぬ厳粛さに気がもめた。かういつた不満が静坐してゐる堀部に、足の痺れと併行して起こつてゐたのであつた。

堀部雄市が仕事のほしを探して徘徊する道程は、新宿一円の酒場であつた。一年前に立川の駐留軍雑役夫を首となつてから、思ひ付きで始めた仕事ではあつたが、元々人のプロフィルやクロッキーを画くことの好きであつた彼に、恰好の仕事と言へた。

肉親とも、友人とも自から縁を断ち切つた彼ではあつたけれども、人恋しさの情は覆ひ得なかつた。

「だんな、一枚いかがです。似顔は。学生さん、学割で一枚どうです」

嘔吐を催す卑屈な態度に、我ながら鳥肌立てゝ嫌悪する。だが糊口をしのぐために、人恋しさの故に堀部の姿は、いつの日も新宿を徘徊してゐるのであつた。

酒精の力で妻君からの性を解放すべく痛飲する男共、濁酒《にごりざけ》に青春の自慰を試みる学生群を相手にして、堀部は己の歪められた青春の悶えを画面に画き捌く。そして麻痺した彼等の感覚と、どの男も持つ淫蕩な眼尻の線を、堀部の反逆心が殊更に濃く画き、境遇に相対するひそかな抵抗を表はすのである。

「もう出来たかね、ほほうさすがだね。儂によく似とる。芸術家は違う喃《な》」

呵々大笑して喜ぶ中年男。

「学割で俺も一枚頼むよ。学生はいゝものだね、何でも学割があるんだからなあ。学割のないのはこの酒なる水だけだ！」

インテリを装う若者の酔態、堀部の４Ｂはせつせと動く。ひそかな抵抗を画面に叩きつけながらも、幾許かの金銭を得る快感。堀部のさゝやかな悪徳心がさせる業なのである。


堀部の絵の習練は、彼の放浪と共に始まつてゐた。美濃大垣にある安恵寺の生家を出奔したのが昭和十二年であつた。聖職にある身にとつて、若い肉体の自然の悶えが精神を冒瀆する汚れであると懸念してゐた。亦どつしりとした仏像、覆ひかぶさるような寺の屋根の圧迫が、身動きも出来ない窮屈さであつた。

このような肉体の圧迫が解放を求めてゐたのだが、幼少より柔和な仏の顔、無垢な死人の顔を見慣れて来た印象が、堀部の頭脳に強烈な肖像画への意識を高めてゐた。

未知の土地を放浪し見知らぬ他人の容貌に接する事が、堀部の驚異であり歓喜であつたのだ。関釜連絡船で朝鮮へ渡り木浦、仁川、新義州を旅する事に酔ひ痴れてゐた。安東から奉天と異国の天地を流れて来た時には、生家から拐帯して来た路用の殆んどを使ひ尽してしまつた。何ものにも拘束されない命、自由な生活を欲して旅して来た堀部ではあつたが、一碗の米飯を口にすることも出来なくなつた今、夢から覚めて生命の危機に曝される悲劇を味はつてゐたのだつた。

〝悲劇は喜劇よりも偉大である。之を説明して死は万障を封ずるが故に、偉大だと言ふものがある。取り返しの付かぬ運命の底に陥つて、出て来ぬから偉大だといふのは、流るる水が逝いて帰らぬ故に偉大だといふと一般である……〟

と漱石の言ふ、招かざる悲劇で堀部は呻吟してゐた。画筆で生計の道を開く望みは始めからない。人の容貌を観察することが放浪癖に便乗してゐた、と言へば言へるのであつた。千差万別の人の顔ながら、支那人の中には古の哲人、孔孟はもちろんプラトオ・ソクラテスのやうな顔を発見する。白系露人の浮浪者の中には、「どん底」の中のルカ老人が居り、蒙古人にはフビライであるかの様な錯覚に陥つてゐた。空想は遠慮会釈もない、笑ひ出したくなる程生々として一切は湧きたつて来る。この堀部の喜こびをよそに、食扶持のない放浪には堕落がつきまとつた。堕落自体は常につまらぬものであり悪にすぎないけれども、堕落のもつ性格の一つには孤独といふ偉大な実相が厳として存在してゐる。父母にも他人にも見捨てられ、唯自分に頼る以外、術のない宿命を持つてゐたのだ。

解放の心は破綻した。堀部は前にも増して抑圧された環境に入らざるを得なかつた。

支那事変の戦時下といふ現実が奇妙な魔力を持つてゐて、国のため陛下のためといふ言葉が、当時の日本人の最高の美徳だつた時、私のためといふ〝私〟この意識を泥沼の底の枯葉のやうに持つてはゐたが、表面では見失なつた顔をしなければならなかつた時、堀部をこの巧言美名が食へつながる軍隊の世界へ誘致したのであつた。

関東軍百二十二師団歩兵第二七四聯隊三隅隊の駐屯地は熱河省に近い錦県であつた。

事変の進展は既に華中にまで進んでゐたけれども、その後方の熱河省辺りでは残敵の便衣隊（民間人の服装をしてまぎれて敵対行為をする軍人）、ゲリラに対する銃砲火は静まらなかつた。堀部の属する中隊も急遽派遣される場合が多く、曠莫たる高粱や粟のうねりの中から突如起るゲリラの機関銃に、乏しい生命を曝してゐたのだつた。

軍隊生活にあつて堀部はこの世界特有の複雑な兵卒の表情に接して、人間の顔の新しい角度を発見した思ひだつた。上官だけが帝国軍人で、兵卒は牛馬に等しいこの世界では、人間も牛馬の持つあの卑屈な悲しみの眼を有してゐた。掃蕩戦に傷ついた兵隊の死への恐怖に「お母さん、お母さん」と叫ぶ人間味が、人の表情の真の陰を宿してゐた。

一日の情熱を熱し尽した落日に照らされて、戦友の死を葬る兵隊の顔は明日の我が命を恐怖して打ち悄れてゐた。

掃蕩戦のない時は能丘《ゆうがく》城迄にまたがる広い原野で、へとへとになるまで練兵された。訓練終つて「新兵さんは可哀相だね、また寝て泣くんだよ」といつた感懐が夕日を見るにつけ郷愁と悲愁で、兵隊の眼頭を曇らせるのである。「明日は汕沙《せんしゃ》の一部落に隠棲する便衣隊を殲滅するから、充分休養を取つて置け」と命令が下る。生き永らへてゐた生命が、明日を予測して急激に収縮し、兵隊の惜命の意識は何物かに発散させたい忿懣の捌け口を、刹那的性欲に移行させるのである。堀部は見た。欲情の挑発される道理がない彼等が、妻の或は恋人の写真を前にして淫売女を抱く悲しい幻影を。

しかし彼等の表情には、淫猥にして厭ふべき醜悪の実感はない。むしろ肉情を混じない純粋の美であつた。死のなんとない美感が性のそれに一致してゐたのだろうと堀部は思つた。堀部が人間の両極端美と醜、善と悪の表情を脳裏に刻みつけたのは、古城子《こじょうし》北方で起つた楊白堡《やんぱいぽ》事件であつた。五列潜伏の情報に接した三隅部は直ちに出動し、五列指名を住民に要請したが、頑強に意に従がはなかつたことから、三隅大尉は七人の代表を銃殺する命令を下した。小高い丘に己の墓穴を掘る七人の支那人は、諾々として悪びれる様子もなく穴掘り作業に汗を流した。穴の前に端坐した支那人の後背に折からの西日が照り、逆光をうけた顔は一様に冥目してゐた。三隅大尉は自慢の備前利光で首を斬つたが、いづれも肩や首の骨に太刃ががつきと音をたてるのみで、致命的とならず七人の支那人を苦しみの形相に変へるばかりであつた。

その夜、五列の後の策動を断つと称して部落一帯に火を放ちまろび出る支那人を大尉の利光が切り、兵等の銃剣が突き刺した。殺戮に酔ひ死に酔つた兵隊達はつづいて、酒に酔ひ性に酔はねばならなかつた。

このやうな帝国軍人の地獄の責苦にも勝る暴虐が、生々しく堀部の心に人間の両極端の人相を露呈し、開眼させてくれたのである。死が鴻毛の如く軽い生命の中に、堀部は人の表情をたゝみ込んでいつた。

そして、生き永らへた今日歓楽に酔ふ巷の群集の中に、厳粛な表情を発見出来ないジレンマが淫靡と、軽侮の線を似顔絵の中に画いて抵抗してゐたのであつた。

関東軍は遂に満洲から一歩も外へ出ずして終戦を迎えた。昭和二十一年復員後の生家安恵寺には父母在世せず、養子養女の代となつて堀部の入り込む隙もないのであつた。十数年間離れてゐた故郷の山河は、追憶の影に漂ふ哀愁があつた。三十に手の届く堀部の青春が放浪と抑圧でうやむやに費消されてゐた事に気付く。しかし敗戦の道義地に這ひ世相の混乱は泥沼のあがきにも似て潔白とならず、父母の逝世してゐる現実がひしと彼の胸をしめつけた。

敗戦は俺の責任ではない。道義の頽廃も、世相の混乱も俺の罪ではない。けれども俺は失はれた青春は取り戻さねばならない。親父は俺を恨んで死んだだろう。でも、俺はもつとでつかい何かをしでかしてやる。暴力を使つても、詐欺を働いてでも失はれたものは奪ひ返してやるんだ。かういつた自暴自棄の精神の頽廃が、亦堕落に通ずる放浪を彼に強いてゐた。一攫千金の実現がどこかで待つてゐる様な気がした。荒涼たる焼の原から復興の槌音を響かせる東京にやつて来たのは、堀部の復員後一年たつてからであつた。しかしながら、秩序の安定と世相の落着きは堀部の欲望する夢を稔らせず、無為に虎視眈々としながら、一介の貧乏似顔絵画きで過して来たのである。

久し振りにカミソリを当てた堀部の清々しい顔であつた。新宿東口駅頭で暮れなづむ秋の宵を静かに眺めてゐた堀部は、先程から赤い花模様の大きな風呂敷包みを抱へて、思案気に佇む娘に気がついてゐた。紺の人絹ジャンパースカート、黄色い安物の機械編みカーディガンを着て、色彩の調和に無感覚な緑のビロードパンプス。伸び切つたパーマは汚れが目立ち、ひと目で田舎からの家出娘と見当がつく。悔恨と寂寥に戦慄《おのの》く娘の瞳は夕焼の空に、深い郷愁を感じてゐるらしかつた。その姿に堀部は、赤い夕日の連想が遠い昔の若い想念を湧き立たせ、現実にかえつてさゝやかな良心と斗ひながらも、欲望する夢を期待してゐるのだつた。堀部の4Bがスケッチブックの上で躍つた。娘の困惑と悔恨の陰影ある表情が浮き彫りされた。

堀部はつかつかと娘に近づき、側面からにゆつと絵を差し出した。

はつと瞳を据えてたじろぐ娘、

「これ貴女の顔、淋しさうな顔ね。家出して来ましたと書いてある」

「…………」

「さうでせう？　田舎から出て来たんでせう？」

こつくりと頷づく娘の仕種が二十を越えていない幼稚さを表はしてゐる。

「どこに行くのですか？　何を呆然《ぼんやり》してるの」

「あのお、電車の中で財布をすられちやつたんです。従姉の住所を書いた紙も一緒に入つてゐたもんですから、新宿区とだけしか判らないんです」

髯そり後の白皙の堀部の顔に仮面が被さり、目玉がぎよろりと光つた。

「そりやあ困りましたね。ところで晩御飯は食べたの？　じいつとしてても仕様がないから御飯を食べてゆつくり考へるんですね」

姿は労働者風でも、立派な絵を画いた白皙の小父さんを信用してか、娘は堀部の後に従つた。堀部は乏しい財布から一杯六十円也の玉子丼を娘に食べさせた。娘は堀部の丼を勧められる儘に平らげて、落着いた口調で語つた。郷里は福島県双葉部川村、従姉のR女から女中を世話して貰つて働く積りだつた。

向き合つてゐると口紅のはげかかつた小娘の顔にも、やはり女の脂粉を感ずる。堀部は広い東京の巷に佇む孤独な娘に、さもしい狼牙をむき出してゐた。過去に抑圧された青春と今宵の情欲とを混同させる虫の良い悪徳心が、堀部の体中にはらまれてゐた。

二人はやがて新宿の繁華街をぶらぶら歩ゐた。娘はお腹も一杯になり、胸中の不安を語つた安心感から、街の繁華な雑踏に驚き始めて上京したのだといふ実感に、胸を膨らませてゐるやうであつた。奇麗なアクセサリー、ハンドバッグ、原色の種々な毛糸、美味さうな西洋菓子。——亦、着飾つて歩く美しい男女の姿を溜息をつきつき眺めてゐた。

「東京つて矢つ張り素晴しいわ！」

「でもね、東京中がこんな所ばかりでもないしさ、もつともつと非道い所もあるんだよ。君がこれから働くといふ女中さんにしても、余程気を付けないといけないねえ」

堀部の巧言令色が、娘の隙をうかがひつつさう言つた。

いつしか、ごつた返す新宿繁華街を通り抜け出たのが、旭町のドヤ街であつた。

「今夜は疲れてゐるだろうからここで泊つて明日身の振り方を決めよう」

今夜の稼ぎがなかつた堀部には、五百円の泊り代もなかつたが眼前の刹那の期待が、明日の考慮を煩らはさなかつた。

娘は急におびえた眼付きになつて堀部を瞠目したが、彼が怒つたように歩き出すと縋りつく盲《めしひ》の哀れさで、後を追つて来た。

その夜、安宿の一室で哀れな盲は虐げられた。その部屋から娘の嗚咽が聞えたけれども、宿の人は誰も起きてくれなかつた。

翌朝早く堀部は煙草を買つてくると言つて宿を出たつきり、成城学園前の間借りへ帰り旭町へは戻らなかつた。

この不倫と悪徳心を、失はれた青春のささやかな牲として自己弁解し、夕日の連想にちやちな偽善をなすりつける堀部の心の醜悪さであつた。俺が悪いんではない、忌まはしい連想からくる俺の失はれた青春の幻影が、かの不倫を犯したのだと思ひ続けた。

似顔絵を画くことで相手の心を捕える術を、堀部は十数年間の放浪の中から学び取つた。絵を画くこと即ち小細工で人を籠絡することと、一攫千金とまではいかなくとも、何か途方もなくでつかい事をしでかすのとは、何の脈絡もない応用も効かない事だと気が付いた。生命を賭して人の表情の複雑さと多様性を観察して来たけれども、それが現在の欲望と何の関係もないのである。夕日の連想から来る幻影におびえて悪徳を重ねるのみである。そして現実の一日の糧を求める一介のしがない絵画き、これが大きな欲望の前に当分こはれないであらう事象なのであつた。堀部は苦々しく焦燥する。それは三十七才のやもめ男の焦りなのだ。

　現実に於て唯食ふ為だけの生活、それは家族のある地道な生き方をして来た者にとつては、堀部程焦りを感じないかも知れない。だが三十七才のやもめ男に、しかも、己の青春も虚しかつた過去、そして夕日の連想から何かをでつち上げなければと焦燥する現在、誇大妄想的虚言でもつてしても、焦りを喰ひ止めねばならぬ心の口惜しさであつた。

　家出娘を欺むいた性格の仮面が、堀部雄市の表面にしつかりと被ぶさつた。真実のある嘘言の秘密は長く保たれない。しかし、保たれてゐる内に欲望を達しようとする、悲壮な虚構であつた。信頼に対する反逆、美徳に対する悪徳に裏打ちされた嘘言の、秘密を怖れる良心は全てかなぐり捨てた堀部に豹変してゐた。

「絵の修業に叔父が少し外を歩いて見ろ、といふもんですからね。」

　含みのある言ひ方に思わず、客達は

「で、その叔父さんと言ふのは？」

「一昨年フランスから帰つた、東堂静男画伯ですよ」

　客は一様に驚き、そして甥と称する白面の絵画きの似顔絵を、勿体ながつて

「それはそれは、光栄ですな。あなたのやうな人から絵を描いて貰ふなんて」

と、我先きにと競つて堀部の絵を乞うた。

東堂静男画伯の甥だといふ一言の嘘言で、堀部に対する人々の信頼、畏敬、羨望を得たのは確実であつた。多様な表情を画き分ける練達された技能だけが真実であつた。この秀れた技能の故に、態度が自然で相手に不審を抱かせなかつた。

かうして堀部は明日は露顕するかも知れない、嘘から成り立つ成功に、今日だけは大威張りで陶酔してゐた。翌日もその通りだつた。そしてその亦翌日も……………。

堀部雄市が東堂静男画伯の甥であることは、新宿一円の酒場で知られるやうになつた。彼等は、これ迄素性を黙してゐた堀部の謙虚さを讃嘆した。そして信頼を倍加したのであつた。明日の事はどうでも良いのだ。明日の露顕の恐怖を思ふより、今日をいかに面白く暮すかに刺戟されてゐた。嘘の上に立つた空中楼閣での饗宴のやうな、あやうげな剣しい享楽であつた。忌はしい夕日の幻影が失はれた青春の狼火を揚げる無気味さであつた。

享楽の終りといふものは不思議に、白々とした空虚を感じるものだ。ささやかな良心が起る時は、罪の怖れに慄く。そしてこの空虚な時間にこそ、良心が眼覚める時なのだ。

真の意味での悪党でない堀部が、東堂画伯の甥である嘘言に、最早露顕の怖ろしさに抗しきれないでゐる時、新宿での罪は翻へす事の出来ない深みに、彼を陥落させてゐた。

この時ばかりは過ぎし青春の情熱を掻き立てる、あの夕日の連想も用はなさなかつた。

その頃、堀部は新宿二幸裏のバーで三隅元大尉に、偶然再会したのであつた。

「やあー、三隅隊長殿」

声を掛けられた三隅義助は、まじまじと堀部を凝視してゐたが、やがて「しーつ！」と人指しゆびで堀部の口を封じた。

「君は堀部雄市君だな。私は佐藤義治、三隅はこの世にはゐないのです」

と小声で奇怪な言葉を吐いた。あたりを憚かる困惑の表情に、堀部はある霊感ともいふべき閃きを感じた。満洲の原野、楊白堡の丘が眼前に点出された。諸々と穴を掘る七人の支那人。赤い夕日が照つてゐたあの丘。三隅大尉の備前利光が、がつきがつきと七人の支那人の骨を砕いた。藻掻き苦るしむ形相、あの呻き声が聞こえる。

堀部はスケツチブツクを開いた。４Ｂが躍る。彼の全身の中に常によみがへるあの夕日の丘の情景。墓穴の前で冥目する支那人が画かれた。悶え苦しむ五列、虐殺の光景が矢つぎ早やに用紙の上に画かれた。

三隅義助こと佐藤義治の狼狽振り、酒場のすみつこで絵といふ物質と、狼狽の眼が平和を破る止めどなき憎悪と警戒の心に凝固せられてゐた。

「まあ君久し振りぢやあないか、階級もないんだしゆつくり飲《や》つてゆこう。君はその奇妙な絵を蔵ひたまえ。俺はこの通り佐藤義治ぢやから喃」

と一枚の名刺を差し出す。

三光ビル持主、Ｓ玩具製造Ｋ・Ｋ社長、その他の麗々しき肩書き。

「なかなか御発展で結構ですな」

「いいやたいした事もないが、君は相変らす絵に精出しとるんぢやな」

豪胆を吹聴した三隅元大尉が、そはそはと落着かなくなつた。

「隊長殿、何か用事があるんでは？」

救はれた様に

「さうなんぢや、急に用事を思ひ出してな。折角八年振りで逢つたのに残念ぢやが」

ポケットから大型の紙入れを出し、無雑作に千円札の何枚かを握らせる。

「済まんがこれで飲んでゐてくれ。いづれ逢えるぢやらうから、失敬する」

昔の精悍さはなく、酒焼けした赫ら顔、太い首筋をみせて三隅大尉は出て行つた。

あれだけの暴虐をほしいままにして、戦犯にも追放にも問はれない道理がない、と堀部は思つた。武装解除になつた時三隅大尉は既に失踪してゐた。

三隅義助が、何故の変名か、変名を使ふ三隅義助の弱点が全て解つてくる様だつた。戦犯のがれの変名に他ならない。

堀部は三隅の名刺をもう一度丹念に眺めた。この名刺を利用する事で、亦、佐藤義治の擬装をはがすことで、堀部の生き方が変るかも知れない重要な切札の役目をするかも知れない事に、深々と期待の思案をめぐらした。

東堂画伯の甥であるといふ一つの嘘言から、嘘の上に嘘が重なり、どこをはたいても身寄りのない貧乏絵画きである真実のほこりは出ない程、新宿の生活は嘘で凝り固まつてゐた。東堂氏名儀の借金は増し、信用で無銭飲食する虎の威を借りる優越は、事の露顕に脅える卑屈な微笑でしかなかつた。その場だけの体裁を作り、人のおだてに表面は得意になつてゐても、嘘で築かれた空中楼閣上の饗宴といふ心のしこりがあつて、常に周囲を警戒し、嘘発覚の対策を考へる小心者の情無さであつた。

堀部は遂に心の慄きに抗しきれず、新宿の盛り場より足を洗つたのである。

そして最後の切札たる三隅大尉の名刺を利用すべく、周到なる計画を練つた。
手始めにやんわりと脅迫めいた手紙を、神田鍛治町の三光ビル事務所宛書き送つた。

前略
先日新宿ボワンでお逢ひしたあなたの元忠実なる部下堀部雄市であります。
軽薄なる小生をお忘れなく御馳走して頂き真に有難う存じました。
さて、小生あなたに少々重大なる事実をお伝へせねばなりません。先日は、人目を憚ることもあり亦偶然の再会に感激して居りました故言ひ出し兼ねたのでありますが、楊白堡事件、あの折の五列の生き残りが現在中共治下にありまして、枢要なる地位を占め、虐殺命令を下したあなたの行方を日共に命じて探索中なのであります。
改名されてゐるあなたのことを存じてゐるのは、現在の所小生位ではないかと思ひます。若し小生の口から日共へあなたの前名、前官職が洩れるといたしますとあなたはひそかに拉致されあらためて戦犯の罪名を負ふは必定であります。
楊白堡事件生残りの某を始め中国人の合法訴訟を受け、不幸にも竹のカーテン奥深く葬り去られる危険も多々ある事でありませう。
あなたの一身上を案ずる元忠実なる部下の申すことに虚偽はなく、右しかと考慮に入れて善処せられるべく御忠告いたします。
後略
堀部雄市
三隅元大尉殿

虚偽とはつたりに満ちた脅迫状は、一方堀部自身の運命を賭したものであつた。浮浪してゐるうちに、新宿での詐称がばれて暗い谷間へ陥落せねばならない、今日か明日かの時間の圧迫があつた。だから三隅義助の反応次第で、次の段階へ踏み込まねばならない焦慮があつた。

三隅元大尉の罪に脅びえる苦衷は、堀部の感に的中し、脅迫状と折り返しに面会を求め示談したい旨が報らされて来た。堀部は早速、神田三光ビルの事務所に三隅を訪ねたのである。貸事務所専用の豪荘なビルディングであつた。佐藤義治こと三隅義助は、堀部の虚偽で作成した脅迫状に、あからさまな困惑と恐怖の混じつた表情で出迎へた。終戦後三隅が築きあげたこの財産と、安定した生活とが思ひも寄らぬ方角から、切り崩され、亡ぼされるといつた懸念が、怖れと傷ましさに混乱してゐた。

堀部は善意を悪意で裏切つて、悪徳を貪ぼる己のエゴイズムに辟易してゐたが、これもあの夕日の丘の幻影がさせる業なのだ。そして、この幻影は元大尉三隅が招致したものだといふ事を楯として、頑強に事を遂行する決心を固めたのであつた。

「先日のお手紙辞見しましたが、もう少し納得のいく説明と対策を伺ひたいのですが」

昨日の上官は今日は外聞もなく救ひを求める堂々たる実業家であつた。

堀部は淀みなく伝えることが、真実性を相手に抱かせるかのように、己の虚構を偽りだけの言葉で筋道を組立てていつた。

「一、中国人の黒幕的存在である某が事件の処理者を捕へに来たことから始まる。

一、その中国人は殺戮に最も峻烈を極めた、楊白堡事件の生き残りである。

一、この黒幕的存在は日共の地下組織と緊密な連絡がある。

一、拉致しても中共が合法的軍事裁判に権限を与える。

一、数年来に亘つて三隅元大尉の居住を探索してゐた。
一、堀部が日共の党員であり、その黒幕より特に指令を受けてゐる。
そして最後に、堀部だけが佐藤義治の素性を知つてゐる」の一言もつけ加へることを忘れなかつた。

三隅は一つ一つが罪の意識をうづかせるようで、蒼白な面持ちの儘
「貴方の力で何とか穏便に取り計らへないでせうか？　私はもう佐藤義治で世の中が通る人間なんです。今更、地位もあり世間も治まつて来た今日、生命を罪の代償とする気持はありません」

「さうです確かに世の中は治まつて来ました。しかし私を御覧なさい。貧乏な似顔絵画きの哀れな生活なのです。今晩稼げたにしろ、明日はどうなるか判らないしがない暮しなのです。あなたは戦争の罪意識は生命迄も代償にしなくとも、と仰言やる。なる程死んだ者に自分の新しい生命を代償とするのは愚の骨頂ですが、私のやうに生きてゐてあの日の幻影に追ひ立てられ、焦燥されてゐる苦悩は知りますまい」

「私にどうしろといふのです。今更死んだ支那人の牲になるのは嫌です。あなたには何とか出来るだけの援助は致しますから」

「よろしい引き受けませう。私も三隅元大尉は知らない事にしませう」

勿体振つた堀部の言い種だつた。商売取引きのことならば、三隅もまさか底浅い虚偽、欲心を露呈する詐欺漢は取り押へるのだが、罪の意識を負つた生命の危機に直面すると、攻守を変へた立場に置かれるのであつた。

始めから底の知れた嘘をでつち上げた堀部にとつては、将《まさ》に冷汗三斗の思ひで金三十万円也の現金《げんなま》と、三光ビル内の一事務所を無償で借用する脅迫に成功した。

三十七才の焦燥が、それは失はれた青春に繋がるのだが、巧みな詐欺漢を育成した。夕日の幻影が地下で呻き声をあげる、良心の呵責であつた。

堀部雄市の不健康で自堕落な、だが自由な放浪と、生命を賭した抑圧された生活の末世的観念の中で、常に予測のつかないでつち上げの不了見が頽廃的結実をしようとしてゐた。それは凄惨な虐殺の幻影に脅えながらも、失つた青春を回復する悶えであつた。

今や堀部には生れて始めて握つた三十万円の大金と、豪華なビルディングの一室の美麗な事務所である。

怠惰な欲望が、一夜にして奪回出来得る青春の歓を尽くすプランであつた。

堀部は昨今の流行が〝ミス〟ばやりであるのに観点を置いた。ミス・キモノ、ミス・海浜、或いは映画スター、ファッション・モデル募集が美女を集めるに、最も効果的である。かくして、三光ビルの一室に「ニュー東京モデル・サロン」の看板を掲げ、新聞にモデル募集の広告を行なつた。一週間後には、堀部の机上に、写真と履歴書、詮衡料五百円在中の封書が、百通近く郵送されて来た。

百人近くの美人の写真を前に、欲望の達成が余りにも容易に実現する予感で堀部は単純に歓喜してゐた。

眼前の欲望はその先を透視する眼力も考慮も立ち入らないのである。広告では有名デパートのマネキンに、スタイル雑誌のモデルに紹介すると称したが、そんな事を著名人でない彼が出来る筈もなかつた。

放浪してゐた頃も、一日一日を似顔で食ひ繋いでゐた頃も、明日への考慮を入れない自堕落が習慣となつてゐたから、写真に見飽きると最も美しい好ましい女性の二、三人に、日を違へた面接通知を出した。

堀部がこれ等の女性にいくら悪徳や不倫を働いても、高いドレスやイヤリングを買つてやれば不服は云はなかつた。結局、堀部が抱いて来た女性との青春の憧憬は、本能的であるといふことに顔色を変へて失望してゐた。

昔、堀部が意に従がはぬ女の姿を画き、乳房から恥部まで画いてずたずたに引き裂いた、激烈な憧憬が厭はしくなつた。

どんな不道徳な男でも、男といふものはいつでも純真で頓馬である。女の巧言に逢へば手放して欺かれるのだから。

しかし広い東京のどこかの片隅にかくれて、その心の中にかすり傷一つ負はない、新しく純潔の儘で、悪の華の色にも匂ひにも染まないで、ぽつりと白く咲いてゐる様な美しい娘が居た。赤星郁子であつた。大きな黒い瞳だけを除いて、顔全体の脆さが馥郁と匂つてゐるやうだつた。お世辞を言はれて喜んだり愕いたり笑つたりする女のポーズ、そんな感情の変化の表面的美しさは、郁子の場合瞳が笑つたり愕いたりするに過ぎなかつた。もつともつと美しいものが馥郁とした脆さの中にこぼれてゐた。

堀部は毎日毎日、郁子と時間を約して逢ひ連れ立つて歩いた。堀部はこれ迄にこの様な喜こびに接した事はなかつた。肩を並べて歩くことがこんなに楽しいものと思つたことがなかつた。新橋や銀座の洋装店、装身具店では郁子の選ぶものが、素敵に似合つた。堀部はアクセサリーや新しい衣服の変る毎に、彼女の肖像を画いて嬉々としてゐた。彼が彼女から奪ふものは肖像の中の美だけである。

堀部が他の女からは性の欲望を感じたけれども、郁子の美しさに陶酔を味はふだけであつた。脆い美しさの中に唇の赤く屹立とした所が、いかにも可憐で堀部は唇に触れようともしなかつた。半生を失はれた青春のために呻吟して来たけれども、真の青春にひたり得た喜こびに、幻影の連想も浮んで来なかつたのである。

人を芳醇なる境地に陥し入れる方法は、矢張り高調的な道徳と恋愛を語ることである、といふ悟りを発見した思ひであつた。

三隅から強請《ゆす》つた三十万の金も残り少くなつた頃、新宿の各地で犯した詐称事件が、発覚し新聞に報道された。

堀部雄市の名前が載ると、都内各地から、モデル・サロン募集も詮衡料を取る詐欺であつたと、訴へられる羽目となつた。

堀部は、折角郁子を発見し、過去の幻影も妄想も途絶えた今、警察の追求を受けるのは甚だ心残りであつた。もつともつと早く、放浪の始まる前に郁子と逢つてゐたならば（その時は勿論、堀部は少年だし、郁子は生れたばかりだろうが）兎に角、以前に二人を逢はせてくれなかつたこの世の不条理を、怨恨してゐた。

堀部の魂に苦しみと悶えの烙印を押しつけた、大陸の太陽をこの世の果までも、追ひかけて唾棄してやりたい憎悪を覚えてゐた。

どの罪悪も、どの罪悪も俺がやつたんではないんだ。何物をも染め透す、夕日の赤さが、犯したのだと呻いてゐた。

暗い獄舎に入らなければならない口惜しさ。郁子とどこまでも逃げてゆきたい最後の抵抗が、堀部を熱くしたが、何の罪もない郁子を道連れにするのは、失なはれた青春を奪回することにならないと思つた。潔白の心にも、清浄な肉体にも一点の汚点をつけるのは、郁子と数十日清く過した青春の冒瀆である気がしてゐた。堀部は単身熱海へ赴き、錦ケ浦で投身自殺する人の表情をスケッチブックの上に捕へた後、東京の本署に自首したのであつた。

（一九五五年八月「洞人部落」第二号）

ある青春

ARU SEISHUN

暑中休暇が済んで、そろそろ原色のスウエターが、街の若い人々を懐かしめる頃になつた。山手廻りの鋼鉄車が、西日を浴びて街の騒音から騒音を、掻きわけてゐる。潤吉は先き程、品川から乗つて来た女に瞳を奪はれてゐた。電車は止る毎に、降る人の倍位を押し込んで轟々と走つてゐる。女は紺のベレーを巧みにかむつて、同じ紺のスウエターが良く似合つた。潤吉がさう思つた時は、女は、すぐ眼の前に押されて来てゐたのだ。

女の腰や尻の体温までが直に潤吉の体を甜めてゐた。足許は見えないのだが、背恰好や乳房の隆起から女の体が秀れてゐると思つた。眼の大きな、少し受け口の肉感的な顔立ちである。昨今の若い女には学生だか、勤め人だか、お嬢さんだかの区別はまるつきりわからない。潤吉が値ぶみする様に不遠慮な眼を注いでも、女は前の男の後頭ばかりを凝視てゐた。有楽町真近であつた。電車が突然急停止して、乗客は将棋倒しになつた。気を取られてゐた潤吉も思はず女と同じ方向に倒れてしまつた。そして、女の足を踏むまいとして手を延ばした時に、女の乳房を摑んでしまつた。それはほんの瞬間ではあつたが、生暖かい心臓の動悸を感じた。

「どうも、失礼しました。」

わざと動揺を隠くした彼の言葉に、女は平気な顔で

「いいえ。」

と答えたつもりであつた。

有楽町に着くと、潤吉は女が降りるのに誘はれたやうに降りてしまつた。女の後から階段を上つたりする時も、彼女の動きの多い、滑な腰の線に眼が行つた。「ナイヤガラ」（一九五三年のアメリカ映画。マリリン・モンローが出演している）の時の肉体女優程ではないが、さつきの事件と関連して潤吉は魅惑された型であつた。

交叉点で女が停つた時、彼女に取り入るに絶好だと思ひ、暫時、頭の中で策を練つた。

「あの、さき程は大変——」

女は、あら、誰かしら—といつたやうな表情であつたが、油気のないぼさ〳〵髪の潤吉を思ひ出したやうである。この女はすれてゐるのか、淡白なのかと思つた。

「あんなに急停車したもので、貴女の肩に手を掛けようとしたんです。済みません。」

「皆将棋倒れですもの……」

声までが肉感的である。物を言ふ時の濡れた紅い唇が、これ亦潤吉の眼を奪ふ。シグナルの青に、自動車の流れは止り、人の群が動いた。彼は肩を並べて尚も、

「お約束があるんですか？」

「えゝ、お仕事の件で一寸」

とりつく島もない。

「今度、何処かでお逢ひ出来ませんか？」

潤吉の真剣な、青白い顔を振り仰いで、探るような眼付になる。案外、

「えゝ、いいわ。」

「僕、青野潤吉です。明日五時頃、新宿のと……お住ひはどちらですか？」

「世田ケ谷の代々木八幡」

「ぢやあ、やはり新宿の東口でお待ちしてゐます。勝手に明日と……」

「ええ、結構よ、明日はひまですから」

潤吉は満足した。女の承諾が彼に、優越感を与へたのだ。投げ網に入つた獲物、たぐり寄せる技巧は、彼の経験が自負してゐた。

〝女は弱き者よ〟―腹の中でほくそ笑む潤吉なのである。女の後姿を見送つて、彼は、

「俺の真剣な顔は相当値打ちがある。」

さう一人低く呟く。

×　×　×

折からの、ラッシュアワーに、潤吉はもう四十分程人混みの中から、目と顎で例の女を探してゐた。約束の時間を相当に超過したことが、彼の自尊心にひびを入れ、失望の念が高まつた。日に六十万の乗降客を扱ふ改札口なのである。女の容姿は脳裏に灼き付いてゐる。よもや、見落しはしないと思つてゐた。太股をすり合はし、盛り上がる胸を突き出してこつこつと彼の前にやつて来たのが、昨日の女だつた。

「お待ちになつて？」

と、にこつと笑つたのと、潤吉が
「やあ」と声を合はせたのが二人をもう、袖すり合はせた若い男女の間柄を成立させてゐた。昨日の事等、おくびにも出さないのである。女は畑生洋子と言つた。

伊勢丹の方へ連れ立つて歩き出すと、潤吉は洋子の柔かい手を握つて居た。彼女も当り前だといつた

顔で、混み合ふ人に押しのけられて遅れては彼に追ひついて、手をつないだりした。二人は、東宝裏あたりで食事したり、コーヒーを飲んだりしてゐる間に、お互ひの前歴みたいなことについて語り合つた。

洋子は美校の絵画科を、二年ばかりで罷てゐた、で年は二十二の同年だし、やはり潤吉と同じく地方からの上京組であつた。今は有名画家の絵を売つてやつたり、モデルになつたりしてゐる。

「モデルと言つても、裸になるばかりがモデルぢやあないわよ。」と稍々弁解めいた口調だつた。

「あなたは学生だから、あたしが払うわ。」

と云つて勘定は洋子が済ませた。

潤吉は、つい、彼女に押され気味である。

ハンドバッグを探る手つき、男馴れした話し振り、彼の或る目算に狂ひのないことを知る。早速、今夜は洋子の受け口の唇を吸つて置かうと決心する。

やがて、二人はネオンの眩しい通りを避けて、新宿御苑前の薄暗い石畳を歩く。突然、

「何故、今日あたしを誘つたの？」

彼女が始めから計画してゐたやうな、言葉尻であつた。

「今後の交際をお願いしようと思ひましてね……貴女の体に触れただけで、貴女がすつかり判つたやうな気になつちやつて」

「それは、どういふ意味でせう。」

暗い歩道で、洋子は薄く笑つてゐる。潤吉は少し舐められたかなと思つた。

「貴女が好きになつたんです。」

「あたしを好きになつたらどうするんですの。」

こんな女は、始めてである。潤吉は小首をかしげてゐる唇を見る、

「好きだつたら、かうするより他は……」と、洋子の頭を抱へて唇を重ねる。稚拙な反応ではなかつた。人目を憚る瞬間の接吻にも潤吉は陶酔を感じた。それも束の間、

「じやあ、何人の好きな女の人にキッスした事になります？」

洋子の言葉に愕然としながら、確かに好きになつたら、接吻したりそれ以上の行為にしか表現出来ない自分を思ふ。しかも一目で惚れる女は東京中でも、数へ切れないだろう。

「いくら好きになつたつて機会と、可能な限界内にゐない限りは接吻だつて出来やしない、つまり、可能な限界内の人とは恋人でせうね。」

「ですから、あたしはあなたに何人の恋人が有りますか、とおたづねしてゐるんです。」

「………。」

「男の方つて、皆そんな考え方なんでせうね。己の情欲色情の衝動から一線を越えると、女の人に罪の一端を着せて、愛してゐる……で申し訳を立てるんでせうよ」

世に問ふ女の抵抗だと思ふ。だが、男ばかりに当はまる言葉でないと反発する。

「恋愛、その本質が愛情と情欲との混沌とした様は認めます。恋愛とは、愛情の表現を美化するものでなければね。若しこの男女の間に情欲が入つても、それはどちらの罪とも言はれないのでは？」

「若い人々が恋愛してゐるつてのは、従来の恋愛を模倣したに過ぎないわ。後は全部色情だけよ。」

接吻の直後に、滔々と喋る洋子を持てあまし気味であつたが、潤吉は彼女が男との道を繋く踏んで来てゐる事を知る。男といふものに失望してゐるのである。絵を画いたりする女は、こんなものかと思ふ。

「貴女はぢやあ、男が好きになつたらどうする。」

「男は皆嫌い！　貴君は好きになるかも知れないけど……」

今迄の男の全部に、そんな殺し文句を言ふのだろう。洋子が浮気の蝶に見える。結局は、綺麗な強い見幕であつても、女なんて弱い者だと心の中で、潤吉が嘲笑する。殺し文句を言ふ隙に乗じて、今度は、力強く抱きしめ、息も吐かせぬ接吻……熱い血潮を騰らせて悶える洋子なのである。

×　×　×

潤吉が最初に、洋子を発見した時、彼の身内に起つた衝動は情欲だつたのである。逢瀬を続ける洋子も、今ではその対象に過ぎなかつた。彼女が主張してゐた、男だけが能動的で、女はいつも受身であるといふ女にとつて、虫の良すぎる被害妄想も潤吉には通用しなかつた。亦、男だけが欲望を持つて、女は持つてゐないなんて顔されるのは甚だ心外である。

これ迄に交渉を持つた女も、こんなちやちな考えを捨てきらずに潤吉から去つて行つたものと信じてゐる。

歴史の証明に待たずとも、時代毎に、道徳は移り変つてゐる。敗戦は新時代を与へてくれた。女ばかりでなく男も、金のために節操をなくする。男女は二人だけで彼等のモラルを作り、表面は社会に従つてゐる顔をする。つまり法律が純血を保証するなんて事はないのだから、相手が喜ぶのならばあくまで白を切つても大丈夫なのである。

人間の作つた便利な観念の盲点を衝けば、世の中が渡れるらしい。

洋子の父は土佐の人で、日本絵画の大家であつた。彼女の父が死んだ頃は或る画学生に犯された後だつた。で、一般の観念的素養は父の躾で多分に持つてゐたのだが、その後いつの間にか霧散したやうである。都会に出たのがその罪の一端を蔽てゐるのであらう。洋子の言動にはその片鱗が伺へると、潤吉は思つてゐた。一方潤吉は、大学の学生課で斡旋して貰つて家庭教師をしてゐたが、そこの奥さんと懇になり、今では阿佐ヶ谷のその家に入り込んでしまつた。官庁勤めの両親からの仕送りはその儘小遣ひになり、足りない時は奥さんからもせびり取るのである。

自分から意識して行動した結果なのだが、奥さんの慰み者になつたといふ引目を奥さんに抱かせる事を忘れなかつた。金の切れ目が縁の切れ目だぞ、と暗示的に脅かす厚顔さも持つやうになつた。生きることの実感を余り強く抱かない彼には、どうしてこんな人間になつたのかと自省や、責任を感ずるのだが行動の前には、全てが屈服するのである。

道徳は客観的正義であると言はれてゐる。しかし潤吉には妥当でない、といふ事は道徳が客観的でない事になる。潤吉にはこの点が解せない問題なのである。近頃評判となつてゐる、〝キンゼー報告〟なるものは道徳の頽廃を非難する目的ではなく、道徳の行き詰りを科学的に実証して世代交代を計つてゐるのではないか、と潤吉は思つてゐる。

洋子は自分で働いて生活するといふ生きる事を第一義的に考えてゐたので、潤吉の考えには相当不満を持つてゐたが別に、不清潔だとも思つてゐない。生きる手段としては自分の良心さえ殺して置けば済むと思つてゐるのである。

洋子が流行の断髪をして来た時

「君。折角の美しい髪を切つちやつて、それぢやあ性的魅力半減したね。」

「潤吉さんは性的に発達した女なら誰でも良いんでせう。」

「その魅力のある女は大抵美しいさ」

「美しく見られようと思つたから、思ひ切つて断髪しちやつたのよ。女の献身を出来るだけ小さくしようとねがう男の浅はかさつて本当だわ。」

「女は長い髪を持つてるのは当り前ぢやあないか。男の真似をして女から本質的に優越する為やつたやうなものぢやあないかな。」

「いいわよ、あたし男は嫌いだから女の人に讃美されたら本望よ」

「あれつ、急に逃げちやつたね、僕も男の一人ですよだ。個性を殺してまで断髪したり、ロングスカートはいたり、ハイヒールはいたりするなんてわが女性の悲劇だよ。」

——………——

「でも、君はどんな真似をしても一応はこなすね」

「女性が女性から優越する事だけに夢中になつて、男性を見向きもしなかつたらどうなさるお積り」

「はゝ、その心配は御無用、根本目的は男に近かづかうとする心理の反映に過ぎないのだから」

実際、近頃は、断髪した女が長い髪の女に向つて、「いつ迄女々しくしてゐる積りよ男に勝たなきや駄目ぢやあないの」と言つて居るように見える。でも彼女等がいくら威張つて歩いてゐても、意識してゐる白い襟足や豊満な胸の隆起は男への媚を如実に物語る。かう思つて潤吉は苦笑するのである。

×　×　×

洋子と知り合つてから、夜が遅かつたり外泊したりが多くなり下宿の奥さんは不満気であつた。

主人は甲府の或る酒造会社の取締役だつた。で、月の半分は甲府の本社半分は東京の支社といふ具合で販売の方にも睨みをきかせ、遠く関西へも出張したりした。

影の様に細そりした奥さんは、色の白さとその繊細な気質とが三十四といふ年よりも相当若くした。少し吊り気味の眼は淫蕩を思はせたが、全体からくる頼りないか細さが神経質らしく調整してゐた。最初に奥さんが忍んで来た夜、潤吉の下で二人の男の子を育てたにしては薄ぺらな乳房をふるはせて火のような情熱を燃した。華奢な肉体に潜む三十女の情熱に驚き、妻を放つて外泊する主人に憤りを感じた。この憤りは潤吉が同時に味う快楽の前には曖昧な点もあつたが、或る義務を負はされた型であつた。

かくして、潤吉には情痴の場にでんと腰をおろした洋子の場合と、同情と義務を感じて奥さんを抱く場合とに遭遇したのである。事の良否は考へないとして、こんな事をしてゐて将来彼自身が心から愛し得る女性があるだろうかと考える時潤吉の心は暗くなるのであつた。——真から愛せる女——潤吉にとつては巷に溢れる女は全て愛すべき長所を持つてゐる。かうなるとどの女が最も理想の女かの判別もつかない。自分を信頼し愛してくれる女が最も良い事は常識であるが、潤吉にはこの常識すらも疑ふ程女に背信的であつたから女も男に背信行為を遂つてゐるものと思つてゐる。幸福の実体が摑めないやうに愛情の実体が摑めない事が潤吉をしてかう考へさせるのであらう。漠然としたものを追つてゐる内に即ち、女との交渉を続ける内に終ひには彼の結論が出るだろうと思ふのである。

彼の友人達で或る者は、青野潤吉こそ道徳の破壊者であり現代青年の生き方を冒瀆する者であると憤つた。或る者は、アプレゲールの典型と言ふより新現実派なのだと自己を含めて研究的に眺めたものだ。潤吉はこの様な憤激に会つたり批判を受けても少しも動ずる事がなかつた。彼の為した行動が事実であり、行動を起す隙が社会生活——特に女性の社会生活——に存在してゐた事実が彼に自省の余地を与へなかつたのだ。

偽善は社会の秩序を成る程度保つけれども深底は不愉快極るものである。潤吉の体験からさう悟つて以来女への遍歴が始つたのであつた。

× × ×

洋子は潤吉と一緒に歩いてゐて常に感じる事がある。彼の眼が常に異性の眼を追ひ、唇をなめ乳房に這廻り尻にまとはり付くのである。亦、よくどこかでいつの間にか潤吉の姿を見失つてしまう。電車に乗つてゐても、目的の駅でなくとも慌てて降りて行く事があつた。洋子は最初彼のこの不思議な行動をいぶかしく思つてゐたが、やがてその理由は明白になつていつた。

酔客もぼつぼつあらはれる夜の電車であつた。潤吉と洋子の前の席に真紅なドルマンスリーブのトッパーを着た女が、稍上気した顔に黒い瞳をきらきら輝かせてゐた。潤吉はその女を凝視してゐた。時々女が視線を合せてそらした。潤吉は真向から傲慢に凝視続けてゐる。遂に女が眼のやり場に困うじて俯向いてしまつた。時々顔を上げる女の瞳は悲しく寂し気であつた。薄笑ひを浮かべたまゝ、潤吉は件の女が降りると忽ち一緒に降りてしまつた。それは新宿から高円寺までの中央線である。洋子はいつもの彼の悪癖と思ひながらもその事件らしき事を追求する気持はなかつた。

潤吉は女が一人である事と時間的に見て、アパート住ひであると睨んだ。

高円寺の南口より本通りを抜け、喫茶店の並んでゐる通りから保健所のある暗い路を曲つて行つた。果して女は最近出来たらしいアパート風の建物へ、板塀の潜戸を開けて入つて行つた。潤吉も素早く続く、門燈の灯りで二人の瞳がぶつかつた。

「何か御用でせうか?」

「貴女が僕に用があるんぢやあないですか?」

「…………」

「貴女は本当に寂しさうで、僕とお話しがしたさうに思へたのでね」

潤吉は例の真剣な表情でずばりと言つた。女は下宿に帰つた安心感からいくらか緊張も薄れてゐるが、まだ黙つてゐた。

「さあ、案内して下さいゆつくりしませう」

「私、――困ります！」

「どうしてです、他に誰か一緒なの？」

押しの太い潤吉に負けて女は素直に戸を開けて入つて行つた。

上り框で靴を脱ぐと女は戸棚の中に潤吉のと一緒に並べて置いた。これで彼はある確証を摑んだ気持になれた。

廊下の北側は出窓になつてゐて水道とガス台が据ゑてある。南側に四つの部屋があり女は一番奥の一室であつた。小型の名刺に〝仁木美奈子〟の表札が掛つてゐた。

卵色の壁も真新しく電光に照らされたグリーンの窓掛や、赤塗りの姫鏡台、衣桁が媚めいてゐて若い女の居住ひの香りが芬々と潤吉の情欲を唆つた。

臙脂の軽い座布団をすゝめてから美奈子は紅茶の仕度をした。フレイヤーを多く取つた明るいチェクのスカートに巾広いベルトがきつく腰をしぼり、上体は馥郁と若い魅力に満ち満ちてゐた。素足の指は円くこつそりと並んでゐて、日頃の身嗜が爪を桜色に染めてゐる。

「お紅茶いかが、ウイスキー入れますか？」

サントリーの角瓶に八分目程も黄金色の液体が入つてゐる。

「いいものがありますね！　僕はウイスキーを頂くとしようか」

ここまでスムースに事が運ばれたのならば、潤吉の美奈子に対する確証も摑めると思ふのであつた。

抱擁してキッスしようが押し倒して貞操を奪はうが、美奈子は抵抗の所作をしても声は立てないだろう。

男はおのれの情欲に絶大な意義を感じて生涯を賭けても対象の女を得ようとする。そして、ひとたび望みが達せられた時はもう後悔の発芽を感ずるのである。一方女は満足し男に頼り切らうとする。潤吉の場合は僅か三、四十分前に見参したばかりではあるが美奈子の真剣さは感じ取つてゐる。女はいつでも娼婦であらうと妻であらうと真剣である。真剣の中には誠もあれば嘘もある。そこに女の可憐さと狡さと、美しさが含まれてゐる。潤吉はこの点を弄び、あるいは自己を嗜虐し最後に確証を摑んで満足するのである。女に接する時女を裏切る時、潤吉の行為の矛盾はそこから生じてゐるものなのであらう。——

潤吉はコーヒー茶碗にちびりちびりとウイスキーをついで飲んでゐた。

「アルコールが入ればお話もしやすくなりますよ」

花に蜜を加へて香りと甘美な味を占めようとする潤吉の誘ひで、美奈子はウイスキーを口にした。紅い可愛い唇が液体に濡れて光つた。

ウイスキーが半分位になると潤吉の凝視が始つた。綾吊人形のやうに無細工に洋酒を飲む美奈子の姿は、魔手から遁がれる抵抗のやうにもあるしある期待に満ちた肢体でもあつた。潤吉は唐突にセットを片手で押しやると美奈子の肩を摑んで引き寄せた。

美奈子の顔に軽蔑と憎悪の表情が横切つたが、唇を離した時は快美感に酔ふ顔でなければならぬと潤吉は思つた。

確証とはお互の情欲に於ける勝利なのである。美奈子が身悶えし快美感に陶酔しなければ勝利にはならない。潤吉は尚も細い腰と肩を抱いて唇と舌を吸ひ続けた。

潤吉が体を離した時、美奈子の体はなよなよと彼の胸に倒れ掛つた。異性の欲情を意識した時、潤吉は歓喜に全身を燃やして熱く耳に囁いた。

「青野潤吉は今夜此処へ泊る。僕は美奈子を知らない、君も僕を知らない筈だ。だが僕達はこれから最も密接な関係になり得るのだ。肉体とは不思議な力を持つてゐる、己れの考え、精神とは別個の生命と意志とを持つてゐる。皆無の知識ながらお互に肉体を通して共通の歓喜を味う事が出来るのだもの。この時は二人とも人生の繁雑も忘れ本能的になり、本能に従順になる。このお互が従順になつた時にこそ精神の和睦をひき出し、愛情と信頼を見出して行けるのだ。君は娼婦と一緒にしてくれるなと言ふだろう。勿論娼婦も女だ。だがあれは必然的に生れた商品なのだよ、マスターベーションが必然的であり絶対的である様に娼婦も必需品なのだ。君はまだ愛情なんといふちやちな考へを捨て切れないだろう。先程の君の顔は僕を侮蔑してゐた、だが、僕は愛情も情欲で割切つてしまつてゐる。今夜は君と僕の情欲を満喫しようぢやないか、断つておくけど女の本質的性格である独占欲だけは御免蒙るよ。僕は生来多情だが、独占される事はたまらないからね。美奈子、君はふるえてゐるね。僕の言ふ事で君の肉体は疼き精神は陶酔する筈だ」

潤吉はやおら美奈子の体を起し、両手に顔を抱へて唇を重ねて行つた。

末梢神経を快い神経を刺戟し重いグリーンの帳の中で火花を散らして行つた。

翌朝〝確証〟を摑んだ女の許から潤吉は塵をはたいて出て行つた。


洋子は潤吉から美奈子との一部始終を聞いても別に腹を立てもしないし嫉妬もしない、まして同性の不甲斐無さを歎きもしない。

人の享楽と幸福を見る時醜くさと美しい感懐にひたる。憤りもなく嫉妬もなく羨望の気持もない。それは映画の中の俳優が豊かな恋の仕草を眺める様に遠くへだたつた気持なのであらう。

「洋子は嫉妬しないから好きさ」

と潤吉が言つた事がある。

「私はそんなエゴイストではありませんよだ。完全な肉体と豊かな情熱を持つてゐるんですもの、絶対の優越者が嫉妬するものですか！」

「わあー恐れ入りました。だがね本質的優越者は優生学上でも男性なんだぜ」

洋子は尚も考える。—人間の心とは汚いものである。清浄な愛情なんて架空には存在しても人の世には滅多にない。殆んどが情欲であり自我であり、利害打算なのである。生活を拘束する道徳とか倫理がやみくもに盲点だらけであれば、青年若者の恋の手練である嫉妬もなくなるのではないかと思はれる。醜くまぎらはしくはあるが嫉妬の心も人の世には不可欠なものであると思つた。

—嫉妬しないから好きさ—といふ潤吉の気持は結局無限の愛情を待望してゐるのだ。奪い取つても奪い取つても与へる心の少い異性は遠ざかつて行く。与へる心の少い女は嫉妬の強い女なのだ。潤吉は亦しても燦然たる巷を彷徨し、華やかな装ひで愛すべき紅い唇にこんもりとゆれる乳房を求めるのである。

「潤ちやん与える心つて知つてゐる？——相手からは何をも求めず、相手に対しては無限に豊かに与えようとする心そして与える事によつて自分の心が豊かになるのね。随分一方的愛情なんだけど」

洋子は優しく潤吉に問かける。

「あたしね潤ちやんにはこんな愛情が必要なんだと思ふわ」

「誰かそんな頼もしい方がいらつしやるのかい？」

嘲笑的に潤吉はまぜつ返へす。

「あたしはこれまで一度も嫉妬した事もないし、即ち与へる心だけだつたと思ふの。潤ちやんにだけはね」

「それで僕に浮気は止しなさいと言ふの？　やはり君もか弱い女性だ。――本質的性格である独占慾が台頭して来たやうだ！」

「真面目に話をしてゐるのよ」

洋子にはこの青年の瞳が素晴らしい雄猫の虎視眈々と雌猫を狙ふ瞳を連想させ暗い気持になるのであつた。

「今この僕に貞操を望む事は畜生に一夫一婦制の道徳を教へるのと同じだよ」

言葉の調子も真面目であり、投げ遣りでない事が洋子の心にぴんと響いた。

背を向けて街に出て行く潤吉を見送りながら、この様な青年がゐる事は重大関心事であると洋子は思つた。

未完

（一九五五年一月「洞人部落」第一号）

遠くの花火

TOOKU NO HANABI

親愛なるB兄

晩秋の候、朝夕は手足も冷く感じる様に相成りました。ともすれば感情的になり勝ちな季節に闘病の日々を送つて居られる貴兄は全く、尊敬と同情の念に価する。

先日の便りによると午後からの熱が下つたとか、僕も我身の様に喜んでゐます。やはり小浜《をばま》の空気はよかつたのだね暁方の小浜湾《をばまわん》の情景はなんとも云へないものがあつたとつく〴〵昨年の春の事を追憶してゐる次第です。

さて、聡明な貴兄はこの部厚い手紙を受け取つた時から感づいて居られる事と思ふ。僕は何度躊躇したか知れない。若し貴兄の感情を興奮させて熱でも呼び覚ませられてはと。その様な懸念があつたらどうか打棄つてゐて呉れ給へ。僕は書かずにはいられなくなつたのだから。もう貴兄が読む事に決めてゐる云ひ方だけど、読む前にこの文が僕自身の告白ではなくて、こん〳〵と〝宣告〟する宣告なのだといふ事を念頭において貰ひたい。

僕は社会全体からみれば偶然に抛り出された一個の小石である。しかし僕自身にとつてはかけがへのない生命《いのち》であり、肉体であることは云ふまでもあるまい。人間が発生してこの世に何千年かの間、子供から大人老人となつてゆく事を繰り返して来た。しかし僕にとつては人生の一歩一歩が始めての経験なのである。新しい驚異なのである。

人間の人生の経験（生きてゐる事、恋愛、日常の事等あるが「恋愛」を取り上げる）は先人のそれと海岸に打寄せる波が次の波の形と違ふ程にも違はないのです。

云はずとも知れた長い前置きから結局、僕は僕の〝恋〟が熱烈にも拘らず数奇な運命を背負つてゐたといふ事を知らせたかつたのです。他の容易な〝恋〟とは格段の差があるといふ事を知つて貰ひたかつたのです。

これから本文に入るのだが貴兄は体の不調子をおして読んでゐるのではなかろうか、どうか気分のすつきりした時でよいのだ、十分無理をしない様にして呉れ給へよ。

僕をしてこれ程までに悩ましめたのは、僕の親友であり貴兄も御存知の沼田雄次の妹郁子さんである事はもう推察されてゐる事だろう。何時頃からだつたか確かに昨年の春貴兄が小浜に保養へ行く少し前だつたつけ、僕がヴェルテルにも劣るまじき激情を発散し始めたのは。僕はゲーテよりも先代に成人してゐたならば「若きヴェルテルの悩み」を凌ぐ作品を完成してゐたかも知れない。

僕が彼女に惹きつけられたのは一つは彼女の美貌であつた。さて僕は貴兄にどんな風に彼女の美貌を伝へようか、彼女を見てゐる時はものすごく美しい讃辞が飛び出して来て僕を歓喜させるのだが……。差し当つて僕はハイネやシェリーが慣用する愛の讃辞では満足出来ないのです。小鹿の様な優美さ、小鹿といつても名所や公園で飼はれてゐる鹿の様な意識せる嬌態や媚等は全くなく、一種の奔放さを持つてゐるのです。

こんな事を云つては貴兄を不快にさせるばかりだろうが、僕は物心ついてから若い女性、生々《うひうひ》しく見える女性に対しては少からず関心を持つてゐた。夫々個性に応じた新鮮さで僕を魅了した中には心の内にふと恋の対象として考へて見た者も十指に余る程である。

だが郁子さんは此等の女性の長所を全て包含した美しさなのだ。高貴な美しさ芸者の様な艶《つや》つぽい顔、都会娘のチャーミングな顔と全てをひつくるめて時に応じて武器の様に用ゐるのだから僕を満足させるのも当然である。

M実践女学校二年の郁子さんを見知つたのは高校三年の沼田と同クラスになつて自然交友も繁くなつた頃だつた。

沼田の家は資産家であつたから家の空気が何となく華美《はなやか》で時には襖をへだてて郁子さんの明るい笑声が聞えるし気分が上気する様だつた。また沼田の母は社交界の交際を見事にやつてのける様な人なので誰に対しても応対が素晴らしくよかつた。こんな所から沼田や郁子さんの友達等は心易く出入りしてゐたのである。この頃から僕は郁子さんの美貌や人柄に相当の好意を寄せてゐたが、春に迫る大学入試に圧迫されて余裕がないといふのか、非常に性急《せつかち》な日を送つてゐた為全てが眼中になかつた。親友同志が敵の様に憎み合ひ、成績について冷い軽蔑の眼《まなこ》を交はしてゐた位だつたのだ。

志望校が同じだつた沼田と僕は幸運にもK大学に合格したので（貴兄にも祝福して貰つたが）以前にも増して彼との交友は親密となつた。苦しかつた一年間が過ぎて大学へ入つてしまふと、今迄地獄の神プルートンの墨色の四頭引き馬車に乗つてゐる様な心地は急に消滅し、脚光を浴びたバレリーナのつま先の様にのび〳〵と気が浮きたつて来るのである。

友達同志の冷い眼は和らぎ、再び沼田の家には若い人達の笑声が溢れ出て来た。

年頃の青年男女に於て一年も経てば、心境や風貌がかくも変るものかと今更驚嘆せざるを得ない。それとも落着いて物事を眺めなほして見る様になつたからであらうか。

それ程、郁子さんは美しくなり、大人らしくなつてゐたのだつた。そしてこれ迄親しく言葉を交してゐたが、何だかそれが面はゆいのである。僕はその時始めて郁子さんに対する愛情が成長してゐた事を判然《はつきり》と感じた。それと同時に、これからどこまで愛し続け、郁子さんの愛も獲得しようと決心したのだ。他の出入りしてゐる男性が全て僕のライバルになつたとしても、醜い冷い斗ひは一切拒絶しK大学の誇りに輝きながら、汎愛の女神アフロディテより放たれるキューピッドの来光を仰がうと……。

郁子さんが親しく話し掛けて来るのはこれ迄当然であつたが、その当然が恋の甘美さに溶かされて、好意として感じる様になつたのは僕としての恥づべき事だつた。明瞭《あきらか》に背信行為だつた。もつと自然な態度で話し又話しを聞かなければと思つた。

或る時、沼田の書斎で雑談をかはしてゐる時だつた。隣りで郁子さんの含み笑ひが聞え、それから立つてこちらの部屋に来る気配がしたので思わず身を堅くすると、襖が開いて一冊の書物を手にした彼女が入つて来た。ケラーの〝緑のハインリッヒ〟である。

「私この部分とても気に入つたんですけど、こんな大きなお口てあるかしら。」

霧の中のユーディットの章である。沼田はそこを朗読した。

〝霧の朝だつた。ユーディットは露のしたたる林檎の木から果実を二ツ三ツもいで、まだ艶つぽい香りを放つてゐるその一つを白い歯でがぶりと二つに嚙み割つて、半分づつ食べた。それは滅多に味はへない新鮮味と風味とを持つてゐた。私は彼女が同じ様にして二つ目の林檎をくれるのが待ち遠しい位ゐだつた。かうして三つ目のも食べてしまふと口の中に爽やかな甘味が残つて、ユーディットを接吻したい気持を抑えるのに骨が折れた……。〟

沼田は

「ふんー　成程、美しい文章だといふ事は判るが。……」と余り興味のない顔をした。

僕は驚喜した。〝緑のハインリッヒ〟の中でこの部分程甘美な美麗な文章はないと確信してゐたから。

「霧の中の二人の行動は夢の様だね、野性美に輝くユーディット、霧の中からぽつかりと艶《つや》ぽい果実が現はれるのはエデンの園の果実等よりまだ魅力があつただろう。」

「実際、霧の中は素晴しいねえ、僕等は川霧に包まれてゐる乞食小屋でさへ幻想的な御殿に見えるんだ。」

僕は思はずこんな事を口走つてゐたが
「つぶのそろつた白い歯並み、果物の甘味が爽やかな気分に溶けてゆく様ね！」

と共鳴する郁子さんに、ユーディットを接吻したくなつた気持と同じ感情を高揚《たかぶら》せたのだつた。この時の様な郁子さんのノーマルな態度を僕は限りなく愛した。

休暇に入つて僕等の沼田宅へ集まるグループは郁子さんも入れて七人位だつただろう。いつの間にか夏の夕暮方から散歩に出掛ける様になつてゐた。道順は繁華な人通りをさけてF銀行裏の藤棚を通つてH小学校横の鈴懸《プラターヌ》の並樹路、いきつく所は学校裏門の大きく枝を張つてゐる一本松の下だつた。話題は沼田の専門の美術派と僕等の文学派に分かれてゐた。郁子さんは勿論文学派だつた。

不思議な事に、藤棚の下にたたずむ時、或いは並樹路をそゞろぶらつく僕の口からは郁子さんの好みさうなエミリ、ブロンテの美しい一句、ゲーテの一節が流れ出て来るのだつた。又或る時は僕が皆に勇敢な美青年と美しい乙女の悲恋を語り真紅の薔薇が咲く様になつた由来を物語つたりした。郁子さんは人一倍熱心だつた。後になつてそれに気が付くと恥づべき事だが僕は意識して話題を撰択する様にさへなつた。

僕は郁子さんと二人だけの散歩を夢見る様になつて来た。しかしこんな風に話題を撰択する晩に限つて美術派の方が活気がよかつた。

まだ不快に感じた事は、帰り途に大きな月が鈴懸《プラターヌ》の葉を照す頃、沼田と郁子さんは仲良く先頭に立つて家路へ急ぐのである。ぞろ〳〵と後に行く僕等に彼等二人の高く低く和する〝ソルベージの歌〟を涼風になびかせながら。兄妹仲の良いのは前からよく知つてゐたが、僕には彼等兄妹の仲が肉親の愛ではなくて異性同志の愛情の様に思はれて、嫉妬の念までこみ上げて来るのであつた。実際、沼田のがつしりした体格と浴衣姿のなほやかな郁子さんとがしつくりと映ずるのは僕の僻目だつたろうか。

こんな馬鹿げた事を考へる以上、郁子さんに近か寄れないのだといふ感じが全身をかけめぐるばかりなのだ。たぎり狂ふ情熱のやり場に窮した僕は詩や散文に書き綴つた。しかし、ここにも僕の醜悪なる心は露出してゐた。僕が投稿する雑誌社や同人誌は彼女が愛読してゐるものに限られてゐたのだ。僕の詩は或る雑誌に採択された。要約して紹介する。

〝純真なる乙女を犠牲《いけにへ》として欲する海竜《りゅう》を天上より流れ落ちた玉星が退治した。

玉星の悲しき残骸は美しき礫真砂《つぶてまさご》となつて永遠に乙女等に愛された。〟

僕はこの詩を読んでくれたであらう彼女に、美しい礫真砂《つぶてまさご》の一粒一粒は僕の情熱のたぐりなのだ、永遠に愛されるべき価値があるのだといひたかつた。

僕はしみ〴〵と女性の必要さを痛感するのである。愛する郁子さんなくしてどうして夢多き詩が生れよう、美しき散文が生れ得るものか！　僕が体験したのは始めてだが、先代にはすでに新生のダンテに於て然り、ゲーテに於て然り、ではないか!!

僕の存在は文壇に稍々認められて来たのである。が、今の場合文壇に認められようが認められまいが、それは別問題なのだ。唯、流れる水の悲しさは休息がないといふ事である様に、逆巻く情熱の休息所を与へられない僕は悲しかつた。もつと率直に云はう、郁子さんの愛の言葉を欲したのだ。

青桐の葉が一枚一枚散つてゆく頃、僕は偶然にも乗り合はせた電車に郁子さんを発見して、或る宿命的なものを感じる程彼女に拘泥してゐる事に気が付いて遂にその日沼田に意中を告白したのである。その時の沼田のだまつてゐて最後に口早くいつた言葉を、僕は今なほ耳底に意識してゐる。

「信頼してゐる君の事だ、亦郁子も君の才能を十分認めてゐる。けれど今郁子に打明けるのは時期が早いのではないか？

彼女《あいつ》としてもヒポクリティックな答以外には出ないだろう。あたり前の女なのだからなあ……。俺に任してくれないか？　善処しよう。」

彼の善処が具体化されつつあつた。彼は行動を共にする事を三人にする様、極力務めてくれた。即ち沼田、郁子さん、僕である。我々は繁華街を都会の刺戟を求めるかの様に人ごみを掻き分けた。映画も観た、結局僕の得たものは郁子さんと肩を並べて歩いただけなのである。〝虚栄の市〟の再現を現実に見て、それに加へ合つた批判が会話の全部だといへば、いかに味気ないものだつたかが察せられるだろう。僕は沼田に山登りを提案した。彼は亦も奔走して他の友達に口実を作り三人だけで行く様取り計らつてくれた。

僕は重たいのもかまはず美しい詩集を沢山用意した。平坦な路は快適で素晴らしく楽しかつた。しかし一歩険しい岩山にかかれば僕は絶望の光景を見なければならないのだ。郁子さんはやはり兄貴である沼田が頼り易いので、彼にばかり頼るのである。僕が気をきかさないのかも知れないが、それまでして彼女の手を取るといふ事は何だか気恥しかつた。（これは僕の欠点だといふ事は十分承知してゐるけれども）そして二人の恋人同志の様な行動を見て見ぬ振りをするといつた状態だつた。

目的地である山の頂上には幸福が待つてゐてくれた。我々は尾根伝いに〃峠の我家〃を合唱しながら風光よい場所を探し廻つた。ここは山といふより高原といつた感じで、尾根が遠く流れ、傾斜に面する銀色のすゝき原を我々は茫然と夢でも追ふ様に眺めたのである。

やつと落着くと郁子さんは持前の奔放さを発揮して、すゝき原にわけ入つてここかしこに点在する可憐なりんだうや、清楚な桔梗を賞でたりした。

遠くの方から見てゐた僕は

「我が愛するものよ、急ぎ走れ香はしき山々にありて小鹿の如くあれ！」

と心の中に絶叫したのである。

昼食を終つてから早速、詩集をとり出して三人が交代に朗読し合つた。難解なマラルメの象徴詩もわかる様な気がした。亦外国の作家論や、文学論、終いには宿命論とか恋愛の確率とかについて興味深く論じ合つた。

「直木さんは何でも詳しいのね、沢山本を読んでゐるんでせう」

「無知に読みたる書物だらけの木偶頭といふ所ですね」

「でも直木さんのは木偶頭ではなくて作家の様だわ」

こんなに楽しかつた思ひ出は今でもキーツやマラルメをひもとくと美しいりんだうの押花が語つてくれる。

清らかな山にも時は流れ、樗牛が清水寺の自然に執着し〃月よ、星よ沈まざれ〃と慨嘆した様に僕は高原の自然とマッチした郁子さんに執着しつつ、心に深く時の経過を嘆息して帰りの途についたのだつた。

山登りの後一週間たつて、K大学始業月の二日前、沼田は大学所在地に寄留する為に発つてしまつた。僕もさうすれば非常に便利なのだが家の事情で、これ迄通り二時間ばかり汽車に乗つて行かなければならなかつた。沼田がいなくなつては余程の口実を設けない限り僕の足は出渋つた。僕といふ男はこんな男なのである。

凋落の秋こそ恋してゐる者にとつて物苦しい季節はない。折角素晴しい詩がまとまりかけても、落着かない日々は心が空虚《うつろ》になつてそれ以上筆とる情緒も起らないのだ。燈火親しむの候も僕の書斎の青いスタンドは点ぜられなかつた。僕はたうとう学校も休んでしまつた。そして、専ら鈴懸《プラターヌ》の並樹路、銀行裏の藤棚の下で落葉の一枚一枚に思ひ出をまさぐつてゐたのだ。或る時は心は冷静になつてK大学の誇りを汚した事について非常に後悔したり、或る時は、いつの間にかM実践女学校前の青桐の樹下に僕を発見するのだつた。

僕は放課後をねらつて青桐の下に立つ様になつた。最初は女学生が来ると物陰に隠れたりしたが、後になると平気になつて来てゐた。多勢の女学生が帰る中に、僕は郁子さんのグループを見つけた。グループの真中にゐる彼女は正に彼女等の女王である。快活な彼女はいつにも増して美しく輝いてゐた。郁子さんはやつと僕の存在に気がついて呉れた。そして素晴しく親しみのある挨拶を送つてくれたのだ。勿論皆の視線は僕に集注されたけれども僕はひるまなかつた。僕は彼女等の後姿を見送りながら、やつと或る決意を固めたのだつた。

僕はその晩、郁子さんの為美しくも悲しい物語りに心血をそゝいだ。純真な乙女に思ひを寄せる情熱の詩人の物語りである。それは僕と彼女とに似合はせて構成したもので、僕自身快心の笑をもらした程の出来栄えだつた。翌日僕の心は晴々としてゐた。或る自信といつたものが心にあつたのだ。そそくさとその手紙を投函しに行かうとした時だ。

〝B兄〟！　僕はとつぜんこんな大声を立てざるを得ない。暗き想像をする時は悲痛なる運命現はれ、明るき想像する時には明るき運命現はれるといふ事は全然反対だ。見てくれ給え！　有頂天になつてゐた僕の眼前に突きつけられたものが何であるかを。それは沼田からの手紙だつた、〝宣言〟だつた。

〝直木兄〟

突然ながら僕は友に或る絶望の宣言を与へない訳にはゆかなくなつた。僕は尊敬すべき友が郁子に恋してゐる事を十分知り尽してゐる。然しながら次に示す宣告を友になげつけなければならないのが友情の不義理ではなくして、運命の決裁だといふ事を自覚して貰ひたい。単刀直入に申すならば愛する妹であつた郁子は、愛すべき未来の我が妻だつたのだ。友よどうか興奮しないでくれ給え、事実はかうなのだ。先日両親から改まつた手紙が来て驚くべき新事実を伝へたのだ。

それは郁子が幼少の折我が家に貰はれた子であり、我々には秘密にして両親の間で許嫁として今日まで養育して来た。何故今迄秘密にして来たかは色々と推測されようが、これも封建性の名残りとして決断せねばならないのだ。僕は今これを書いてゐる間友の動揺を眼のあたりに見る様な気がして、心は千々に乱れる思ひだ。何時か君に与へた言葉はこの事情を天が授けてゐたならばと後悔してゐる。それ程僕も郁子を愛してゐるし両親に対する恩義もわきまへてゐるのだ。それでも友よ、君は友情がこの世で至上のものであり、その為に義理をたてよと云ひはるだろうか？

差出がましい口振りだが才能ある君がそれだけの情熱を他にはけ口を見出して注ぎ込んだならば、偉大なる驚異を呼び覚ますに相違ない。苦しいだろうがこの苦しい事に打ち勝つてこそ成功にありつけるのだ。友よ奮起してくれ、郁子を諦めてくれ。

我々が中世の騎士《ナイト》だつたならば決闘の白手袋を交換してゐたであらうが。民主主義の世の中では暴力は否定されてゐる。ここで我々は思想を持つて、学術に於て或は権威の上に立つて相争はうではないか。意志の堅い、ひしがれても止まぬ君にそれだけの気力が喪失するとは思はれない。手紙の上ではつい主観的になり勝ちだが、もつと客観的に君が僕に問い究めたいであらう事を君の立場から一問一答してみた。

「僕は郁子さんをこの上もなく愛してゐる」

「僕が存在してゐる以上諦めねばならない運命にあるのだ」

「しかし僕が告白した時の君の返事について責任を持たないのか？」

「神と両親の他に知る由もない事情を運命と見なさないで僕の責任とするのは、たとへ男子の言葉だからといつてもそれは無理だ。むしろそれを責める君の理性を疑はざるを得ない。」

「郁子さんは君を愛してゐるのか？」

「後に示す郁子の手紙によつて判断して呉れ給え」

「孤独になつてしまつた僕をどう慰めるか？」

「僕はこれ以上君に与へる慰めの言葉を知らない。苦るしんで君が自暴自棄にならない限り発奮し偉大なる人物にならん事を欲する。苦しめといふ事が君に対する最大の贈物になるかも知れない。」

友よ！　どうか此等の残酷な言葉を容赦《ゆる》してくれ。君が彼女を愛すれば愛する程僕の彼女に対する愛も深まつてゆくばかりだ。最後に僕自身が安心したい為に君には心臓に矢を射られた様な致命的な郁子の手紙を紹介する。（僕の今日の胸には確かに邪悪な鬼の魂が住みこんでゐるのだ。友の苦しみを嘲笑してゐる恥づべき行為をどうか〳〵ゆるして下さい。）尚出来得るならば今後の交友も許してくれ給え。

〝雄次様　前略
お兄様ではなくて雄次様と呼ばせて下さい、事情は御両親様からお聞きになつた事と思ひます。私も最初は大変吃驚《びつくり》致しましたが改めて雄次様のお嫁さんになれると聞いて嬉しくて〳〵たまりませんでした。露骨に礼儀もなく書き下す文面をこれまでの愛しみに免じてお許し下さいまし。悪戯《ふざけ》たり甘えたりした事も貴方を信頼し愛していればこそですわ！
この事があつてから私は学校でも道でもにこ〳〵して晴々した気持でゐるものですからお友達が皆不思議がつてゐる位ですのよ。私一人で喜んで居りますが雄次様の本当のお気持はといえば確信がありません。どうかお手紙のつき次第御返事下さいな。今日は書きたい事が山程ありますけど御返事を頂くまでは書く訳には参りません。〟　後略
全身に五寸釘を打ち込まれた僕はどうすればよいのだろうか。イエス、キリストにも劣らぬ極刑に処せられた僕は最早復活出来ないのではないか。人間社会の法則を破り得るならば僕は敢えて実行するだろう、がこの法則の中にはすでに理性の働きが含まれてゐるのだから仕方がない。正直人や貧乏人がどうして世の中は金がかくも幅をきかすのだろうと考え殆ど諦めてゐると同様に僕も社会福祉の為だと諦めなければならないのか!!
帰結から云ふと僕の〝恋〟だけは海岸に打寄せる波の形のやうに同じありふれたものではなく、全く異つてゐると前に大言した事は沫の様に打ち砕かれてしまつた。後に残つたのは太古より伝わつた同型の波がのたり〳〵と戯れてゐるに過ぎなくなつてしまつたのである。
恋の喜び、失恋の悲しみ、裏切られた涙……それ等は遠い昔から幾千万の熱い青年男女のハートを流れ〳〵て来た永遠の感情だつた。そして捨て去られた路傍の小石の心にもそれはめぐりめぐつてにじん

で来たのだ。
　夕暮れ時の、或いは時雨時の冷い鈴懸の並樹は余韻の響く間もない位、欠くこともなく、ベッケルと同じ僕の嘆息を聞くだろう。熱い涙の滴りをかわく間もなく感じる事であらう。

〝溜息は空気だから空にゆき
涙は水だから海にゆく
汝、知つてゐるなら
　　言つて呉れ
忘れられた恋はどこへゆく？〟

後　略

一九五一年八月二十七日夜中

病床のB兄え

直木拝

（一九五一年）

悲しき慕情

KANASIKI BOJO

春三が、有名小説家である水野亮平氏の愛娘美江に、愛情の発芽を覚えたのは、もう数年前に遡のぼる。水野氏は七人の子宝に恵まれてゐた。で、次男の英夫が春三とは中学、高校共に同級であり、大学では同じく文科に籍をおき同人雑誌等に力を注ぐ間柄であつた。

美江は英夫より二つ年上の姉である。だから、春三が高校の一年から二年に進級した時は、美江は卒業して東京に行つてしまつた。水野家の華やかな存在であつた美江が居なくなつたのは、春三にとつても青年時代への過渡期であつた心情に、ぽつかりと空洞をあけたやうで淋しかつた。その後、英夫や兄弟の口から美江の噂が出て、春三の心を痛ませる事もあつたが受験準備その他で、忘れるともなく二年間胸中深く押し寄せられてゐた。

春三と英夫は九州の若松市から揃つて上京し、東京の有名な私大に入学する事が出来た。

その頃、水野氏は子供の教育と自己の便宜上高円寺の閑静な土地に家を新築してゐた。

そして、春三はこの真新しい畳と、青く光る砂壁の座敷で、美しく大人になつた美江と再会したのであつた。

美江は春三の存在を只、弟の友人として記憶してゐるのに過ぎなかつたやうだけれども、春三の心には吹き消されてゐた灯が輝き渡る思ひであつた。親許を離れた東京の生活にも生気と歓喜が溢れるやうな気がした。その衝動が油燃たる愛情の仕業《しわざ》である事に気が付くと、はかなく顔を赫らめる程の侘《わび》しさがあつた。

春三には、恋は苦悩に満ちた悲しいものであると言はれる事を、この侘びしさが表徴してゐるやうな気がしてならなかつた。

美江と春三は、煩わしい都会の喧騒を厭う共通の心持から、郷里の話等静かな会話の時を得たのだつた。

均整のとれた肢体は若々しさにあふれ、色白の広い額にくつきりと眉が半円を画き、鼻目が秀麗に位置してゐた。相手の顔を瞠目する眼付きと、笑窪《くぼ》が、この人の素直な話振り、態度と相俟つて年齢差を感じさせない新鮮な魅力を感じさせた。

華やぎを添える女性とは愛情といふよりは、憧憬の一種かも知れないが、水野氏宅で催ほされた宴会の席で、紫地に白の牡丹雪模様の和服に萌黄の帯をきつちり締めた美江の立居振舞に完全に魅了され、春三が彼女を好きで好きでどう仕様もない感情に誘ひ込んだのは、実にこの時であつたのだ。そして、この宴席に於て美江が値する美しい人、愛する人の視線に会ふと春三は、自惚れの判断はもとより、冷静に憶測すら為し難いのだが、人体の自然の若い情熱は何とも云ひやうのない喜びとか生命的と云へばいへる、純粋な喜びを感じずにはいられなかつたのであつた。

春三は感受性の強かつた高校時代のその人の記憶を、牡丹雪模様と一緒に思ひ出し、つくづくと美しい美江を瞠めた。

☆　☆　☆

水野氏は折角家を新築しても、余り新しい書斎で仕事をすることはなかつた。講演に招待されて地方を巡回したり、若松に居たりで月の三分の一も高円寺に居る事は珍しい方であつた。だから兄妹三人と炊《すい》事をする小母さんだけなので、兄の武夫の友人達が大抵四、五人集つてゐて騒いでゐた。小母さんに言はせると〝悪友〟の手合であつた。春三も小母さんから見ると悪友なのであらうが、彼には一つの目的といふより願望があつた。美江に逢ひ度い為なのである。しかし、美江も毎日新報に勤める身であり、夕方早く帰れたにしても、大勢の悪友共と騒いでゐると、ゆつくり話をする事も出来ない始末であつた。水野氏の留守の時は毎日と云つてよい位、武夫や英夫の友人が来て居り、傍《はた》から見てゐても迷惑だろうと思ふ程だつた。春三は美江がそれに対して眉根もしかめない彼女の優しさと奥床しさを、新しい魅力として嚙みしめてゐた。春三は、この寛容さは何から来るのであらうかと、ふつと考へたりする。安定した生活と、美江の心を占めてゐる或る満ち足りたものを想像する。後者は、春三にとつて考へてはならぬ恋の充実感ではと、危懼したりするのであつた。外面的には、派手な新聞記者である美江にとつては、既に、恋愛の相手が居ても至極当然と思はれたからだ。この当然の憶測があつたにもせよ、何はともあれ春三は、毎日でも美江を見ないでは気がすまないやうになつた。唯、顔を見るだけでいいと思つた。何か悩ましい、やる瀬ない思ひが、その事ばかりに走つてしまふ状態であつた。

しかし、春三が英夫を訪ねても、美江は新聞社より帰宅してゐなかつたり、在宅の時でも、自室でひつそりと編物等してゐる事があると、さう毎日美江の顔に接する機会もなかつた。英夫も春三の訪問を、いつものメンバーと一緒にしてゐたので、来訪の目的も問はないのが普通であつた。春三にとつては、これが好都合で自分の秘かな目的を、漠然たる面持で包んでゐた。春三の気持を隠して置くといふ事は、英夫が姉の美江に対して無関心であつたから、非常に物足りなく淋しかつた。結局、春三が何気なく美江を話題に登場させて、その日の秘かな目的を満足させねばならなかつた。

春三はやがて、英夫にでも美江に対する自分の恋情を打ち開けない非を悟つて来た。

これまで何事も英夫には話をしたのに、この事に関して云ひ出せなかつたのは、姉弟である美江と英夫に愛情と友情の軽重を定める事は、春三には苦痛であつたのだ。

……姉に惚れてゐたのであつて、俺とのこれまでの交際はその方便なのか……と英夫に思はれる事が辛かつたのである。でもこの辛さの前には美江に対する慕情は屈しなかつた。英夫に打ち開ける事によつて、彼に苦々《にがにが》しさを与へるかも知れないが、殆ど無関心であれた肉親の美江と友人の春三の位置、はた亦他のいはゆる常連との一線を画するのは無為に堕するとは思われなかつた。

苦悩をいくらかでも軽減すべく春三が、信頼すべき、そして美江と密接する英夫に恋情を洩らした事は、春三に致命的事実を齎す結果となつた。英夫は同情と憐憫を合せて春三に、美江の現在の事実を語つたのであるが、春三にとつてはその事実を伝へた英夫に恨みたい程の驚きと、悲嘆があつた。

美江には岩見澤俊策なる恋人があり、やがては結婚するであらうといふ事実であつた。青春を漲らせ、恋の充実感をほのぼのと匂はせる美江の美しさに、春三が何とはなしの危懼の念があつたのは、悲しいかな的中したのであつた。その時、英夫は言つた。

「他人事だから言ふのぢやあないが、女の人を愛する気持なんて、楽しいやうで苦しいものだ。だけど、真実に愛する事は並大抵ではないからな、相手に恋人が居たからつてすぐに諦められるやうな愛なんて、堕落だよ！」

聞き様では、春三の恋に信頼が置けないといつた風に受け取れるので、

「数年間、誰にも話してないのにそれぢやあ……」

といつて、春三は淋しく含羞んだ。

「新田に云つてゐるんではないんだ、現代の恋愛観念から云つてさ。俺達はある程度封建時代の恋愛も知つてゐるんだから、色気づいた頃に、異性を愛する事がとても小説的で神秘的でさへある様な気がしてゐた。所が、終戦になつて、まあ、この頃から丁度年頃になるんだから始末も悪いんだが、アプレゲールの洗礼も受ける羽目になつた。恋愛が現実的で打算的になつて、我々が希んでゐた神秘的な恋なんてなくなつてしまつたんだな。

時代が進むといふ事は、進歩は別として大概品格は壊れるね。骨董品が大時代の物程価値があるやうに、恋愛も昔の方が羨望的美しさを持つてゐると思ふんだが」

恋愛と骨董品を一緒にするのは反対だが、英夫の云はんとする――品格のある、人間精神を高揚する恋愛感情――所は春三も共鳴したのであつた。共鳴する事は、春三が美江を精神的にのみ愛する事を肯定するのと同じである。（純　愛《プラトニックラブ》とは、どうして淋しいのであらうか！）と春三は自問する。結局、英夫に
「恋をする者にとつて小説的《ロマネスク》な、つまり日常生活の次元とは別な所へ移行する感情が必要なんだな」

と彼の持説を翻す事は出来ないのである。出来るも出来ないも、美江には岩見澤といふ恋人が居る事は事実なのだ。

この時から、春三の心中では、寂しい湖の面をかすめる風が常に吹いてゐる思ひであつた。

「折があつたら、唐突ではなしに、俺の意志を美江さんに伝へてくれ」

と、春三は英夫の前に顔を俯けた儘頼んだ。

世界中のどこにも行き場のない、寂しい気持であつた。だが、春三は純愛の心で自己の人間精神を高揚する事は、美江に対する愛情と同等の重要性と、愛する心のときめきがある筈であると自覚したかつた。

〝真に情熱はあつても、これを寄せる人に遇ふ事は難しい〟

と告白した人があるが、春三はこの告白の心情に相通ふものがあると思つた。即ち、美江といふ人がたとへ恋人があつたにもせよ、この世に実在する限り（存在して居てくれたお陰で）春三の心に情熱の炬火が点ぜられたことを喜ぶべきだと思つた。恋の歓喜が苦悩への道に繋がつてゐようとも――。


英夫は友人の姉に対する恋を知つた。

それはまさに青天の霹靂であつた。快活と憂鬱とが忽然と交替する春三の性質を知つてゐたけれども、何故の快活か、何故の憂鬱かを追求することは為なかつた。友人への思ひ遣りと、姉の美江と共通する優しさから来たのかも知れない。それとも他の友人達との交際《つきあひ》に紛はされてゐたのかもしれない。

英夫はこの際、春三に立入つた干渉をするかも知れない時に、今迄の自分の行方を振り返るべきだと思つた。友人達が麻雀を誘へば打ち、酒を飲めば飲む、殆ど自己の意志に問はない場合が多いのだ。拒みたい意志はあるのだが、拒めない弱さがあつた。春三は
「その弱さが君の美徳なのだよ」

と云ふ。亦、

「君の弱さは誘惑に負ける意志薄弱の弱さではないのだ。友人を失望させまい、楽しませてやらうといふ慈善なのだな。慈悲心を持つ者は、それを強要される程弱くなるものだからね」

とも云つた。英夫自身もさう思つてゐた。春三がそれだけ自分を理解してゐるのならば、どうして姉の事で自分を煩はしくさせるのだろうか、との矛盾も湧いて来る。父親の傀儡として意識されるのを嫌ふ余りに、無慈悲になつたり、非情になる事が出来ないのではないかと考へると辛くなるのであつた。友情を裏切る訳ではないが、非情の心も持つて自分の立場を擁護すべきだと思つた。

この様な英夫の反省を促がせたのは、春三の荒み方にあつたのだ。

春三が美江への苦しい愛情の故に他人に迷惑をかけてゐる事、特に英夫に対してはさうであつた。むしろ、我儘に英夫の善意をせびり取つた。英夫としては不愉快な時もあつた。毎日、毎日の様に春三が訪ねて行き恋に酔つた己のエゴイズムを、第三者にまでわからせようとする見苦るしさであつた。

―俺はお前の姉さんに惚れてゐるのだぞ、もつと同情して慰めろ―とばかりの弱味と捨鉢の盗人猛々しい態度であつた。

英夫は苦々しく思ひながらも彼の生来の善意と、水野氏の血を引くあの寛容な気性が、春三の肩を優しく叩かせた。

そして、春三が自分の穴にとぢこもつて愚しさを極力表面に出さないこれまでの行き方からして、酒を飲んで正体なく酔ひ潰れたり、荒んで行く春三の心の状態が三文小説や、くだらん映画の筋道《ストーリー》と同じである事を思ひ春三を、過小に評価する気持になるのであつた。しかし、高貴な恋とか低俗な恋とか比較されない人間の哀れさを考え、やはり春三が可哀想に思へて来るのであつた。

英夫は春三の伝言《ことづけ》を姉に話さなければならない。岩見澤との恋愛に活々《いきいき》とした美江に告げるのは全く億劫であつたけれども、ある日、春三の慕情を語つて聞かせた。

「新田さんには岩見澤のこと話してあるのね？　困つたわね」

と言つて美江は、何者にも拘束されない愛情と自由な恋愛を、思ひがけぬ奔流に邪魔されたやうな困惑の表情になつた。

「取つて喰ふ訳ぢやないしさ、新田だつて姉さんと岩見澤さんの関係を冷静に考へたら、さう気狂ひじみた真似もしないだろう。」

半分は春三の弁解と半分は姉の意志を問ふ言葉で英夫は云つた。

「さうね、英ちやんのお友達だし、まあ新田さんの人格を尊重してお交際《つきあひ》ならいいわ」

恋に満ち足りた女の言葉であつた。英夫は姉もやはり非情の心で、人を傷つけることは出来ないのだなと思つた。

「この前それとなく失恋したからつて、簡単に諦められるやうでは人間は駄目だと言つて置いたのだが、その意味で新田の性格を見究めようと思ふんだ。」

姉の優しさの反動として英夫は冷酷な意志を働かせた。

かう云つた弟の顔を見ながら美江は、眼顔で（そつとして置きなさいよ）と云つた。

☆　☆　☆

五月も中端《なかば》過《す》ぎであつた。水々しい自然の匂が、気温の上つた東京の街中で熟した。

生命がはらまれ、未生の魂がいたる所に漲つてゐる。恋に満されぬ春三の心にもそれはよろこびであり、たのしさであつた。

学校も退けて滅多に歩いたこともない銀座の舗道を、春三は一人歩いてゐた。店先にある各種の薔薇、いちはつ、デエジーの白が宵の中に浮んでゐた。驕慢で不敵な、そしてあの育ちの良さを思はせる銀座の女が、春三を追い越し、すれ違つた。

行き交う人々の中で春三は、美江と共通する形の良い髪型、類似する美しい女の人を夢を追ふように眺めやつた。一すぢの甘い香水の匂が流れて来る。それは美江の品位が匂つて来る感じであつた。

銀座にはよくもこんな美しい女性が闊歩してゐることであらう。そして己の美しさを振り蒔くやうに芳香をなびかせる事であらうか。だが、春三はこの美しさも芳香も美江に比較すれば、ばらばらでも香りの高いのが美江であると思つた。春三は何事も美江と関連させてゐる自分に気付いてゐた。美江の〝美〟といふ字を広告等で見付けると、はつとする程胸がときめいた。体中が美江の名を呼び、姿を求めてゐる感じであつた。

宵闇が降りてネオンが美しく明滅する頃になつて、春三は美江に逢ひたくて堪らなくなり高円寺へ行く積りになつた。

……最も親密な声で春三の名を呼んだ人があつた。振り返つた春三の眼に美江の姿が認められた。「あつ、美江さん……」空間を流れる神秘的宿命が二人をこの場所で相会せたかのやうであつた。そして、この幻想の様な神秘は美江の顔の上にも美しく宿つてゐた。水色のネオンの下の美江の顔は青白く浮いて、清い湖底の魚のやうな美しさであつた。

「今晩は、やつぱり新田さんだつたのね」

と、下から春三を瞠目《みつめ》た。

彼はこの美江の瞠目する眼を愛してゐた。黒い瞳の中に青色の灯影が輝いて燐光を放つてゐるやうであつた。神秘が捕へた女性の眼であつた。

「……今会社のお帰りですか？」

「さう、遅いでせう。とても忙しくてね疲れちやつたわ」

さう云つても、美江の顔には疲れの色は見えなかつた。何かしら活々とした表情だつた。

「いつでも銀座の方から帰るの？」

「いいえ、さうぢやないけれど私だつて偶《たま》には銀座を歩いて見たいものね」

弁解の口調であることが春三にはすぐ判つた。岩見澤俊策と恐らく先程までは一緒だつたのであらう。美江の表情がそれを語つてゐた。春三を傷つけまいとする彼女の心が、弁解の口調になつたのだと思つた。すると、急に英夫が美江に自分の事を告げてゐるのに気が付き、思はず顔が赫くなつた。それと同時に美江のささやかな心遣いに春三は感動してゐた。英夫が話をしてゐてくれたのならば、自分からも訴へたい衝動が起つた。

「少し憩んで行きませうか？　お茶を飲みませう。僕もぶらぶらして疲れてしまつた」

二人は人の流れに沿つて舗道を歩き、街角で曲つて、静かなバーや喫茶店のある通りへ出た。

薄暗い桃色の蛍光燈の灯る純喫茶店だつた。コフイを啜りながら春三は、変つた光りの中で視る美江の美しさをこの上もなく愛した。それは愛の衝動だつた。この儘、二人つきりで居たい気持、自分の許からどこにも離したくない気持だつた。彼女が動かうものなら、その肢体を抱き締めてじつとさせて置きたい衝動であつた。この衝動は情欲に繋るものであらうか。恋愛の完成は肉体的愛情に自づと導かれるさうだ。春三の今彼女と向き合つて腰掛けてゐる時の気持としては、純粋の精神的愛情が心を逸らせたのだと思ひたかつた。

春三は久しい間会はなかつた美江とぱつたり逢つたことが非常な喜びであつたが、やがて、それは水の浸透する如く次第に苦痛と悲しみに変つて来た。自分以外の人との恋愛に満ち足りてゐるその人として、会はねばならぬことが一番大きな原因かも知れないけれど、お互に向き合つて顔をみつめてゐる事そのものが、心の痛みとなつたのである。

（僕は貴女を愛してゐます）

が、偽らぬ心情だが、もつともつと激しい直情が飛び出しさうであつた。春三の若い肉体の情熱が欲情化しさうになるのを、必死に耐へ忍んでゐた。春三は心の中で

（俺の身内に起つてゐるのは欲情や劣情の炎ではない。愛だ、愛情だ。愛と情欲の区別が明瞭でないのは、俺の精神が低劣だからだ。真に情熱を寄せる人に劣情を起すとは……俺はもつともつと深くこの人を愛さねばいけない。愛し苦しむんだ。そして俺の人間精神を高貴ならしめるんだ。）と、絶叫してゐた。

女の敏感さが、美江に春三の真剣さを熱く感じさせた。岩見澤との炎と冷水で愛情の融通性をお互いに楽しんでゐるのとは違つた、容赦ない熱風であつた。今の儘では彼女には随いていけない状態であつた。しかし、美江の心にはどうかしてやりたい気立ての優しさがあつた。癌死する人にカンフルを注射するのは、一刻でも生を永からしめようとする傍者の配慮ではなく、生きるためには体力がいると同様死ぬためにも、実に体力と努力がいるのだ。苦るしい死へ努力する患者に、体力をもたせようとする事なのだ。患者は春三であり、傍者は自分であると美江は思つた。何とか自分が春三に慰めのカンフルを施せば、彼の阿修羅の如き愛の苦悶はやがて平和な心に還る筈だ。熱い荒々しい呼吸そのものが、相手の胸の中の烈しい嵐の如く感じられた。春三、自分、岩見澤をめぐつて悩みを嚙み砕いてゐる春三の胸中の相克が、そのまま音になつて彼の体内から聞えさうな程であつた。

美江は春三の真剣さをつぶさに感じる程、自分が第三者的な冷静な気持になることを否めなかつた。彼には済まないといふ気もするが誰に罪があるわけでもない。強ひて言へば、岩見澤との愛情の膜が自分を覆つてゐて、春三からの熱風を遮ぎつてゐるのだ。

「私、英夫からお話を聞きましたの、最も光栄に思つてますわ」

にこやかに笑いながら美江は、がりがりと嚙み合つてゐる春三の心をはぐらかした。

「ぼーつとしてて、何を考えてゐるのかとあなたの顔を見る度に想像してたのよ」

「…………」

「恋愛感情つて分析してみると、成程、人生に重大な意義はあるものね。私も九州から東京に出て来た頃は、田舎娘のさもしい眼付きで好もしい男性を眺めたものだわ。でも好もしい男性に会つて、胸をときめかせてみても、所詮はゆきずりの人だわ。その儘別れてしまつて一生会へないかも知れないんですものね」

「その時の気持はどうです、惜しいとか悲しいと思つたつて死ぬ程気も転倒しないでせう。それは一生会へないかも知れないつていふ先入観があるからでせう」

「先入観で片附けてしまふのも勿体無い話よ、会へるかもしれないし。「雁」のお玉さんは唯の岡惚れといふ人もあるけど、あんな真剣な気持も尊いと思ふわ」

「この前、英夫君にも言つたけど、僕も真剣なんですからね」

「どうも不束者の私に恐縮です」といつて、美江は首をすくませて見せた。可愛らしい仕草であつた。

二人は顔を見合はせてにつこり笑ひ合つた。

「僕もお玉さんの気持は受け入れませう。だけど、貴女を想ふ心だけは勘弁してやつて下さいね」と先程の激情を省《かえり》みながら春三は頼りなく言つた。自分ながら悲しい声であつた。美江は立ち上りながら、これだけは言つておかねばといふふうに

「新田さん、行きずりの人に抱いた好意としてあなたの胸に蔵つて置いて頂戴い。私をエゴイストで残酷な女だと思ふでせうけれども」と言つた。

この言葉はこの場の結論であつた。否、今後いかに春三が熾烈に彼女を慕はうとも、その人の結論はこれ以上ないのだと思つた。

(貴女は実に優しい、美しい、教養の高い女《ひと》だ。若貴女が悪性女だつたら、俺は暗愚な犬の本能的な忠実さでもつて卑屈に仕へ、玩弄されねばならなかつただろうに)と心の中で思ふと、春三の手は感謝の念に美江の握手を求めてゐた。

美江の眼にも喜びと安堵の色が宿つてゐた。春三は彼女のしなやかな手に触れたとたん、そのこころよい、なめらかにうるほつた手の肌ざわりに陶酔してゐた。美江の握力が加はつてくると、彼女の優しさが春三の胸にしみ透つて来て、

「美江さん、おしあはせに」と言ふほかはなかつた。

こつくりとうなづいて、「あなたもね」

……美江は男の骨太い手と黒い瞳を前にして、ふと父の書いた琉球人の悲恋小説の一節を思ひ浮べてゐた。

二人は有楽町から省線で東京駅へ行き、中央線に乗つて新宿で別れた。

(わが永遠のメチルドたるか。仕様がない。どうにかならないか。矢つ張仕様がない。あゝ淋しい。悲しい。)

こんな思ひが春三の胸の中で反芻してゐた。今別れたばかりなのにもう会ひたい気持が、心を逸らせてゐた。それは親鳥の居る雛鳥は音無しいが、見えなくなると高い声で啼くあの慕情に似てゐた。春三は下宿に帰り着く迄、美江の握力が残した触感と、優しい声の感覚が、今になつていかにむなしいものかを悲しんでゐた。

声も大気に消え、触感も大地につながり、つかまへることも追つかけることも出来ない。まるで流れて消える時間か生命のやうなものであつた。

☆　☆　☆

美江は自分に対する春三の恋情を知つても、彼女はひぢ鉄を喰はす気になれぬ人の好さと、素直さとがあつた。しかし、岩見澤への愛情を考へると、それ位の強い情念も培はねばならないと思ふのだつた。二年間で急速に高まつたお互の愛情、愛情に時間の制約はないのだ。父にも母にも紹介して納得して貰つた。両親が満足する程、岩見澤の深い教養と、実社会から体得した強力な生活には水々しさがあつた。彼女とて何も云ふことのない立派な男性なのだ。髯の青々と濃い岩見澤の顔は、その部分にも男性感がみなぎつてゐてこの男に頬擦りされると、彼女の処女の羞恥も全て投げ出してしまふのではないかと思われた。

美江は自室の三面鏡をそつと開く。そこは誰にも侵されたことのない回想の世界があるのだ。二年間の経過を恍惚と反芻する、憩の場所なのであつた。愛らしい笑窪を浮べて、につこりと微笑《ほほえ》みながら彼女は囁く。

「俊策さん、あなたと一緒でない時は、私胸がきりきり痛むの。だから鏡の前でお互の愛情を問答するやうに、かうして、胸に手を当てて見るんだわ」

三面鏡に映る彼女の幾様もの顔はどれも、花の様に誰かにふれてほしいばかりの唇を持つてゐた。

「私が毎日新報に入社した当座は、皆が私を父の威光で一目おくんですもの、随分くさつてしまひましたわ。あなただけがづけづけ物を言つて、私、あなたがどんなにえらく、こわい人かと見てたの」

「でも知らない振りしてて、そのくせよくお世話して下さいましたね。あなたは、自分の口の干上る事もおかまひなしに、私の記事を取り上げてほめてくれたものだわ。デスクが不服さうに云ふと、まるで喧嘩腰なんですもの。記事の生命が一日きりであることを私にも随分くどく教へて下さつて、お蔭で私の原稿もよく記事になりました。」

「最初に私の記事が三行でも四行でも活字になつた時は、本当に嬉しかつたわ。今でも私の記事だけは大切に蔵つて居ります。あの時でもあなたは私に皮肉を言ひましたね。少し憎らしくなつたわ『水野氏の御令嬢様の記事が記事になつたことを、記事にしようか』なんておつしやるんですもの」

美江は幻影に向つて語つてゐるのではなかつた。鏡に映る幾つの顔もそれぞれ岩見澤に対してゐる時の、花の笑顔なのだ。

「東京中を我が物顔にのし歩いてゐたあなた。ヴァン・デ・ベルデやボーバアワールの解説もしてくれたわね。『誰の受け売り?』て茶化したら『はつはつ、小説家のお嬢さんはお眼が高い』なんて謙遜してらつした。御免なさい、あなたの博学は存じて居りますから。」

「あなたのお顔は最初はいけ好かなかつたけれども、頼もしいわ。彫が深かすぎて怪奇な御面相で、とつても個性的ね。お髯の青々と濃いのもいいわ、そんな頬で、お父さんが赤ちやんを頬摺りするやうにしちやいやよ。痛くつて私の顔中に穴があいてしまひさうなんですもの」

全く彼女の独言はとどまりやうがなかつた。

でも美江は思ふ。あの人だつて仕事以外の時は私の事で一杯なんだ、といふ事を。そしてお互に空想し夢を見てゐる時は二人の愛情が、誰よりも強烈であることを自覚する。

――夢見る力のない人は生きる資格がない――とトルラーも言つてゐた筈だ。

「九州から出て来た人を、東京の人は熊や猿の親類だとでも思つてゐるのね。田舎、田舎つて馬鹿にするわ『これでも私九州の女王様だつたのよ』と言つたら、『東京のゴロツキと御結婚で幸運ですな』なんて、澄してゐたわね。でも、あなたほど東京の街を颯爽と歩き回る人はゐないわ。そのお姿だけで、引きずられて行きさうな気がするんですもの」

「あなたが、信州の奥さんのお話をなさつた時は、私本当に悲しかつた。あの時はまだ、社の人も皆あなたの味方で、あなたに奥さんがおありになるなんて、私に告げてくれる人もなかつたのよ」

「『済まなかつた、済まなかつた、家内のことを今迄だまつてゐて』て泣きさうなお顔で、私がこわい顔してだまつてゐたら『美江さん、君がいないとどうにもならないんだ、仕事の張もなくなるんだ』といつて涙を落したわね。私もあの時は声をあげて泣いてしまつたのね」

「『事実上は離婚同然で結婚生活はなかつたんだ』と、真実をこめておつしやつた言葉は、私も信じてますわ。だつてあなたは、北海道の基地やら台湾等に五年間も派遣されてたんですもの」

「私もあなたのお話をだんだん伺つてゐる間に、奥さんは他に幸福の道をお求めになつたさうですし、あなたはますます私を愛して下さいますし、本当に、一時のヒステリックな意地悪な根性も消えてしまひましたわ」

杞憂の度に変る美江の表情は美しかつた。誰かこの不可侵の部屋に入る事が出来たとしても、その美しさに近か寄る事も出来ないであらう。幸福な回想の境に居る人の顔は近か寄りがたく美しいものである。

「私達の恋愛つて素晴しいわ。やがて結婚出来るんですもの。私近いうちに——それあ、あなたとの二年間の新聞社生活も捨て切れない気もするんですけど——思ひ切つて九州の母の許へ帰りますわ」

「そして、あなたが私に与へて下さつた人間味で、しばらくお嫁さん修業をして参ります。あなたが私を迎へに来て下さるのは、早いのも困るけれど遅くつてもだめよ」

奥の座敷で英夫や彼の友人の騒ぐ声が聞えた。美江はふと、春三の事を思ひ出した。彼女の恍惚境は醒されたのだ。

「さうさう、私あなたに一つ報告しておく事があるの、英夫のお友達の新田さんて人。私を愛してゐるんですつて。とつても真剣なの、私の性格として情にほだされる面があつて心配してたの。だけど、あなたへの愛情の方がずつとずつと大きなことが判つたの。このことはあなたにも、感謝しなくちやあならないわ」

「新田さんは将来、小説家になりたいんですつて。私をそれ程思ふ情熱があれば、精神分析で『昇華』ていふ作用で情熱が、創作意欲に切り変へられるやう祈つててあげませう。私随分背負つてるわね」

「あの人、あなたの事も知つてて苦るしんでゐるやうだけど、『お玉さんの気持受け入れます』て言つた時は、可哀想にもなつたわ。あなたにも紹介しますから。是非会つて、話をしてあげて下さいな」

「ラディゲの小説のマルトやお玉さんの純情、私の立場とは逆になるけど可哀想ね。

十九才のマルトが『私、お婆さんよ』と恋人にいつた心情を、私が新田さんに言つて見た所で、慰めの言葉にもなりやしないわね。

こんなことあなたに聞かせて、気分を害するやうな人ではない筈だけど？」

彼女の花の唇は三面鏡の中で、どれも閉ぢられた。独言は終つたのだ。美江と三面鏡の世界、そこは岩見澤俊策一人が入り得る世界であるのだ。

☆　☆　☆

英夫は一時美江がひどく塞ぎこんでゐたのを知つてゐた。それは、彼女の相手の岩見澤に妻があつた事なのだ。彼は姉の恋愛に破綻のあることを直感したが、やがて、姉を思ふ杞憂に過ぎない事がわかつた。英夫が春三に、姉と岩見澤の事を話した時、とつさに岩見澤の妻のことは伏せて置いたのだつた。しかし、春三の恋々とした悩みを思ふと、岩見澤の側に止むを得ぬ事情があつて姉を苦るしめた時もあつたが、現在では恋愛が完成に近かづいてゐて、結婚が間近であることを話さねばならぬと思つた。

英夫と春三は同人雑誌の件で、屡々二人だけの会合を持つ事があつた。新宿のバーとか高円寺の静かな酒場に現はれて、飲酒するのである。その日も二人は、客のたてこまない酒場で飲酒してゐた。二人とも酒量は多い方であつた。同人雑誌の話、文学、恋愛と話のコースは進んで行き、

「この前、銀座で偶然、美江さんに会つてね」と、あの日を懐かしむ春三。ネオンの青に染つて神秘的な美しさを示した美江の顔が、蓬髴として彼の脳裏に浮び上つて来た。

「俺のあの人への愛情が独占欲だつた事、自分ながら蔑すんでるんだ」

あの時の愛の衝動が、情欲と愛情の相克に彼を陥し入れたのを思ひ返してゐた。

「考えやうでは愛情は、独占欲の一形態であり得るんだから、そんなに気にするにもあたらないぢやあないか」

と、英夫は春三に酒をすすめながら言つた。

「あの時ね、白状しちやうけど、美江さんと逢ふなんて思ひもかけなかつたんだ。銀座の真中で、恋しい恋しいつて泣いてゐたんだよ……」と魂が呼び寄せたかのやうに忽然と現はれた美江に、宿命の神秘さを感じた事を話した。

「その気持判るね。気を引かれた女と別の日に、その気を引かれた場所で偶然逢ふと、何か自分と連関せざるを得ないつて情念が湧いて来るもんな」

「本当にあの時は嬉れしかつたな、だけどなんだか悲しくもなつたが……」

「でも、めぐり合せの悪い場合もあるが、恋愛の完成なんてローレンスの言ふ、男の愛情と欲求が、同じだけの強い愛情と欲求をもつ女とめぐり合はせた時にあるつてのは正しいね」

かう言つて、英夫はめぐり合はせの悪かつた春三に、諦めろとは言はないが他により所を求め、今抱いてゐる愛情をしをりのように蔵つておけと言ひたかつた。

「それあさうだ、どちら側にも犠牲がなく、一方の愛が同時に相手の愛であるやうなもの。かうでなくちやあ、どちらかに傷手どちらかに悔恨が残るばかりだね」

――傷手の残らないやうなものは愛ではない――と言つた人の言葉を口惜しく思つてゐる春三の心であつた。

「岩見澤さんに奥さんがあつてねえ、それで一時姉が……」

「なんだつて！」と英夫の言葉を遮切つた春三の顔は、鋭角的に表情を変へる彼の性格をのぞかせてゐた。

「岩見澤さんに奥さんがあるんだつて、それぢやあ……」不倫ではないかと云ひたげな春三の表情であつた。

「君が姉に対して神聖な心を抱いてゐるのを尊重してるから、驚くのも無理はないが」

と前置して、英夫の知る限りを語つた。

小さな卓子をはさんだ二人の座が白けたやうだつた。二人の頭上に裸電球が侘しかつた。お女将が「今日はお二人ともいやに深刻さうね、あちらでいつもの気焔をあげたら」と言つて銚子を置いていつた。

春三はふと、和服のお女将の頭にさした珊瑚の簪《かんざし》に眼がいつた。幾分酔つてきた視覚に、珊瑚の紅が血しぶきにつながつた。きらりと光る金属に残虐な幻影が走つた。鋭い短刃《クリス》の駈引きが妄想となつて現はれた。

「はつはつ……騎士道か……」

瞬間の幻影を、春三は嵐の様に蓬髪を振り乱して嘲笑してゐた。

英夫はけげんな風だつたが、春三の酔を感じてゐた。

「堕落だ、実に堕落だ、中世の騎士道も俺には堕落だ」春三は訳のわからぬ言葉を発してゐた。

意識の底では、英夫から聞いた美江と岩見澤の恋愛の完成を諦念的に考へ、自分の美江との恋の実現を考へず、ひたすら愛から来る精神の高揚に努力してゐたのに。瞬時の幻影にしろ脳裏にひらめかしたのは、彼女に対する冒瀆だと思つた。愛するあの人に済まない気がしてゐた。

(美江さん、済みませんでした。僕は努力します本当に）と心から空間の彼女の幻に頭をさげてゐた。

英夫は春三の心の飛躍を推し計ることが出来なかつた。彼は酔を発してゐる春三に向つて、異性を求めあえぐ情熱が宗教的狂熱や、文芸の創作意欲に変化させられる有利を説いた。秀ぐれた恋愛感情が、高いロマンチシズムの精神を美しく培ふ事を力説してゐた。

「有難う、君の言ふ通りだ。とにかく俺は努力する。全く、失意のためのデカダン、浅間しく下司な人間に堕落してゆく悲しいあがきなんて、絶対排除するよ」

二人はその日の会合の意義を認め合つた。しかし、その時までの春三の酒量は猛然な嘔吐を促してゐた。

二人は深更の外へ酒場を後にした。

嘔吐の苦るしさは安心感にも繋がつてゐるやうな矛盾があつた。胃中のものが全部吐き出され、何も出なくなると酸いにがいものがあがつて来た。心臓も何もかにもめくれあがる様な苦るしさであつた。それと同時に、精神的苦悩も吐き出されてしまふやうな安堵感があつた。春三はあの人を愛する心とその力で、自己の精神を高める意志だけは、どんなことがあつても吐き出さないぞと力んでゐた。


その夜、春三は酔いつぶれて寝てしまつた。夜明方に彼は千切れ千切れの夢をみてゐた。それは美しく着飾つた美江との結婚式であつた。

「汝は神の定めに従ひて新田春三と神聖なる婚姻を結び、妻たるの道をつくし……夫を愛し、その生命の限り堅く操を守らん事を誓ふか」

「誓ひます」ときつぱり美江は云つた。

春三は何故か悲しくて泣いてしまつた。

次の夢では、復讐に燃えた春三の顔が見えた。美しい美江への腹癒に、凄惨な般若の面を抱いて接吻してゐた。

夢とは何といふ不思議な夜の現象であらう。白昼では思ひもよらぬ素晴しく飛躍した像を、心と網膜に映し出す。

春三はこのやうな睡眠の中の現実を、廃墟に立つた時の落漠たる気持で思ひ返してゐた。夢の中の気象図、それは晴間に雨が降り、雨の中に日が照つてゐた。

春三はこれ等の夢をみることは、心の安定が判然としてゐないのを証明してゐると思つて、悲しくなつた。何事が起つても動揺することなく、あの人への愛だけは〝魂〟として静かに、落着いてくれぬものかと思つた。

昨夜の英夫との会話で
「姉の恋人には妻がある」

と言へば、春三の心は、彼女との繋りは地下茎のやうなもので、切れたと思つてもどこかでつながつてゐる。はかないやうであつて、宿命の様な強靭さがある、なんていふエゴが浮んだものだつた。それは春三の早合点であつて
「その後は誤解もとけて、結婚するまでになつてゐる」

と聞けば、彼の心は刃物の尖先でぐさりと刺す快感を走らせる、非人道的な頽廃に堕落してしまつた。

このように昨夜の瞬時ではあるが、心に宿した彼の思考を反省して見ると、春三がいつも愛から来る精神の高揚を讃美してゐるのが、遅々として理想化してゐない心の不安定を痛切に感じた。亦、反省する事自体は、春三が美江に一縷の望みを持つてゐたに他ならない。今や彼が愛してゐるあの瞳も唇もあの人の心も全部が、岩見澤のためにあるやうな気がして、どう仕様もないと思ふと泪が静かに流れて来た。

六月に入つて英夫も春三も同人雑誌のことで忙しくなつた。季刊雑誌であつたから、夏の号が出るのである。

そんなある日、英夫が美江の帰郷を報らせて春三を淋しさのどん底に陥し入れた。

折角、同じ東京に住んでゐて偶には会へたのに、また離れなければならないその事が、悲しい小波《さざなみ》になつて春三に沸いた。

英夫と春男は夜行列車で発つ美江を東京駅まで見送りに行つた。歓送会に出席してゐた彼女は発車間際になつて、社の同僚、上役の人々と現はれた。美江は十数人の侍従を引き連れた女王のやうであつた。群青のワンピース、豊かな胸の隆起の上に大輪の白ばらが一輪匂つてゐた。大胆な好みではあるが、水際立つた彼女の美貌と、細い腰を締めてゐる白エナメルのベルトが、申し分のない美しさを添加してゐた。

二等車の青いクッションに収まつた彼女は社の人々に、挨拶をしてゐたが、やがて春三達の方にも声をかけて来た。

「どうも、わざわざお見送り有難う御座居ました。」

と窓越しに軽く頭をさげた。ばらの香りが、新鮮な果実の香りのやうに漂つた。

「七月になつたらすぐ休暇でせう？　早く帰つてらつしやいね」

春三の顔を瞠目《みつめ》た儘云つたので、

「え？」

と彼は嬉しく微笑んだ。銀座で逢つた時のあの瞳であつた。そしてあの時の水の浸透するが如き悲しみが、暫く逢ふ事の出来ない美江に対しておこつてきた。

「私も九州に帰つてしばらくは、遊びだめするわよ。皆が帰つて来たら一緒に海に行きませうね」

春三はさき程から岩見澤俊策を捜してゐたが、それらしき人は居ないやうであつた。それにも拘らず美江は浮々としてゐて、彼を不審がらせた。後で知れたのだが、岩見澤は偶然、大阪へ出張で翌朝美江は彼と逢ふ手筈がしてあつた、とのことであつた。

発車のベルがなり響いた。春三は何げない風を粧ほつて、彼が昨晩偽りのない気持を書いた手紙を、そつと群青の膝の上においた。

社の人々や英夫達に幾度も幾度も、ハンケチを振つて美江は東京駅から去つていつた。有楽町、新橋、品川と東京の喧噪が聞えなくなると、美江にはある虚脱感が残つた。そして春三の手渡した白い封筒の封を切つた。

清潔な愛を持ち続け、高い人間性を培う云々といつたことがくどくどと書かれてあつた。

……純愛の心を、僕の肉体も精神も老い枯れてしまつても押花のやうに懐かしみます――といふ最後の行を呟いてみて、彼女がよくする優しい微笑を浮べた。それから、封筒のまま小さく小さく千切つて、暗闇の中にまいて行つた。

☆　☆　☆

同人雑誌の原稿締切日が近かづいて来た。東京に居る同人達で原稿の詮衡、編集、割付けをやり、印刷は郷里の印刷所で刷つた。東京の費用の四割方廉くつくし、販路も郷里の方が人気があつたからだ。

そんな事で慌わただしい毎日であつたけれども、美江が東京に居ないのだと思ふ心の寂しさは癒されなかつた。

学校へ行つたり、日常の行為が生きてゐることの実感とはならなかつた。彼女への慕情が生きることに通じてゐた。毎日、あの人を慕ふ事実が、生きてゐることを意識させた。そして慕う心は悲愁と美しさをともなひ、生きることが溜息に繋がつていつた。春三は溜息が心の重さを、外部に少しずつ運びだしてくれるかのやうに、打ち悄れた溜息を吐いた。

春三が美江に抱いた、愛の衝動、反省、矛盾といつたものは、数ヶ月来、否数年来春三の胸の中で渦巻いてゐたものだが、——そのためにも苦悩の連続なのだ。近頃は諦念的に結論づけようとしてゐる。即ち純愛の心を持ちつづけるといふ事を。これを確固としたものにするため、型で残して置きたいといふ衝動が勃然と湧いて来た。これがあの高円寺の酒場で英夫の云つた、創作意欲の擡頭なんであらうと春三は感じた。

真実暴露の悲哀なんて、現代文学を牛耳る、水野亮平氏始め一流作家は余り関心を寄せない風である。しかし今度の場合はそんなことは問題でなかつた。本当の自己の悩み、『若きウエルテルの悩み』の如き美しい悩み、さういつたものを書きたいと思つた。ゲーテが披瀝した高い人間精神にも劣らない、自己の精神を書きたいと思つた。

そのためには忠実に書かねばならない。美江と英夫と春三の三人しか知らない、ひそやかな秘密が公表されるのである。勿論、唯文学にして残して置けば気が済むと、始めは思つてゐたのだが、悲恋の美しさを立派に書き尽せば、暴露小説として兎や角云われても構はないと思つた。その考えはエゴイズムであると言ふ声が、春三の耳底をかすめたやうでもあつた。その人を慕ふ気持が自分だけ美しく立派であると思つてゐて、人の心に通じない時、表現が拙劣で精神の頽廃がみえるやうな文章であつたら、彼女にも、岩見澤にも、水野氏夫妻にも迷惑がかかるだろう。そして岩見澤には邪恋となるのだ。しかし、邪恋などと春三の悲しい心に聞せたくない、清純さで押し通したいといふ気概があつた。

　春三は海の岸辺のやうにいつも立ち騒いでゐる心の中の、飛沫の一つ一つまで丹念に書いた。美江の困惑の表情が空間を横切つていつた。

「あの人は公表すれば迷惑に思ふだろうか」

「一言の理《ことわり》もなしに書いて良いだろうか」

　とかの懸念があつたけれども、これまでの感情、想念の移行を悲しく思ひ返すことは辛かつたが、止むに止まれぬ創作意欲はペンを挫くことはしなかつた。原稿に向つて書くことが、想い出の窓に立つて回顧するやうで楽しかつた。人の心を愛する者の常套的な筆法であつたかも知れないが、春三は真心を籠めて書いた。その小説は六月一杯かかつて書かれた。原稿用紙に百枚もの、彼としては大作を切々と書き綴つた。

　美江の居ない空しい東京の生活であつたけれども、小説を書く事が時日の経つのを春三に忘却させた。同人達が集まつた編集会議に於て、春三の小説は、人間の精神のかなしむべき非現実性を楯に取つて、なんとか合理化しようとする意志でもつて結論づけなければ、小説にはならないと云ふ者があつた。

「では、君達はウエルテルが持つてゐた純愛の心は、その美しさが故に、非現実的だと思ふのかい？世の中はもつともつと汚れてゐて、その虚偽と打算と欲情の面ばかりを書けば立派な小説になると思ふのかい？」

　と春三は云つてやつた。

　何か裏切られた怒りと興奮にわきたつてゐた。全エネルギーを発散した結晶が認められなかつたことに対する口惜さであつた。

そんな春三の感情の興奮を宥めるやうに英夫が、

「恋愛の行程から完成を前提とした時、その美しさも醜さもあると思ふが、全然、恋愛の完成、実現化を考へない自己犠牲の精神は、美しいと思ふ。己を亡ぼした犠牲的な心とは、何事によらず美しいもんぢやあないかな」といつて一座を眺め回した。

「非現実的な愛情といふ風に思はれる程、奇麗すぎたからあんな異論が出たんぢやあないかな？　だからこの小説の純愛の美しさは皆が認めてゐるんだよ」

と誰かが言つた。

「スタンダールが若い頃メチルドに始めて会ひ、そのまま別れたきり、彼女は我が永遠の恋人だと云つてゐるぢやあないか」

こんな肯定説も飛び出して、春三の小説は掲載作品の数に入れられたのであつた。

いよいよ公表することに決つてしまうと、春三はあの人の困惑の表情を考へて、悔恨に似た思ひに責められるのであつた。

編集もなにもかにも済んで、後は印刷所に持つていけばよいやうになつてから、英夫と春三は、美江の居る郷里へと飛びたつ思ひで帰省して行つた。

☆　☆　☆

夏期の割合閑《ひま》な印刷所では、春三達の同人雑誌の仕事が、着々とはかどつていつた。春三と英夫は、毎日の様に校正やら、カットの出来具合を見に印刷所に通つた。

九州文学の権威を盛る『九州作家』と云ふ雑誌も、この印刷所で発行してゐたからここの仕事は、皆が信頼を寄せてゐた。約二週間程で製本された雑誌が、期待に胸を膨ませてゐる同人達の許に届いた。何回か刊行の回を重ねてはゐたのだが、春三は変つた眼で、彼のもつ愛情の演出が文字で表現せられてゐるのを、深々と凝視《みつめ》た。そして、多くの人々から読まれるであらうことに対して、真実暴露の悲哀が春三の全神経を高潮させた。

新聞社、雑誌社他知名士、先輩等に贈呈してしまふと後は、次号の資金として雑誌を売らねばならなかつた。そのため春三は家に居るよりも、英夫の家に居る方が多かつた。春三の友人が彼を家に訪ねるよりは、英夫の家を訪ねた方が早かつた。そんな彼を美江は

「入り浸りね」

といつて揶揄したものだ。

春三としては演出効果を静かに観察してゐるえげつない思惑を、さういふ美江に見透かされた様で恥かしかつた。盗人根性の醜くさをつくづく嫌悪してゐた。

春三が世間に知られても恥ぢ入る懸念はないと確信した小説を、英夫は半ばくすぐつたい面持ちで眺めた。しかし、美江にとつては想はれる身の狼狽を、はつきりと面に現はしてゐた。腹立たしい程の男の直情が有難迷惑であつた。美江は怒りと怖れ、哀れさと狼狽の眼で春三を瞠目した。

春三もこのやうな複雑な彼女の眼差しを見ると、彼の愛情の表現が堂々としてゐるやうで意気地のない、卑屈さと狡るさを持つてゐるように思へて、苦悩は前にも増して熾烈となつて行つた。

「一言の理由《ことわり》もなしに、あんな小説を書いて、随分面喰つたでせう」

「あれは、私がモデルなんですつて？」

「さうなんです。済みません」

恐縮する春三。

「随分見込まれたものねえ」

「蛙が蛇に見込まれたように云はれちやあ、困るなあ」

「……（困るのは私の方よ）……」

きつと、固くなつた美江の表情には、さう書かれてあつた。

「……（もう良い加減に熱を冷まして）……」

と言ひたい気であつた。

春三にとつては、惚れた弱みで、この位の辛辣さをその表情から読み取るのであるが、一方、彼女がその様な決定的な言葉を洩らさない気立ての優しさと、人の好さを充分持つてゐる事を推測し
（あの人を苦るしめてはいけない）

と悲観するのであつた。美江を想ふ時は、夢を浮かべ、岩見澤を考へると現実に直面する春三の悲しさであつた。

岩見澤俊策は余程立派な男に違ひない、と羨望する気持、瞬間の幻影におびえた短刃《クリス》のあくどさ、正と邪、孤高と堕落が幾重もの波紋のやうに拡がつていつた。

彼女の美しい心と肉体を加虐する春三の言葉で
「岩見澤さんは僕とは何の関係もありやしない。僕は唯美江さんが好きなだけです」

と彼女の想ふ人の名前が、憎々しげに口を割る。

「新田さんの気持があの小説の通りだとするなら、あなたは、黙つて胸にたたんで、それとすぐ判るや

うな小説を発表するのは避けるのが本当ではないかしら？」

「全くでした。僕も最初は発表する積りはなかつたんです。落ちる云ひ方だけど、丁度欲望の昂進を意識で止どめようとする働きが起つても、止どまらないあの状態だつたんです。原稿を出すまい出すまいとしても、いいぢやあないかいいぢやあないかといふ働きかけに負けて、いつの間にか発表してゐたんですよ。」

「もういいのよ。本も出来てしまつたんですし、私が狼狽しただけよ」

同情的になつた彼女の顔には、春三の好きなあの優しい微笑が浮んでゐた。

「本当はあなたの心にお礼を云はなくちやあいけないのに、私つて意張つてゐるんですもの。御免なさい。」

この言葉だけで春三は自責の念に「わあつ」と叫びたい悲哀を感じてゐた。急速に落下する小石の悲哀は、こんなものだろうと思つた。

「僕が悪いんだ！　僕一人で解決する問題を、一縷の望みを期待するいやしさがあつて……。要するにまだ修養が足りないんですね」

「なにも、あなたばかり苦るしみなさいつてことは云はないのよ」

といつて、恋に身を焦して年齢よりも老けた青年の顔を憐憫の眼で慰めた。

――父の小説で、青春の歓喜と苦悩を因果的に扱つたものがあつたつけ――と思ひ浮かべるのであつた。

〝身をあげて活ける牲とは
君ならで誰か知らまし〟

といつた感懐が、春三の胸の中で一途に生命を燃やす決意の火を灯《とも》した。

☆　☆　☆

暑い夏であつた。

雑誌の売れゆきもよく、現金も大方回収し終ると、ほつと緊張も解けてしまつた。もて余し気味の身体を酷暑が苛んだ。一日中家に居て、冷つこい壁を求めてごろごろする生活は味気ないものだつた。こんな時はやはり、春三は我が想ふ人のことばかり考へ勝である。恋してゐる身にとつて、甘美な愛情の交流だけが楽しいのではない。孤独の中で慕情に身を焼き、嗜虐的な苦るしい一種の快感もあるものである。憂愁の淵に沈んで想ふ事の、遣る瀬ない楽しみが、冷つこい壁で涼をとる春三の孤独に芽生えてゐた。

八月も幾日か過ぎると春三は親許の安楽な生活に倦みて、恋に侘びしかつた東京の生活が懐かしかつた。銀座のネオンも酒場の裸電球も、皆美江に繋がつてあの時の会話、あの時の煩悶と回想するのであつた。

彼女に恋人があつたこと、その恋人に妻があつたこと、その時の衝撃が今でも真新しい傷として、しゆくしゆくと痛むのである。

春三が美江を恋ふる事は邪恋に近いものである事を、極端に怖れてゐたが、岩見澤に妻があつた事実は癒し難い苦悩を、今もつて彼に与へてゐた。しかし、猛暑の中でも平然と冷やかさを保つてゐる壁に身体を接してゐると、逡巡する心を抑制した彼の深い思考は、彼女の愛し愛さるべき権利と、美しさが故に恋に陥る必然性を、悲しく春三の心に知らせる。及ばぬ恋と諦めつつ、尚諦めきれない新田春三といふ男がゐる限り、美江の夫となる男に妻がゐたとて、彼等の恋愛を否定すべき根拠はないのであつた。まして、当事者たる美江が岩見澤への純愛を肯定してゐる限り……。

英夫がK高原へ避暑に行く計画をたてた。彼の親戚の二、三人と美江も行くとのことであつた。彼女は英夫が春三を誘ふことは拒まなかつた。さう言つて春三に勧めてくれたけれども、いまはしい春三の自尊と、悲しい慕情の故の内攻的羞恥心が、彼女の好意を拒絶してゐた。

彼等の一行が出発してしまつてから春三は、己の小心を呪い、取り返しつかない淋しさに打ちのめされてゐた。

暑さと精神的悩みに続く毎日は、春三の身心をはげしく憔悴させてゐたが、親兄弟や近所の知人を意識すると、彼の生来の自我と自尊が昂然とした表情を保たせた。だが、擬態をいかに誇張しても、隠しきれない苦痛の重さであつた。すでに小説も公表された事ではあるのに、素直ならざる感情が支配してゐた。偽善、擬態を続けるのは一種の苦痛であつた。亦、春三が自らの慕情を、悲しいながらも美しい純愛に高め、苦悩に満ちた純粋な誠実と情熱で、自己の精神を高揚しようと誓つたことも、素直でない心には受け入れないことをはつきり悟つた。

手の届く所に彼女が居ても、遠く離れてゐても、苦るしさには変りがないやうに思へた。遠く離れた生活は、虚無的で怠惰な毎日であらうが、静かな思考の中に彼女を想ふのは楽しいであらう。淋しいけれども甘美な淋しさであらう。そして、孤独の中での楽しさ苦るしさは、郷里に於けるよりは、自我も自尊もいらないであらう事に気がつくのであつた。慕情が春三を排他的で厭人的にし、東京の一人の生活に戻るのを強制してゐた。

休暇はまだ二十日余りあつたけれども、帰京することに決めてしまつた。

東京の一人の生活が、春三を元の素直な気持に戻し、わだかまりなく純愛の心を抱いていけるやうな気がして、上京の準備を急いだ。

英夫達が五日間の日程を終へて帰つた日に、春三はその晩に夜行で上京するといつて、英夫を驚かせた。ひねくれ根性でない弁解を彼に理解してもらひ、二人は別れた。

美江に別れの言葉を告げたい心と、内攻の故の告げたくない心とが相戦い、その決断のつかぬうちに春三は彼女の家を辞してゐた。

その夜、北東に向つて全速力で驀進する夜行列車で、春三は千数百キロも彼女と離れ去らなければならなかつた。駅頭で心待ちに、その人の見送りに来てくれるのを望んでゐたのに、その願ひは潰ひえ去つた。その事がこれ迄で、最も悲しく、寂しいことだと思つた。

春三は窓外の裸電灯が旅愁を添加し、せつない慕情の底に身を沈めてゐた。


（一九五四年）

醜女との関係

SIKOME TONO KANKEI

私は三年間の浪人生活にすつかり疲れてゐた。上京以来三年間、鬼子母神社の森と市ヶ谷の北西予備校との往還、薄暗い三畳の部屋での坐臥《おきふし》。それは暑さにも、寒さにもめげないものであつた。季節の移り変りすら疎い私であつたのに、三回目の、しかも、数十日に迫つた入試が私の頭を焦燥と困憊《こんぱい》と、居立たまれない緊張で攻めさいなんでゐた。

栄冠獲得の想像を絶した感激を、つい先頃まではちきれるやうにそれを夢みてゐたのに——なかば傍観的な、合格不合格には動揺は示さない不逞〳〵しい気持にもなりかけてゐた。両親の、私への信頼と、私と机との戦ひを、〝勘弁してくれ！〟と自暴自棄に投げ出したい程、私にはその重圧が辛かつた。

三年間、書物とペンとに明暮たのだ。学問に倦怠したのではないが、これまで殆ど、清新の一風を吹きこむ余地すらないまでに、私の頭脳は学問（あくまでも入試のための）で充満してゐる。泰然自若としてよい筈が、ますます熾烈な圧迫を感じるやうになつてゐた。私はもう疲れ切つてゐた。行く川の流れと、歳月の流れだけには休息がない。休息のない流れに私も流されて不安な悲しい、苦しい旅を続けて来たやうだつた。木の葉のやうに乱舞する暦の一枚一枚に私は恐怖を感じてゐた。〝私を休息させてくれ〟とどれだけ無情な光陰に懇願した事か。

私は残虐なまでに机を蹴つとばし、書物を抛り投げてしまつた。慚愧の念が心を打つ。良心に立ちかへる心を憤つて戸外に出た。外には粉雪が降つてゐた。

鬼子母神社の境内は、さら〳〵雪に沈んでゐる。雪の夜は実に淋しい。私は人の気のない路上を雑司ヶ谷の方へ歩いて行つた。鳴りをひそめた都電の響きが私を両親への郷愁に誘つた。私は雪を振り払ふのと一緒に小ちやな良心を払ひ落しながら、とぼ〳〵歩いた。雑司ヶ谷共同墓地の入口であつた。おでん『静香』が雪の中に暖たかさうにほんのりと灯《とぼ》つてゐた。バラック造りであるが、昼間と違つて夜は全く温たかく人の心を誘ふのに驚いて、改ためて『静香』の周りを一巡する。未知なる酒の世界が私に冒険を強《し》いた。

客は誰もゐなかつた。

「いらつしやい。今日は勉強は済みましたの？」

「はあ、いえ」

始めて会つた女将《おかみ》に私の素姓が知られてゐるのは不思議だつた。

「勉強も大変でせうね。どこお受けになるの？」

「その話はよして下さいよ。酒、酒」

もつさりした手付で女将が酒をつけたり、つまみを出したりした。大柄な体格に平たい顔、小さな眼と鼻、ひきつめに束ねた髪と、醜女《ぶをんな》である。最初のやりとりと醜女である事が私を気易くさせた。

「僕のこと知つてるんですか？」

「天下の浪人だといふ事をね」

と、女将は含み笑ひをしながら酒を注いだ。私は味もわからぬ儘に、まるで子供の飯事《ままごと》のお父さんの様に続けて何杯も飲んだ。そして熱い涙が腹の底につかえてゐるかの様に噎《むせ》た。しかし、凍えた心と体は温まり、鬱積してゐたものを吐き出した感じが、私をうつとりとさせた。赤味をさして来た私の顔を見ながら、女将が「お酒は身体が暖まるでせう？　もう一ついかが？」といつてもつさりと大きな尻を、堅い木の椅子から持上げて、銅壺に徳利をつけた。酒が入る程に、私の小さな良心は隅に片附けられ、やがて霧散した。

私は、高校の時の運動会の打上げの時と、正月位にしか酒を飲んだ事はなかつた。そして酒を飲んだ時でも、愉快になる方ではなかつた。むしろ、淋しく物悲しい気分になつた――。何とはなしに飲んだ酒だが、そのかすかな悲哀、何となくほろ〳〵落ちる涙に、甘い感傷があつた。私には受験生といふ深刻で、厳粛な立場にあつて、この酒場に於けるほろにがい悲哀が、好ましく思はれてならなかつた。毎日、朝眼が覚めた時から夜瞼が重なる時まで、横文字と数字と漢字が、私を金縛り、怠惰な心と、勤勉の心とが常に悲しい戦争をしてゐるのだ。三年間、よくも辛棒して来たものだ。小心者の可哀想な奴酒を飲めと、ほろにがい悲哀が頼りなく囁いてゐる。

女将が私の涙の滴《しづく》を黙つて凝視《みつめ》てゐる。

「よく頑張るわね。でも……たまにはお酒もよいでせう？　気分転換の意味で」

「お国は九州ぢやあないかしら、失礼だけどお名前は？」

「下宿では自炊でやつてらつしやるんでせう？」

女将は私に積極的に話し掛ける。私はぽつり〳〵と答えてゐた。女将の名前はしづといつた。笑うと目が糸のやうに細くなり、小鼻が湾曲して丸くなつた。首が太く短く、格好だけで声も想像されるといつた按配だつた。醜女《ぶをんな》ではあるが、私は酒のための心の暖かまりではなくして、彼女の人柄の温かさを感じてゐた。両親以外の他人の全て巧言令色、冷い心を読む心持であつた私にとつては、この事は最近の驚異であつた。憩うべき安住の地を発見した思ひであつた。

私とても、受験生といふものがいつの世にも苦難と怠惰の誘惑に喘いでゐる事は知つてゐる。半ば茫然としてゐる事も。しかしかういつた絶望や虚無は、宏大な野心と前途への希望とから導かれる情熱のたぎりなのであり、青年の本性たる生命力の悶えであることを誇りとして来た。唯々《ただ》たまさかの憩が欲しかつたのである。俗に言ふ試験地獄と世間の巧言令色が、小心者の私に寸暇を与へなかつたのであらう。

その夜は、私は、非常に和んだ気持になつて店を出た。火照つた体に粉雪が気持よく降りかかつた。「雪の降る町」を地で行くやうな劇的感情が酔つた頭に甘く悲しかつた。『今夜のエネルギーが明日への意欲となるのだ、酒と女にさへ溺れなければ……。あの女将は醜女《ぶす》だからなあー』と呟きながら私は鬼子母神の下宿へ帰つた。

私は酒を飲んだ翌朝の爽快な寝覚めに健康を自覚する。

それは不明朗な私の生活にとつて、暗い梅雨空を破つた雄々しい青空のやうであつたが、雷雨を含んだ黒雲の端にあかねさすはかない心あかりであつたのだろう。

昨夜の雪は止《や》んでゐたけれども一月の寒気は厳しかつた。でも私はいつもとは違つて元気に跳ね起き熱い味噌汁を作つた。三年間の自炊生活は、私の炊事の経験を豊富にして居たのだ。予備校に於ける授業も、好意的な温い雰囲気のしづが待つてゐるやうな気がして安心して居られた。しかし周囲の熱心な学生を見ると、甘美な夢から現実の焦燥へと引き込まれるのであつた。この焦燥は私の小心の為す業であつたけれども、三年間の卑屈な忍耐と、憂鬱な生活の結果だつたのである。とは言つてみても、昨夜の小《ちい》ちやな良心を抑えて冒険を強いた事が、私の心に或るゆとりをもたらした事は確実であつた。

それから四、五日厳寒の日が続いた。私はその間、夜になるとしづの許に通つた。春秋の散歩道であつたが、白い息を吐きながら酒を飲みに行くのであつた。

馴染客等は余り居ないらしかつた。たまにコップ酒を飲むか、鍋をさげておでんを買ひに来る近所の衆位であつた。しづは大抵、障子一つ隔てた三畳の櫓炬燵の中で目を閉ぢてゐた。私が行くと障子を開いて、につこり微笑した。それを見ると私は馴染客の実感を体験し、大人の世界のある優越を好ましいものと思ふのであつた。

一尺五寸程の板木のスタンドを間にして私としづは、銅壺の蒸気とおでんの香の空気の中に近々と顔を寄せて話をした。両親や故郷や学校の事等であつた。話をしてゐても、しづの表情は目が細くなるのと、鼻が丸くなる程度で変化はない。勿論この女から媚態を発見する余地もなかつた。眉を引く事も、口紅をつける事も、とにかく、醜さを表面に押し出した誠の顔なのである。醜さを悲しみ諦める心すらも忘れてゐる風であつた。それだけに言葉や態度には誠心誠意の女性の優しみがあるやうに思はれた。

私は異性との経験もないし、飲屋での応酬《やりとり》もこれまでになかつたけれども、媚《こび》のある誇張や虚偽の女の言葉は判る積りでゐる。

話の合間《あひま》にもしづは

「体の温たまる程度で切り上げて。勉強に差し支えのない様に。」とか

「もう二月《ふたつき》もしたら解放されるわ。」

「杉彦さんに家の炬燵を提供してあげようか。」とも言つてくれた。

私が東京に来てから、良木《よしき》の姓でこそ呼ばれたが名で呼ばれた事は始めである。だから最初はしづの「杉彦さん……」を奇異に感じたが、やがてそれは急速な親密さと厚情の念を加へたのであつた。

私には酒場といふものの観念とか常識が、悪徳に染んだ自暴自棄で、頽廃的雰囲気であると考へてゐた。麻薬の様に人の頭を混乱させ理性を奪ひ、そして汚濁と虚偽と肉欲と、人間が持つあらゆる堕落を生み、その周囲を悪の華の如き女の紅い唇が開いてゐるのである。酒飲みの屁理屈では、人間は正気の時が最も嘘が多く偽善を重ね悪徳の中に生きてゐる、だから、酒を飲んで生地の人間に帰りたいといふ欲望があるのだと主張する。

私にとつてはこの二つの説の矛盾が故に酒の世界が未知であつたのだろう。

しかし私は一週間も〝静香〟に通つてゐる。そしてこの〝静香〟にはおでんが食べたい人、酒が飲みたい人だけしか来ない。真実に要求する人しか来ないので、真実が存在するのであらう。亦堕落を享楽しに来る狼共には恐らく無縁な醜女しづが、紅い唇もなく虚飾のない誠の顔でひかえてゐるのである。私の酒場に対する観念とか常識は〝静香〟に於ては完全に破壊された。そして安心して私の憩の時を過す事が出来るのであつた。私は〝静香〟に来る直前まで小ちやな良心と闘つてゐた。けれども全くここに於ては前者を警戒する為の良心は不必要だつたのである。

しづは醜さ以外には殆ど無表情であつた。おでん屋を経営する以上は生きる為の純益を得なければならない、しかしそれすらも無表情な容子には無頓着さがあふれてゐる。私の観念の中には彼女のやうな女は存在してゐなかつた。その点に私は牽れてゐるらしい。

私は酒を飲まない昼間でもしづの家へ遊びに行くやうになつた。炬燵で暖まりながら、お茶やおでんのあまりを御馳走になつたりした。しづと酒飲の心理や世間の在り方等について語り合つた。『世間といふものは偽りの恋に戯れて享楽する男と、女の馬鹿し合ひの様なものだ、大部分の人がこんな事に麻痺して殆ど不感症になつてゐる。常識的な道徳を盾に取る事には余りに世間は中毒し過ぎてゐる。』また或る時は悲しい告白も聞かされた。――彼女は東北の生れで三十八才になつてゐた。若い頃から子守や女中奉公に出された。そして醜女が故に余計打《ぶ》たれ、余計働かされ、汚ない格好をさせられた。恋愛する価値のない顔だと一人合点されて、しづの前ではあけすけに男女の交際を吹聴したり、猥談を語つて憚《はばか》らない。すこしでも気のある女の前では男といふものは殆ど軽蔑すべき話はしない筈だ。しづの前では、それはいかなる男も一様に傍若無人に振る舞はれた。『なんだお前、それで女か！』といつた調子であつた。――

しづの結婚をも諦めさせた女として致命的悲しみの告白は、私の心を打つた。

私の高校時代は男女共学であつたから、彼女の云ふ事は耳に痛かつた。私は醜い女学生は眼中になく、美しい女学生の前だと赤くなり普通に話が出来なかつたから。

しづとの交際も彼女が醜いから気易く、これまでの仲になつたのだろうかといふ疑念も起つて来た。若し彼女が美しい三十女であつたなら、私ごとき取柄のない貧乏書生は相手にならないだろうし、この店も毎晩狼共で繁昌することであらう。さうなれば私の観念は的中し、いまだに憩の場所もなく焦燥に焼れてゐるだろう。

しづが女の最も悲しい立場にたつて、全てを私に打ちあけてくれた事は二人の間柄を堅く結び付け、一層親近の情を燃やすに充分であつた。私はかつて、醜い女相続人に美男子がやに下つて、財産目当に結婚しようとする外国小説や、日本の小説家が書いた、醜い女を恋の手管で籠絡して金品を捲き上げる男の小説を読んだ事がある。しづとの交際で、私がこのやうな小説を連想する事は不純な気持であるに相違ない。しかし、私は連想する事から自省自戒してもつとしづに対する気持、態度をはつきりさせたいと思つたのである。

私はこれまで、自分一個の意気地のない、陰鬱な男を憐み慰めて来た。けれども今一人、醜さが故に世に疎《うと》んぜられた孤独な、淋しい女の悲しみを慰めねばならない。全く世の中に深刻なる受験生と醜女程、排他的で憐憫の情に値する人間はないと思ふのであつた。差し当つて私がしづを慰める言葉とは……。

容貌の美醜に拘泥《こだは》る必要はない、私が愛し信頼してゐます。それで済むだろうか。しづは誠実さを愛してゐる、誠実さの実体は海岸の海と陸とのやうに割り切られるものではない。誠実さの実体は心である精神である。それを表明し得るものは言語動作だ、だが誠実を裏切るもの偽善も言語動作である。

私は真実しづが好きだ、で、物といふ実体でもつて慰める方がはるかに私の気も済むし、しづも喜ぶだろうと思ふ。しかしながら、端的な経済的援助と云ふものが私に可能であらうか。親許よりの送金で一月の生活を賄つてゐる私にとつては不可能な事であつた。

実際、近頃は金も費消し切つておでんを食べる事すら出来ない。そして夜になるとしづの許へ行けないのが苦るしい。勉強も手につかない、悶々と下宿で煩輾して天涯に家なき淋しさを味つてゐるのである。

私は安住の地を提供してくれたしづの良い顧客となるべく金の算段に没頭するやうになつた。遂に私は、受験生にとつては非常識極まるアルバイトを思ひ立つた。小心者の向不見《むかふみず》と云ふか、兎に角金を稼いで私は〝静香〟の雰囲気をほしいまゝにするし、いくらかでもしづの営利に役立つてくれれば良いと考へたのであつた。それは私の濁つた錯覚が他愛もない夢に耽溺させてゐたのかも知れないが、さうしてでも私は金が欲しかつた。しづの為になりたかつた。

私は直ちに折よくあつた牛乳配達を早朝の三時間ばかり雑司ヶ谷一円で実行に移した。これは早朝であるのと厳寒な為に希望者がなく手当も可成りあつた。牛乳購入の拡張をやれば月に六千円程度の収入がある筈であつた。冬に乗る自転車程辛いものはない。殊に、早朝四時頃の寒気は私の頬や指の感覚を麻痺させてちぎり取るかの様であつた。

でも私はその代償が〝静香〟の暖いおでんや酒等である事を心に描いてゐたのである。

早起きする事の辛さはやがて生活のプラスとなる事で解決された。私は自分の健康を自賛し昼間は勉強し、金があれば夜はしづの許へ通つた。

二月の初旬に始めて給料を貰つた。それは私自身が働いて得た最初の金であつた。その夜私は給料を懐中にしてしづの所へ行き、私の為した事を話した。しづも喜こんでくれたし私も満足であつた。

その夜は、しづと二人でビールに酒に焼酎と強《した》たか私達は酔払つてしまつた。終ひには口からも鼻からも眼からもあつい涙や、よだれや鼻汁があふれ、わけのわからない哀愁と孤独と満足に酔痴《よひしれ》た。私は何となくしづに甘えて力一杯抱き締めて貰ひたかつた。

「ねえしづさん、僕かねえ毎晩でもしづさん所へ来たくてかなはないんだよー。淋しくつて淋しくつてね、ぎゆつと抱き締めてくんないかなー」

しづも可成り酔つて、赤い顔はお面を連想するやうな醜い顔であつた。

彼女はスタンドのくぐりからぬけて来ると

「杉彦さんて本当に淋しがりやね、でも可愛い、本当に可愛い好い人ね」と云つた。

そして私のふら〱してゐる体を支えるやうに抱いてゐたが

「一寸待つて！」

しづは盃に熱燗の酒を注ぎ、ぐつと一息に飲むと同時に朦朧とした私の眼前に迫つて来た。私は為す術《すべ》も知らずしづの顔を両手に抱え眼を閉じた。彼女の唇が私の唇にふれ舌が舌を音を立て吸つた。私がそつと眼をあけた時に、陶然たる気配のない無表情な小さな鼻と眼が決して美しいものには見えなかつた。

私の接吻の最初がこの時であつた。

私の頭の隅を占めてゐた美しい女との接吻の映像、それは甘美で美味しいだろうと想像してゐたのと大差ない感覚をしづとの接吻から受けとつたのであつた。この事は甘つたれた感情が肉欲を超越した純心な気持であるといふ確信を深めた。その後も、私はしづの無表情の顔からでも何物かを感じるし、彼女も私の肉親でさへ気の付かない世話をしてくれた。だからぼそ〳〵と自炊の食事で用を済ます事は涙ぐましい風景であつたが、しづの手料理等を天真に大口あけて食べる事も出来た。

ある早朝、夜来の雪が降り続いてゐる朝だつたが、牛乳配達の途次雪にすべつて自転車諸共ひつくり返つてしまつた。牛乳がまだ数十本残つてゐた。その半数がわれたり、蓋があいたりして路上に溢れた。湯気を立ててゐる白い液体が私の手をぬらし足をぬらした。やがてそれは凍つて身に沁みて冷たかつた。私はおろ〳〵と半分泣きながら

「しづの為だ、しづのためだ」

と呟き鼻をすすり上げた。

牛乳屋の主人は寛大にも私の粗相を許るしてくれた。配達が終つてから帰り道、私は凍つてかじかんだ手足と下宿の冷たい蒲団を思ふと、どうしても帰る気にはなれなかつた。私は亦少し後戻りして〝静香〟の裏口に廻つて中を伺ひつつ戸を叩いた。

「どなた?」おびえた声であつた。

「僕、僕です良木です」

がた〳〵と戸があいて、白いタオル寝間着の大柄な体が目の前にあつた。早朝とはいつてもまだ真暗な時刻である事が私を当惑させた。私は叱りながら
「さ酒！　酒を飲まして、寒い、冷い」

困惑と甘え根性の混つたのが私の眼頭を熱くした。

「どうしたの？」

私と入れ変つてしづは後手に戸を閉めた。私は今朝の粗相を話した。

「まあ可哀想に。ほーうつめたい手だこと、今すぐ暖ためてあげるわね」

さう言つて私の手を取り敷居に坐らせて、ぬれてゐる靴と靴下を脱いでくれた。

「でも丁度相憎、おこたの火種が切れてしまつたわ……。いいわ、さあいらつしやい」

しづは暖かさうな蒲団に入ると居ずまひを崩して私を招いた。私はもうすつかり甘える気になつて、ずぼん下に肌着だけになるとすぐ様暖かい蒲団の中に足を入れた。

「冷い、冷い」と言いながらしづは私の足をもんでゐたが、そのうちつと膝を立てると私の両足を暖かい肉の中に引き入れた。ぼつてりとした彼女の両太腿の世界があつたかく私の全身を包むやうであつた。

私は幼い頃、母がやはりかうして私の足を温ためてくれた事を思ひ出した。母親程の年齢差が自然かうした扱ひをするのだと思ひ、私はそれから一時間ばかり夜の白む頃まで、しづの胸に顔を埋めた儘でゐた。帰る時になつてしづは
「これからおこたの火を取て置くわ、今日は可哀想だつたわね。今迄気が付かないなんてね悪るかつたわ」

「いゝえ僕すぐ甘えちやうだもの、しづさんの体温が一番いいよ」

「いつでも今時分ね、裏口開けとくわ」

かうした扱いが不意であつたから、私はみだらな根性も起こさなかつたけれども、しづの両太腿の感覚だけはどうしても脱け切れなかつた。私は早朝の牛乳配達も決して苦にならなかつた。毎朝しづの肉体が暖かく私を労《いたは》つてくれるからだ。

一方、私は下宿でぼんやり考へたり電車の中などで大人を見たりすると、私の余りにも子供染みた振舞に愕然となつた。醜女であり、親子程の年齢差をもつしづ、それが容易に彼女に接触させるのか。私もフローベルとジョルジュ・サンドの性の交りなしに魂だけで美とか信頼を生殖してゐたのは知つてゐる。唯目的のない事は誠実さを欠く事だけを私は懸念したのであつた。しかし、しづとのかういつた関係が空恐ろしいとは決して思はなかつた。しづの体にすがつてゐる時は私は苛酷な試験地獄も、冷い現実の世界もない陶然たる境地であつた。

恐ろしいと思わなかつたのはこれまでに機会がなかつただけの事である。

私だけの甘美な世界も青天の霹靂のやうな事件によつて打破られる日が来てしまつた。

それは私のしづに対する観念も常識も、あらゆる信頼も慕情もむごたらしく奪い去る事件であつた。

私がいつものやうに牛乳の配達が終つてから、しづの暖かい体温で怠惰な睡眠をむさぼつてゐる時であつた。いくらか明るくなつた七時頃に表口を叩く音がして
「しづ、おい、起きてゐるか？　開けてくれ！」

と野太い声がした。その途端しづの体が硬直したやうに緊張すると、板を起すやうに立ち上がり私をゆすり起して、着物を着るやう眼顔で報せた。

私が不本意ながらも愚図〳〵してゐるのを見ると、しづはいつになくきびしい声で

「早く、早く、」と云つた。

外では前より一層ひどく戸を叩くと一緒に

「早く開けねえか、やつぱり誰か居るんだな、若僧だろ！　畜生」

蒲団の中から出たばかりの体には朝の室内の空気は厳しかつた。それと同時に外の男の正体がしづに関係あるとおぼろに判明するにつれて、一層震撼とした胴ぶるいが私の体中を襲つた。亦私は今にも戸が叩き破られて男が侵入し、若僧である私に害を加えられる事を直感し、おろ〳〵と逃場をさがしてゐるのであつた。しづはそれでも気を取り直した様に落着いて寝乱れた床を直したり、枕をかたづけあくまでも一人で過したらしく周囲をかたづけてから、私を無言で裏口へ導いて外へ押し出した。私は外へ出ても足が竦《すく》み逃げる事も出来なかつた。内部では件《くだん》の男が入つて来るや否やしづの頬を強《した》たか打つたらしい音がして「貴様はぁ、俺が刑務所へ入《へ》つてゐるのをいい事にしやがつて、よくもそんなおかめ面で若憎をくはへ込みやがつたものだ。若憎はどうしたいつ！

裏口から逃しやがつたか、貴様との縁もこれまでだ。金なんて出してやつただけ損だ。もうこの店もたたき売るからその積りでいろ」

男は烈しい語調でそれだけ云ふと、荒々しく表戸を閉めて出て行つてしまつた。

私は炭俵や空箱の積んである暗い物陰に隠れてゐたが、恐怖の為に寒さも忘れ気が付くと靴さへも履いてゐなかつた。

事件は終つた。それは徹底的な解決であつた。私がしづに対して抱いてゐた考へ、それは余りにも浅はかなる考へであつた。唯醜い女だからといふので簡単に割り切つて判断してゐたのだ。

醜いからとても女である。情夫がゐたつて何の不思議があらうか。私でさへしづの肉感的体にしがみついたのだし、彼女と接吻した時でも例へ酔つてゐたからとはいえ、私の頭を占めてゐた美しい女との接吻と大差ない感覚を得たのに……、即ち女としての機能を立派に具《そな》えてゐるのに変りはない。

亦彼がいなかつたらどうしてしづ一人で店の経営が出来たろうか。全てが私の世間知らずであつたのだ。私は去りもやらずにそんな事を考へてゐたが、もう一度中へ入つてしづと顔を合はすのがうとまれて裸足《はだし》のまま下宿へと帰つて行つた。

私はその春、試験も受けずに郷里へと帰つて来たのであつた。

（制作年不明）

恋情

RENJO

一月程前に出来たスマートボール屋だつた。私がここで散財した金額は二千八百円に上る。そして得たものは煙草が十六個なのだ。それよりも私はここの女主人《マダム》にかつてない恋を得た。始めは色恋の沙汰ではなかつた筈だが、自然に足が向き遊技よりもマダムの一挙一動に眼を奪はれ、たくましい空想を抱くのである。通学の途路の遊技ではあつたが、今ではマダムの顔を見に行くのが通学の目的になつてしまつた。三十近い女であつた。私は二十一になつたばかりである。客との応対、話し振り、仕草に私は何とも言へぬ甘美な雰囲気を味ふのである。彼女が私を愛し優しく懐に抱いて呉たらどんなに幸福だろうと思ふ。故郷を遠く離れて人の愛に飢えてゐる私にとつて、手慰みの遊技から彼女の存在を見出した事は大きな喜びでもあり、切ない哀感でもあつた。彼女が私よりも年長であることが、彼女の情愛、慰撫を想像する時髣髴《はうふつ》と生暖かい実感として盛り上つて来るのである。

しかし私がかう考へてゐる間も彼女の頭の中が客へのサービス、店の切り盛、女の子の監督等と余念もなくめぐつてゐるに違ひない。それが亦私を一層淋しくさせる。

今日も私は予定の金額を損失して所在なく立ち上つた。晩秋の夕闇迫る頃になつてゐた。店を出た私の顔に涙が振りかかるのに驚く。勿論、ゲームに負けた口惜さではない。金の切れ目が縁の切れ目ゲームと縁の切れることはマダムと縁が切れるのである。そんな間柄にしかない自分にひどく哀憐を覚えたのだ。街を歩いてゐてマダム位の年格好の女の人に会ふ毎に、私は〝愛して下さい、慰めて下さい〟と心の中で泣いて訴へるのである。彼女を恋ふる心の片隅には、――たかが一人の女の為に――といふ流行歌の旋律が搔き鳴らされてゐる。低俗に堕する思ひを矯正しようとする気持か、男としての自尊心を維持しようとする気持が頭を擡げようとしてゐるのであらう。

結局色恋の道はかういつた気持も、諸凡例やら本能的に圧倒される場合が多いのであつて私もその多聞に洩れないのである。

そして、私は彼女に意中を告白して商売で目まぐるしく回つてゐる彼女の頭の中に、私の存在を占めさせる事を決心した。

開店以来のいはゆる常連であつたから彼女も私を知つてゐる筈である。やはり晩秋の暮掛りだつた。マダムが店を一巡して外へ出て行つた。高鳴る鼓動を鎮めて私もゲームを中止し彼女の後を追つた。

―何処へ行くのですか？―

不意の掛け言葉に驚いて振り返へる。私は彼女の瞳の中に不安か安堵かの反応を読まうとした。意中を告白する身にとつて、闖入《ちんにゅう》者を迎える彼女の眼の色を懸念したのだ。

―ああ。一寸電灯会社迄―

私は黙つて彼女と肩を並べ石畳を歩いた。不良じみた言葉、無教養な言葉を払ひ除けて、本当に私の純真な心情を吐露し得る言葉を胸の中であれこれと探した。

―貴女にお話したい事があるんですが―

―私に？　何でせう、長いお話？―

私達は通り掛りの喫茶店ユタに入つて行つた。二階のロビーには他の客は居なかつた。注文したコーヒーが運ばれる迄、私は煙草を吸つたり、外を眺めたりした。彼女は薄く笑つてゐる。落着いて面と向つた私は、――男が女へ抱く打算とか性欲ぢやなしに――此の人からほのぼのとした母のやうな情愛を欲してゐる事に誇を持つ、而して当面の問題に対する彼女の諾否に心を戦慄《おのの》かせるのである。

―貴女が結婚なさつてゐるのでしたら御迷惑でせうけれど―

―そのお話でしたら勘弁して頂戴。私ね病気なの。心臓弁膜症でね結婚も出来ないの―

―でも、病気とこの感情とは別でせう―

―えゝ、ですから私出来るだけ禁止してるのよ。私の生命《いのち》の為にね―

―………―

―この儘で行けば結構この道をタブーしてゆけると思ふの。お店で忙しく働いてゐると本当に疲れちやつて、後で自分の体を休める時間だけで精一杯ですのよ。―

―さうですか。申し訳ありませんでした。無躾な事を言つて、貴女が好きになつてどうにも仕様がなかつたものですから―

―失礼ですけどお幾つかしら―

―二十一です。あのー僕は決して浅薄な不真面目な気持でなかつた事は承知して下さい。貴女の事は殆ど知らないのが本当ですが、恋する身にとつてはそんな事問題ぢやあないのです―

―えゝ良く判ります、折角でお気の毒ですけれど貴方もお若いし、時がその中解決しますわ。―

私は出す言葉の種も失せてゐた。始めは気負ひ立つてゐたので、体良く振られたと思つてゐたが、三十近くまで結婚しないでゐる事や、物柔かな潤々とした話の内に潜む強靭な生への意識を感じるのであつた。

— ね？　お判りになるでせう。貴方が私に対するお気持ちも、貴方がすれ違つた女の人に抱く好意としてそつと忘れてしまいませうよ。—

私はまだ三年間この店の前を通つて学校へ通はねばならない。それで忘れ得るだろうか。彼女が言ふやうに、街は各々の長所を誇りかに輝かせた女性が私を魅了してゐる。言はば街には私の恋人が氾濫してゐる事になる。それは皆、マダムと同じく名前も素姓も知らない恋人達なのである。妍《けん》を競ふ華やかな衣服、伸び切つた肢体があつても全て首のない恋人達なのである。首のあるのはマダムだけなのに……。忘れる事の出来る恋ならば彼女の、感情を殺し得る眼や鼻や口は私の脳裏にも存在しない筈だ。

私は心の中では恨み、泣きながらも口では幾重にも無躾を詫びた。彼女は消沈した私に

— 貴方は今そんな時期にあるのね、御免なさい —　と言つた。

言葉尻には、愛する事の出来ない宿命を悲しんでゐるやうでもあつた。美しい彼女の事だ、以前にも彼女の宿命を悲しませた男もあつただろう。人間の喜びを味ふ事もなく生きることのみに精進する彼女に、同情し尊敬する。斯くして私が彼女に望めるものは、偶像化した面影だけなのである。彼女を煽情し感情の機微をかすめ取る事すら、彼女の為にタブーしなければならないとは……。

時が解決する事も疑はしい程、熾烈な恋情である。私がこれ程人を愛し得る身になつた事を喜びそして悲しむ。

通学の途路に我を制する努力が、果して三年間続くであらうか。

（一九五三年十月二十八日）

自惚れ成佛

UNUBORE JOBUTSU

二月の諏訪湖が西日を浴びて白く厚く凍つた氷も薄紅く映り返してゐる。諏訪湖の堤防に添つて仁木治郎は、四季を通じて美しい湖の景色をながめながら諏訪高校へ往復する身分なのである。彼は豊かな美しい長髪を持つてゐた。そしてこれを非常に誇つてゐた。だから治郎はこの寒空に防寒帽をかぶらなく、専ら白い兎毛製の耳掛をしてゐた。また彼はダブルの立派な外套を着ていながら靴をはかなかつた。彼は自身のすらつとした長身を知つてゐたからより高くして人目につく様に白い鼻緒の高下駄を用ゐたのである。蓬髪が額をくすぐるとうるささうに、得意然と頭を後にしやくつて上げた。人が少し羨望的な眼を向け様ものならば治郎はなほ頭をしやくつて盛り上がる長髪の存在を誇つた。近ごろではこれが一つの癖になつてしまつた。下諏訪の町に入ると勾配が十五度もある坂に突当る。治郎の家はこの坂の上にあつたので朝夕ここを通つてゐるのだが、坂が坂だけにすでに〝幽霊坂〟といふ異名がついてゐた。

その由来といへば、冬になつて雪が降ると子供達が厳禁されてゐた適当な勾配を利用して橇やスキーをして遊ぶので、二、三日もするとつるつるに固まる。そして毎年正月に酔つ払ひが頭を固い雪にぶつけて泡をふいたり、お婆さんが脳震盪を起こして死んだりしたからである。治郎はこの坂を通る時だけは下駄を履いてゐる事を怨んだり呪つたりするのだが、自己の虚勢を作るためにはどうしても出掛けに下駄の方を選んでしまふのである。

この坂は約四、五十メートルもあらうがこれを登り切つてしまふと教会がある。高い尖塔が際立つてゐて下諏訪の町を幻想的に作り上げてゐる。この教会の牧師さんの家に十六、七歳の少女がゐた。治郎は教会の花壇にぼんやりと立つてゐる彼女を通りがかりに見かけ、そして彼女を最初見た時忽恋してしまつた。

それからといふものは治郎は教会の附近を通る時は常の二倍も自分の恰好に気を配つた。少女に逢はなくとも彼には尖塔のどこかからか彼女が見てゐる様な気がして恋人の凝視を真向に向けた様にはにかんだ顔をしたり、焼き付く様な視線を背後に感じた時の様にさつさうとした後姿を作つた。

彼の日常のかういつた物腰は遂に洗練されたものとなり、彼の美しい髪と容貌に添加された、また彼には学校の学問やスポーツにおける才気もあつた。才気といふよりは彼のやうな男に有り勝ちな器用さとでもいふか少しの知識をもつて人々を眩惑するのである。弁論大会で偽善を叫び、討論会では術者ぶりを発揮した。治郎のペダントリイに人々はうまくまるめられた。女子の生徒等は彼と言葉を交はすのが光栄だといつた様子だつた。ある気障な女学生は彼を美青年アドーニスと評した。治郎の自惚れは増々向上していつた。

彼は何か自分の知識と器用さを示させて美しい房々とした髪と美貌とでもつて名実共に世間に躍りでてやりたいと思つた。それには偽善を行ひ新聞なり有名雑誌にでかでかと掲載されるのがよいと思つた。しかし彼の怠惰心はすぐに何でもあき易くさせて自己発展の芽を自ら絶ち切つてしまふのであつた。

月日は経ち暮と迫つてきた。頭をしやくり上げて行く治郎の姿は何百回となく〝幽霊坂〟を往復し教会の尖塔に気取つた後ろ姿を見せて行つた。来春、治郎は東京に遊学して自分の野心の基礎を築かねばと思ひ始めた。

さすがの彼も教会の美しい少女とは一度も言葉を交はすことができなかつた。逢ふ度に治郎は話し掛る緒口を見つけようと焦つた。今度あつたらこんな態度でこんな風に話さうと考へ一人芝居をして見た。が実際の場合になると彼女の純真な瞳と香ばしい容姿に圧倒されて、いくぢなくも素通りしてしまふのであつた。このやうに自尊心を傷つけられても治郎の少女に対する慕情は衰へなかつた。

木曾下しと共に雪が降り、例の幽霊坂は忽ち氷の坂と化された。今朝も治郎の高下駄が幽霊坂にさしかかつた。足もとはまるで氷である。治郎はへつぴり腰で両手で体の重心をとりながら危なげに坂をおりていつた。朝の乳色の霧がやうやく薄れてゆくころだつた。

彼は坂の中途まできて前方に恋しい少女の姿を発見した。彼は自分の恰好に気がついて思はず体をいつものやうにそびやかした。

十米先で彼女も気がついたらしい、顔を見ると彼女が何か話したげに微笑して会釈したのである。治郎は高らかに心の中で勝どきをあげた。勝利感と歓喜で顔が紅潮した。彼は長髪の存在を示さうとして頭をしやくつた。『あつ!!』と少女が声を上げた。治郎の体は一たん宙に浮いて異様な頭蓋骨の響きと共にひつくりかへつた。はづみとは恐ろしいものである。治郎はその後死んでしまつた。

その日の夕刊にでかでかと幽霊坂の犠牲者として治郎の名前が出た、母親が防寒帽さへかぶつて居ればと泣いてゐた。世間の人々は今更治郎の美しい髪を噂し合つた。


（一九五一年十月二十四日　礫陵新聞）

第二章　エッセイ

青年期の批評エッセイや日記を収める。日記は著者の真摯な思考や精神状態がうかがわれるもの、小説作品に呼応する内容のものを中心に抄出した。

文学と映画

序章

芸術の発展の中には二つの傾向があると私は思っている。一つは社会文化発展のいろいろな成果を固定化しようとする傾向であり、一つは生活のプロセス（人生）を進んで解明しようとする傾向である。我々の生活のスケールは日毎に前進しており、全人類の幸福をめざす偉大な社会思想は文学者に映画芸術家に人間の生活をリアルな正しい形の中で表現する事を要求している。

芸術は行動であり、発展であり、人間を過去に引きもどす沈滞との休むことのない斗いである。そしてこの絶え間のない斗いが新しい葛藤を生み出すのである。現実の生活の中でそれを明らかにし、多面的な人生の苦悩、喜悦の源泉を発見し、真の意味の人類の幸福を創り出す事が諸芸術に与えられている共通の課題である。国境も言語慣習も制限なく、等しく生きる喜びを共に出来るのは芸術をおいて他に何物もないであろう。私は〝文学と映画〟という漠然としたそれでいて厖大な課題を撰んだ。近代科学の生んだ映画芸術はマス・コミュニケーションという途方もない潮流に乗って世界の隅々まで文化・思想・精神を伝達する。しかも映画芸術は生まれてまだ六十余年の道を歩んで来たばかりで他の芸術に比較すべくもなく若いのである。今後製作者の意志一つで幸福を開拓する手段の急先鋒となる事は間違いないであろう。この事は私の論文からは脇道にそれるから止すが、映画芸術の果す重要な役割を強調したかったのである。

さて、〝映画と文学〟新旧格段の差のある二つの芸術を論ずるに当ってつい最近まで両者間の類似性、共通性が容易に指摘され比較検討が順序よく論じられると愚かにも考えていた。

しかし先にも述べたが六十余年と三千有余年の歴史の差を持つ両者を、火燧石とライターの共通性だけで安心していた様な訳だ。私はすっかり困惑し狼狽し後悔しながらようやく次にまとめたのであった。（以下原稿なし）

文芸映画に就いて

映画と文学に関する理論的な経緯は大体述べた。これから少し実際に映画化された文学作品と映画の企業とか内容を伺ってみたい。

映画は大衆の芸術である。しかし、その大部分は結果的にいって通俗性はまぬがれなかった。文学にも通俗的なものはあるが、確乎とした芸術作品もある。そしてその作品が映画化された。どれだけ芸術的に評価されたであろうか。それは歴史が裁くという方が無難である。何故かなれば庶民が高く評価したということで、芸術性をもつのか、通俗性をもつのかの水掛論になるからである。実際問題として庶民大衆の愛好するような作品は、芸術としては扱わず、選ばれた少数の人々の趣味嗜好に合うようなジャンルと、その作品だけしか芸術論の対象として取り上げられなかったのが、これまでの通例だったからであると云えよう。

最近、文芸映画の数が非常に多くなった。卑近な例を云うと、私は新聞小説も単行本も読む度に映画的イメージを頭に考えながら読むほどである。この事は日本だけでなくアメリカもそうであるらしい。ハリウッドはアメリカ文学をアメリカ映画の宝庫とさえ称している。そしてアメリカ文学をとりあげる大部分の理由は、文学そのものをスクリーンに移すためではなく、単にストーリー源として利用しているようである。

尤も、アメリカ文学の特色としてジャンルは豊富であるから、映画は実際ヴァラエティがある。その点、私小説や家庭小説が主流をなす日本文学は問題にならない。それにしても文芸映画が多いのは、オリジナル・シナリオの貧困ということになるのだが、それをいう前に、一年間に日本で製作される映画の本数が多すぎる、という事をいわねばなるまい。

亦、なぜ文芸映画が企画されるのかは、要するに企業であるのだから十分な企画を立てなければならない。原作がありストーリーが決まっているのだからあとは、原作を圧縮したものとか、原作を敷衍したものとかの、材料を云々するだけで企画の時間が省かれるという点が、現状の企業型体にマッチしているものと思われる。同時に、映画という商品に作り変えられるのであるから出来上った時に、その原作のネーム・バリューが宣伝価値の一端を負うであろうことも当然考えられているのである。

映画の内容から云って、映画作家はどれだけ文学的香気を映画の中へ移注させるかは、製作社側の意向は別として、作家の文学的感覚・表現力等にかかっているのだが、原作のもつ雰囲気をにじませるには作品の主張を、文章で訴えられた事を視覚に（以下原稿なし）

文芸的作品の穴

森岩雄がある雑誌に書いたプロデューサァ稼業論は近ごろでも名文。その中で映画が小説から筋を拝借する件について、私どもから言わせれば近頃の小説にはロクなものがないとケツをまくっているのは果してどんなものか。三文小説より映画のプログラムピクチュアの方がましだという訳ではあるまい。とにかく山下奉文だの山本五十六だのをいまどき熱心に「かれらは実は反戦論者であった」といわぬばかりの映画を作っているようでは、所詮その根本は民衆の幸福を希う心構えがないと申し上げるより仕方がない。

ところで一方には〝雁〟や〝夜明け前〟や〝地獄門〟のような文芸作品から知恵を拝借した映画が相次いで「大作」の領分を占め始めた傾向がある。この傾向は〝羅生門〟のヒット以来〝雨月物語〟の成功などに刺戟されて出来たものに違いない。これらは監督もムキになるからそれ程奇妙なものは生まれないが同じ小説でも〝花の生涯〟とか〝早稲田大学〟になると映画の方もまるでふやけてしまって、ただ筋を売るに過ぎなくなって来る。

もっとも鷗外の〝雁〟なども原作を読んだならば、結局は文学作品であって映画化が無理だという結論が引き出されてくるに違いない。文芸的映画（とでも呼ぶより仕方がないが）では、共通して分り難い問題をそのままに残している場合が多い。

〝夜明け前〟などは作品のスケールからみて止むを得ないだろうが、それでも平田の学問のありかたなどはよく飲み込めない。〝雁〟でも岡田の描き方は不鮮明である。〝早稲田大学〟の男優諸君は生気のない老けたマスクで学生らしくなく、そればかりか大隈重信がいい加減に描かれていたから国家が重視する訳が分らない。〝花の生涯〟の井伊にしても到底開国論者とは思えない。実在した人物が作り物として現われてくるに至ってはその軽率さが腹立たしくなる。

こういった事は、少しでも文学を理解する観客からみたら馬鹿〳〵しい話であって日本映画の人間描出を疑うに違いないのである。文芸的作品が物語の筋でいくらもったいをつけてもお客は描かれた〝人物〟に納得がいかなければ数日後にはケロリその映画の印象を忘却してしまうであろう。

日本映画の芸術性

〝羅生門〟や〝地獄門〟のお蔭で日本映画は世界的なものとなった観がある。しかし世界のひとたちは日本という国をどういったレンズで眺めているのか関心事である。フランスの映画批評家ジョルジュ・サドーウルは日本の〝おかあさん〟や〝二十四の瞳〟をみて、日本にもネオ・リアリズムがあったと激賞している。戦後イタリア映画が示した〝戦火のかなた〟や〝自転車泥棒〟等の現実中心主義の映画を指しているのだがぼくたちの眼からみれば〝おかあさん〟や〝二十四の瞳〟がかの一連のイタリアリアリズム映画を抜きでた高度の詩的な映画とは思えない。そこは国民感情の差異というものであろう。とかく日本人が西洋のものを尊ぶと同様にこのサドーウルの発言もオリエンタリズム東洋趣味に眩惑されたのだといった方が無難のようだ。何故なら先ごろの〝忘れ得ぬ慕情〟では、しきりにダニエル・ダリューが日本のことを地の果てというのである。日本人にとっては真に苦笑千万だが西欧の人達の日本に対する存在意識はこの辺と思った方が間違いない。敗戦後日本は四等国になりさがったが芸術までが四等品になりさがる必要はない。

〝第三の男〟のハリー・ライムの名台辞を借りれば「ボルジア家の圧制の下にかのルネッサンスの芸術が生れ、五百年の平和を保つスイスが生んだものは鳩時計だけではないか」という事も考え得る。

いざ日本映画の現状を考える時、映画の芸術性をうんぬんするにはほど遠い毎週の封切映画なのである。今井正、木下恵介、豊田四郎と五指に足りぬ人達の孤軍奮闘を待つ以外はもう溝口健二、小津安二郎らのきずきあげた映画の伝統さえ受け継ぐことが出来ぬ始末である。

怒声

今日も馬鹿な目を見るのは充分承知の上で映画館へ入って行く。承知の上と云いながら、金を払い、貴重な時間をつぶし、人いきれでむん〳〵する不健康な暗闇に二、三時間も縛られて見せられた代物が相も変らぬ愚劣作となれば、やはり無性に腹が立ち、顔が不機嫌さで一杯になる。そんな時、必ず何処からともなく聴こえてくる怒声がある。

「なんでエ、てめえのその仏頂面はー、俺が悪いってのかよッー、誰がてめえに俺の写真を見て頂きたいと頼んだ？　俺がてめえから一文の金を借りたわけじゃなし、俺様が俺様の金で好きな商売をやるんだ。どういうものを作ろうと俺様の自由じゃねえか！」

「それによ、俺様はてめえのような青二才と違って、なにもかもようーッく承知の上でこういう娯楽作品を作ってんだ。てめえ達が考えてるみたいな小むずかしいもんを作ってみろ！　日本国中の小屋はお客さんよりねずみの数が多くなって、俺様はおろか、皆さん飯の食いあげだ。それともなにか、てめえが俺様達の暮しをみてくれるとでも云うのか！　そいつは有難てエや。しかし俺は最近ゴルフを始めてよ、ちいーッと暮しが豪勢だぞ！　などうだ、とうてえ俺様達を飼い殺しにゃ出来めえ！　てめえみてらよ、黙って引っ込んで貰おうじゃないか。てめえみてエな仏頂面して小屋の前をウロチョロされちゃあ、それだけで客足にさわるってもんだ」

怒声は充分云い尽したのだろう消えてゆく。家に帰ると貴重な金と時間を失ったことをきっぱりあきらめ気分を転じたくて読みさしの本を手に取る。

——ひたすら自国のあからさまな利益のみを求める皮肉屋、戦争をスポーツのように熱情的に愛する人間、屈従をことゝする愚鈍な男、あらゆる苦痛なものに目を閉じて他人の悲劇を芝居としてみる感傷的な審美家。そして彼等のすべての背後にわれ〳〵人類の虚偽の精神、あらゆる犯罪の口実となり、死者の墓の上に自分の工場をたてるあの体裁の良い言葉（文明）。そして著者は良心以外に何らの祖国を持たず、彼等の人間としての存在他、何らの故郷も持たぬ善意の主人公を、それらの所謂世の中の現実と戦わせ敗れ去らせる。——

本はロマン・ロランが一九〇二年に発表した戯曲「時は来らん」である。

観劇の後で

映画・演劇・文学に就いて常套的演出、慣用の手段があり微妙な割り切れぬ点がある。それに接する度に人の心理が知らず〳〵のうちに、人に作用するであろう事を私は感じている。映画も演劇も文学も人生を人間らしく渡らせる方法を教えるものである。ヒューマニティの涵養、邪悪と良識の判断を一般の人間に教えるものである。よくあるケースだが（それ故に解釈の危険性がある）ある芝居で、若い真面目な男女が愛し合っていたが女が不幸にも他の男から処女を奪われると、その男を諦め本意なくも悪徳漢の新興成金と結婚する決心をする。純潔を失った女が愛する男との結婚を諦める所では観客も肯定するが、その女の『どうせ傷ついた女さお前のような悪徳漢なら汚れた体でも我慢するのが本当だ』とばかりに悪辣な男の許へ行く。ここで、乙女の純情と諦念の切ない悩ましさを盛りあげた意図は理解出来るのだが、もう一歩進めて考えると私は言い知れぬ不安を感じるのである。悪人とならば汚れた体でも良いという考え、悪い事をしたから嬲り殺しにしても良いという考えは間違っていると思うのである。いずれも人間性にもとるものではなかろうか。我が国には昔から勧善懲悪主義の思潮があり、因果応報の観念が根強く残っているのだが、そしてこの思想には義理人情、恩愛、因縁等の真に正道らしく見えるしがらみが絡んでいる場合が多くあるのだが、その故に真実の意味の道徳がゆがめられ盲点だらけの倫理が出来あがる事になる。この芝居で相愛の男を諦めさせた女を登場させて観客に美しい貞操観念を抱かせたが、少なくとも世の男性は芝居の中の悪辣な男の要素を持つと考えると底知れぬ猜疑心とジレンマに襲われ続ける。これは男のエゴイズムであろうか。

※この六篇のエッセイは断片原稿であり、一連のものとして書かれたかどうか不明だが、大規模な映画論執筆計画を思わせる語句も見られるので、仮に「文学と映画」のタイトルのもとに集めてみた。

日記　一九五二

五月二十一日

今日も唯何をするともなく二十一日は後十五分間で終りだ。

蛙の鳴き声がはばかる様にはかなく聞える三畳の間で、俺はペンを握っている。

〝強く生きる〟漠然と広言した言葉だ母や兄に対して、しかし、この一言で俺を東京に遊学させてくれた。

どういう気持だったのか、「志」を全うする自信があるのだろうか？　ないともいえないしあるとも断定できない。〝強く生きる〟この中にはどれだけの意味内容が含まれていたのか？　それもはっきり云えない。肉親・友・恋人・他人に吐いたこの言葉、言葉の意味内容も知らない儘に、どうにかなるといった捨鉢な心、これでは余りにも彼等をふみにじった行為ではないか。

東京に出て来て何をしたか、学校へ出席しても時間の経過を待ちあぐむだけだ。そしてその後は巷を徘徊し、物を羨み、意地きたない欲望を出し、果ては女を漁る、この連続だけではないか。淋しくなれば酒を飲み煙草を吸いパチンコに身をやつし、いらざる浪費とは知りつつも悪魔が歩をはこばせる様にノレンをくぐる。悪魔だとか自分の悪をかくして存在せざる頼り所にすがるなんて卑怯だ！

正直に云えば理性で支えきれぬ俺の馬鹿さ加減もうなにを考えても理性の働らきは愚かなる俺の本性に〝まひ〟しているのだ。

どうすれば救われるか。やさしい母の瞳、信じてくれる兄の労苦。これだけの後楯を持ちながら発奮せぬ我が心、怠惰な、無知な、卑怯な俺よどうか死んでくれ、生れ変ってくれ。再出発するのだ。知能の低い鈍感な頭脳よ、新しく活発に働らいてくれそしてその証拠を見せてくれ。

俺は充分これだけ自分を卑下して考え直す必要がある、俺の今迄の経過からみて。一生懸命計画した事を履行した事のないのは唯怠惰から来た結果だろうか？　頭が悪いと判っているのなら何故その二倍も三倍も努力しないのか。

努力すれば人間は救われるのに。これもやはり怠惰が為すのか。

勉強していていらざる妄想が頭の中を雲のようにひろがるのは何故か。「志」に対して忠実でないのだ。一つ事に没頭出来ないのは浅はかな心の中を掃き清める理性が欠乏しているのだ。書物すら一心に読めない近頃の落着きのなさ。亦活字の意味、中に盛られている思想さえも理解できぬ愚鈍さ。これはあくまでも不勉強の結果だ。勉強が嫌いなのは怠惰が故だ。

　俺にはどこまでも怠惰の二字がまといついて離れない。これはもって生まれた宿命なのか。

　宿命だなんて亦身をかばういい方はやめろ。強いてつとめないそれが俺の欠点なんだ。即ち怠者なのだよ。

　際限もない不甲斐なさを歎くひまにこれを打開する方法すら考慮しなかった俺にやっと気が付く、こうなると馬鹿さ加減も相当度が濃いのではないか。


〈檄〉
一、志をたてよ、BOYS BE AMBITIOUS!
一、度胸を太く養成せよ！（小心者は大望を果さず）
一、第一の欠点たる怠惰心を駆逐せよ。（小さな習慣から着々とその基礎を作る事）
一、根拠なき妄想邪念はあくまでも萌芽するをゆるさぬ事（思想をゆがめ頭脳をまひさせるこの悪影響は甚大である）
一、もとより健康には留意すべし（酒・煙草慎しみて身をいたわる事）

　昨夜束の間の夢にて恋人現らわる懐かしさと愛しさに胸つぶる。思い半ば夢破れぬ。寝覚めに網膜に在りしは美しき彼女なり。噫呼、彼女在りし為、美しき抒情詩が浮びより所なき心は散文となりぬ。されど思い多くして本分を全うせず、うつつの間に勉学怠り志は破れしとは余りにも不甲斐なき我身かな呼々。
　温情《あたたか》き　母・兄の元離れ　恋人の声もとどかぬ寂しさに
　頼れるものは愚かなる我心を伝える一軸のぺんとは
……

日記　一九五六

六月九日　土曜日　晴

午から大阪文楽を東横ホールで鑑賞した。

高校の時「先代萩」に接しそれは極く略式であった為深く印象には残っていなかった。今日のは人形浄瑠璃総引越興行というだけあって一流の太夫・三味線・人形師と本格的舞台装置であった。無形の文化財と見做される古典芸術を或る程度理解出来た。浄瑠璃を語る太夫によって聞き分け易い太夫とそうでない人が居るが前者の時は興味深く人形の動きと共に鑑賞出来る。

「傾城阿波の鳴門」「菅原伝授手習鑑」（寺子屋の段）「壺阪観音霊験記」等、その筋と世話物の良さを初めて感得した。吉田文五郎丈の八十八歳を寿ぐ米寿の披露口上もあったが、文楽人形浄瑠璃の芸道に沿うこと七十有余年というのは驚嘆に値する。まさに人間の文化財である。この伝統芸術も歌舞伎劇と同様に代々襲名を重ねて滅びない芸術であろうが、今の若い者が年寄りになった時に古典芸術維持・奉仕者に対してどれだけの喝采と理解を与えるであろうか。新しい時代に新鮮さとスピードと超現実的思想を育みつつある年毎の世代が今後この封建的思想を有する古典芸術を投擲するやもしれぬ。他の芝居と較べてけれん味のない正統さと人と人との調和が生のない人形を生あるものに変える不思議な眩惑がある。それが人形浄瑠璃の美しさなのであろう。

映画等とは比較の出来ない芸術であるが非常に印象的であった。

（中略）

独語出席す。夏季学期では是非単位習得して来学期は不必要学課にせねばならない。

配給米と闇米を買い込んだのでしばらくは安心である。

支出　米　配給米二七〇円・闇米六五〇円、

文楽二二五円、その他一〇五円　計一二五〇円

六月二十三日　土曜日　雨　肌寒し

梅雨の季節にも拘らず十日も雨が降らなかった。久し振りに朝から湿っぽく雨が降っている。夏蒲団一枚では寒かったらしく鼻風邪を引いた様である。

洗濯をする積りだったが中止する。〝理由なき復讐〟読了。不道徳と犯罪、放埒と暴力の常に罪悪的内容をどの作品にも含有しているが、〝日蝕の夏〟に於ては小説と知りつつ腹が立ってしまった。「一人の青年が漁色と放埒の限りを尽しても罪意識を感じず勿論責任などは無関心な所行である。それがたまたま両親の不倫を見、心の恋人の（彼には一方的偏見なのだが）裏切りを怒り、今迄の彼の罪悪も転嫁する程盗人猛々しい復讐を企て父を永久なる廃人としてしまうのである」読者に対し未知の世界への刺激的誘致とかはらはらさせるプロットの勢いは石原（慎太郎）の実力であるかも知れない。しかし文学の使命とかヒューマニズムの精神から云うならば、これら暴力的ファッショの濃厚な作品は有害ではなかろうか。セクシュアルな描写はそう劣情を刺戟しないから良いとして最もいけないのは石原の一連の作品に登場する人物で、精神をもう少し善良な可愛げのある人物として貰いたいものだ。石原氏が吾れが腹が立ったと同様に良識ある人間の善意を刺戟する目的から書いたのならばその点だけは成功している。こういった書き方も一つの技巧なのだろうか。

学校へ行く。独語出席。読み方の練習をして行ったが指名されなかった。来週もやると云う。融通のきかない先生だ。

雨のびしょびしょ降る中を何度も炊事場と部屋を往復してねぎまを作った。昨今は晩飯に鋭意心をくだいて美味しいものを食べる事にしている。金もかかるが止むを得ぬ。

禁酒により無聊を慰める術も読書する他になし。前の貸本屋には毎日日参、奉仕することになる。

明日は小母さんの四十九日、原宿の長泉寺まで行かなくてはならない。晴天であれば良いのだが。

支出　まぐろ・豆腐　七十円　日用品・貸本屋

六十円　計百参拾円也

六月二十六日　火曜日　曇　涼

午後から新宿へ出る。急に思い立って玉井宅を訪ねた。闘志さん、美絵子夫妻が上京中である。

葦平さんも在宅でいつもと違ったざわついた気分だった。葦平先生の秘書中田女史にも久方ぶりで逢う。

彼等のかもしだす家庭的雰囲気は吾れを郷愁に誘って止まない。父親のない吾が不幸というものが胸に迫るが吾れには最愛の母もいるし春雄兄も居る。何故かしんみりしてしまった。碁を二番打つ。連敗。面白くなし。でも最初のは碁は勝ったが勝負に負けたという所であろう。

葦平先生と闘志さんは支那料理店〝白蛾〟（有楽町スバル街）へ、玉井夫妻は後楽園へナイター見物に行く。

美絵子嬢が帰って来たので話したき事もあったが夫君大宮氏との痴話喧嘩の模様等楽しげに話しだし眼も当てられない。早々に退却す。彼女は以前の吾が片恋の人だった。惚れた弱味を握られていると、亦彼女は吾れより年上でもあるがへりくだったかたくなな話しか出来ない。意気地がないと思う。糞喰らえだ!!　他家の幸福を観察することは吾れを卑屈にしいたずらに羨望のまぎらわしい心を起させるものだが幸福の限界等はきりのないものであり個人によって相違するものである。ささやかな喜びが人生の幸福を謳歌出来る場合もあるのだ。何かの話か書物で「人の幸福な人生も不幸な人生もそれは生まれた時に負わされた運命が指向しているのである」という事を聞いたが、満洲時代を除いたこれまでの吾れの人生は如何なる運命のもとに流れて来たのだろうかとふと考えさせられた。人生の幸福は努力して開拓すればいくらでも幸福になれるという実感も持てないし、そういったケースも聞いた事がない。物質的、金銭的悦楽だけが人生の幸福であると現社会の合理主義功利打算が物語っている。三十台の青年が公金を一億円近くも費消し得る世の中なのであるから止むを得まい。

しかし物質的、金銭的飽満を羨望する等は情けない根性だ。吾れの将来の建設的生活の目標とする位のゆとりがあってよかろう。亦葦平先生の健筆を見る時は吾れの発奮のための刺戟なのだと思うべし。大望を抱いて猛進せよ。小成に安んじて他を羨望する事勿れだ。美絵子嬢の幸福を嫉するならばよりよきベターハーフを得るために健全な生活と精神を培うべきだ。

吾れは今日の吾が心を嘆き嫌悪する。常に人を羨望するさもしい心だけは抱かぬよう大寛心を涵養すべし。

帰りに欝晴しのため映画を観る。〝その顔を貸せ〟なり。映画の世界のすなわち虚構の世界の恋愛や豪華な生活を遠く望む事には罪はない。

飲酒の誘惑に抗しつつ若松町まで帰り着いた。味気なし。風呂へ入ってさっぱりした。爽快な気分になる事も生きる喜こびの一つである。芸能演習はさぼった。

支出　映画・そば・電車賃・風呂代　計百四拾円也

六月二十九日　金曜日　曇

朝五時頃眼が覚めた。早朝の若松町を散歩した。新聞配達の少年がせっせと新聞を配っている。

井伏鱒二の丹波旅行記等を読む。雑誌社の依頼で紀行文的なものを書いているのだが、変哲もない田舎をも彼の筆にかかると史実的に情緒的にその土地が匂って来る。芭蕉の〝奥の細道〟の如く旅行記等は概して興味深く気持よく読める。吾れも旅行がしたくなった。名所古跡とは云わなくとも古びた馬車の走る大時代の郷愁が漂っている小邑、村落ならばどこでも良いと思う。かつて奥州を旅した楽しさが彷彿とよみがえって来る。

（後略）

七月一日　日曜日　一日中雨

〝暗い日曜日〟という言葉も音楽も今日の如き日に作られたのであろう。部屋の隅々まで湿ってくる様な一日であった。加えて江戸川乱歩の「吸血鬼」なる怪奇スリラー小説を読んでいたので現実ばなれのした陰湿な生物があたりをぬらぬら這い廻って吾れに虫酸の走る思いをさせる。

雨に降りこめられた部屋住い等は独り閑居の気楽さとはまた別な実に退屈な憂々悶々の味気なさだ。一日中読書で過した。椅子に坐っても寝ころんでも体は物憂い感じで、外へ出歩きたいのだがさすが雨に降りこめられていては尚うっとうしいばかりで断念する。明日からは夏季講習が始まる。単位習得だけが目的で身のためになる学課ではなさそうだが仕方なし。朝は早いし、規則正しい日常は送れるであろう。

びしょびしょ雨に濡れながら夕飯の仕度だ。炊事場が遠く不便である事から不満が嵩じてまた移転したくなる程である。満足していた積りでも人間の不満というものは際限がない。

怪奇小説といっても江戸川乱歩の探偵物は馬鹿々々しいと思いつつ今日は菅田の小母さんの死顔をありありと闇の中に思い浮かべたり無気味な妄想が眠りこもうと努力する吾れを苦しめていた。文学のジャンルの中で探偵小説は独特の立場にあるが、人間誰もが犯す小さな罪悪や特殊な犯罪をいかに抹殺し得るかすなわち誰もが持つ罪意識を明快に処理して逃避出来るかは等しく皆希う所である。それを作家がある程度までは犯罪者を自由に逃避させて読者のマゾを促しまた逃避を妨害して捕縛してサドを満足させる等人間の嗜虐性を精神の上で満足させる事を目的としているようである。

乱歩の「猟奇の果」とか「盲獣」等はサド・マゾの両性の飛躍的着想が読者の猟奇心をそそる物となっている。怖いもの見たさの野次馬根性とかこの猟奇心は人間一般の心の状態でもある。吾れも猟奇心からこの小説を読んだのであり、同じ原因でブリューゲルの〝暗い絵〟を見たいと思っている。

支出　貸本屋、野菜、副食　計七拾円也

七月三日　火曜日　晴

午前四時頃やっと眠りこんだと思ったら、すぐ家主の小母さんに起こされた。しかし八時前である。あたふたと朝食もそこそこに登校する。遅刻二十分なり。

「何々的」講義が続いている。面白くなし。丹羽文雄著〝怒りの街〟を授業中に読む。聞いていても理解出来ないのだから読書する始末となった。

数年前朝日新聞に連載していた小説で印象深かったので再読した。青年男女が夢想している打算的恋愛を画き、一人の青年の虚栄の故の、金銭的欲望故の、冷血動物的非情の心を表明させ、人間のエゴイズムはどの程度まで達せられるかを言っている。江藤茂隆の二重人格的、性格破産者振りに興味がある。吾れの周囲に江藤と共通した性格の持ち主がいる。

帰宅後ドイツ語の予習をしていたが、睡眠不足が祟ってよだれをたらしての居眠りだ。

再び登校す。一日に二度も学校へ行く事はこれまでになかったので一日が非常に長く思われる。

二日目だから火曜日に決まっているのに木曜位に感じられて、まだ火曜である事が非常に腹立たしい。

海老原さんの顔を見るなり予習が完了していないのに気付き慌ててしまう。今か今かと指名される辛さに戦々兢々の様は実に哀れである。幸い指名されなかった。予習してこない事が判るとひどくおこられる。この学課に費す精神的・体力的エネルギーは莫大である。全く因果な業つく張りの課目だ。

オールスター戦、セントラル対パシフィクは八対零でセントラルがシャットアウトされた。予習の能率をあげて早く寝るべし。奨学金貳阡円受く。

支出　闇米六百五十円　副食七十五円　合計七百二拾五円也

七月九日　月曜日　曇り勝ち

昨夜も四時頃迄勉強していた。朝七時過ぎに起こされる。頭が重い。社会学は殆ど居眠りしてしまった。この学課も十七日と二十七日の両日中に試験が行われる。問題はあらかじめ暗示されるであろうとの事、心配するにあたらない。

朝牛乳二本飲んだきりなのに昼になっても食欲はおこらない。やたらと眠くて二時間程昼寝する。ドイツ語出席す。文法上の構文等まださっぱり判らないが、先生の訳読を聞いているとこの小説の味は理解されて来た。清純な恋物語である。いつも吾れの念頭にもやっている美しいロマンスが尚刺戟を受けて憧憬の実現化を促している。

利那的快楽主義の風潮が今日の世の中を風靡している時吾れが深く純愛至上の傾向をもつのは保守的で不活発な心の燃焼を余儀なくされているからだろうか。

貸本屋を覗くと読みたい本があったがドイツ語の試験が終るまで三、四日我慢せねばなるまい。

母、兄へ便りを書き、帰りたくてうずうずしてしまう。もうあと二十日間だ。学校の往還でいつも楽器の音が聞こえて来る。吾れの部屋にもギターがあれば淋しさも緩和されるというものだ。

雑念を避けて勉強に没頭した。

支出　原稿紙・副食・牛乳・郵便　計百拾円也

七月十六日　月曜日　曇

昨夜は蒲団も敷かず眠ってしまった。いくらか宿酔気味だ。社会学出席する。明日は試験である。理解出来ない講義を聴いてそれに対する試験と言われても、何の準備もない。問題を書物から解答してそれを棒の様に暗記し、済めばその場限りで忘れてしまうのだから無意味である。

戸塚の古本屋で社会学の本を漁ってみるが適当なのがない。早稲田松竹で「狂った果実」を観た。原作より面白く出来ているが主人公の主張（小説のテーマにもなっているのだが）が安易と怠惰な生活から割り出した言葉だから嫌悪の情ばかりしか残らない捨科白である。世の中を渡るのに（彼等は全て金持の息子達である）誠意と良心のかけらもない癖に曰く「俺達は今の世の中では何も出来ないのだ、だから出来る事は何でもしてやる」

その行為といえば漁色、暴力、殺人だから観ていてやりきれない憤懣が胸を掩う。観客は愉快そうに笑っていた。

家主の自転車を借りて散歩してみる。若松町から馬場下まで走る。下り坂の爽快さは格別である。学校へ行ってみると海老原さんに逢ったので今日は独語は休ませて貰う旨伝えた。夜になっても社会学の試験勉強をする気にならない。裏の出張所の前の原っぱで盆踊りの太鼓の音が聞こえて来て行ってみたがすぐ退屈してしまった。二島の盆踊りの方が面白い。三時頃までかかって答案を作った。

支出　映画・食堂・副食・風呂・氷屋　計貳百拾五円也

七月十八日　水曜日　曇後晴

朝眠たくて起きるのが辛い。こんな思いをして面白くない社会学の講義を聞かなければならないとは不合理な話だ。講義中昨晩に引き続き〝四十八歳の抵抗〟を読む。石川達三は寡作だが作品は皆堅実なペースで鋭い批判性を持ち、社会の片隅に育まれているペーソス、それに対する反逆と読者に与える感銘は少なくない。幸福というものがうたかたの如き快楽を追う事であり、人間が真剣に考える事がはしたない恥辱的面を最も重要視している事に気が付く。

高田馬場まで映画を観に行く。部屋に一人居るという事が今日はたまらなくわびしくて孤独と思えたからだ。

他愛のないアメリカ西部劇で、西部劇は食傷気味である。それでも三時間半位は自己の中に籠ることもなく過ごされた。安易で怠惰で無駄な時間の後というものは二倍位報復的心の憂さが襲うものだ。

独語出席す。登校途次交通事故が馬場下の交番の前であった。自転車に乗った老人が乗用車にはねられたのだが命には別状ない模様。哀れであった。

（後略）

日記　一九五七

五月十一日　土曜日　薄陽さすも後雨

しばらく中断していた日記今日より記し続けん。起床八時。募集広告を見るも該当する職なし。徒食して一ヶ月有余半、憂々悶々と日を送るのみ。字が変って悠々自適となる日はいつの事ならん。新宿へ「雪国」を観に行く。画かれた女は無償の美しさを秘める。小説の世界を想う。現実の社会を想う。心の底にわだかまる異性への憧憬は映写中の二時間ばかりのみ感知し巷の雑踏にもまれると異性不信、人間不信の考えが起り、現代にロマネスクな恋愛を想像するのは馬鹿馬鹿しいと思うだけである。

T子への関心が高まりつつある。桜木町に移転した最大の動機は彼女の存在であった。どこに魅せられているのかまだ不明。一介の無学な影の薄い小娘、十人並みの容貌であるというだけで惚れたのか。我は余程の異性博愛者《フェミニスト》だ。最近書物にも原稿にも向う根気がない。青春の時間は刻々と浪費されている。恐ろしい。反省と熟考の機会をこの日記を書く手段に託そう。就寝十二時。

支出　計百九拾円

五月十二日　日曜日　雨

起床九時。徒食の身には日曜日も無関係だがやはり気を咎める事なく過すことが出来る。学生でもなく勤労者でもない。早く休むべき日の日曜をくつろぐ身分になりたいものである。

今日は「母の日」、雨足をながめながら遠い母を想う。世の中に母の不幸を願うものはいない、しかし我れが世界中で最も母を愛し敬い慕っている。精神面でなく具体的に母を喜ばせその笑顔を見たいものだが現在の我れに出来ることは何ぞや！　昼間ラジオを聞きながら暫時うたたねす。Y君（同居人）は図書館。風邪を引いていて始終はなをかんでいる。早く癒えねば我れまでも不快なり。為すこともなく一日は過ぎる。

母を想うこととT子を想うことと折半す他愛なし。夜、谷中の墓地を散策する。薄もやがかかり晩春は行いて夏の気配濃厚。虫のすだくのも久々にきかれた。就寝十二時。

支出　二百二拾円也

五月十五日　水曜日　晴

起床八時。四季社の社長に会見を申し込む事で朝から興奮している。たかが出版社の社長に会う位で平静を失するとは笑止だ。対等に話し合う決心をつける。履歴書を一枚書くのに一時間半もかかった。

午後から万世橋の四季社を訪れる。松本社長にはすぐ会うことが出来た。案外人当りの良い四十余りの人。ジャーナリストにあり勝ちの忙し気で傲慢な態度はない。それだけでもいくらか救われた気持だ。これまでの経緯を語ったけれども結局は〝真に申し訳ないが現在は欠員もなく雇う余地がないから〟との事であった。最後に残った頼みの綱がぷっつり切れた感じでしばらくは怒りも悲しみも諦めの情も浮ばなかった。悄然たる面持で今日着いた兄の書留の言葉を思い返えす。兄や母が気長に職を探せと言ってくれるのは有難いが反面我れには全く苦るしいことだ。母よ兄よ今しばらく勘弁されたし。

久し振りの都電で新宿へ出る。玉井に会って先日の借物を返す。招待券を貰う。彼も何とか我れを慰めようとしてくれているのだ。その厚意は本当に嬉しい。早速気晴らしに日活映画を観る。くだらない通俗物。色、欲、暴力を肯定して誰もがもっている浅ましい欲望を余計に煽情する作品であった。新人を使っていたが印象には残っていない。深水吉衛さんが出演していた。

しばらく飲まない心がしきりと飲酒を強いる。映画を観たことでたちまち抵抗の心が負けてバーでウイスキーをあおる仕儀となった。夜の新宿を歩くことはどこからも酒の匂いがしてきて良心を麻痺させてしまう。禁足とでもしなければなるまい。

しかし腹わたにしみ込むアルコールの魅力は今日の欝を払いのけるに十分であった。いささか酩酊す。

（後略）

五月二十三日　木曜日　晴

快晴である。日中は初夏の陽が入って蒸し暑い。希望する仕事がない、気が済まない、身体の調子が悪い。良い事の一つもないこの頃の我れは一体何の為生きているのかと深く考える。まとまった考えも浮ばぬまま最後には母のため生きているのだと思う。我れが母を想う以上に母は我れを想っているであろう事は遠く離れていても毎日ひしひしと感じる。無為に辨々と日を送っている事が苦るしく辛くとも母がこの世に存在する限り死を思ってはいけない。文学修業を続けることを誓ったにも拘らず怠惰なのかスランプなのか書物を読む事も原稿に向かうこともしない。またその気になっても書物から鋭敏な感覚を受け取れないし、一行の文字さえ書けない有様だ。我れの才能は無価値なのだ無能なのだと思い至らざるを得ない。

悲しい淋しい感情が心を覆って侘びしいこと限りなし。彼女を電話で呼び出す。新宿にて観劇、食事飲酒を共にする。一緒にいる間は心も温まるが別れると前にも増して侘びしい。やはり我れは母の許でなければ安らかな気持にはなれないのだ。

発熱と胃痛で調子は甚だしく悪い。就寝十二時。

支出　九百八拾円

五月三十日　木曜日　雨

朝、米櫃は空だ。Y君朝食抜きで学校。さして食欲もないままに正午頃まで怠惰な睡眠をむさぼる。

いつか野口氏が言った言葉を思い出した。でいくら考え焦っても仕様がない。それだけ体を動かさしかしこれは性格からくるものであろう、思うこと多くとも我れはその十分の一も実行に移していないのだから。人を頼りにする愚を繰返したくないのなら就職運動にしろ自分の力一本で精進し開拓せねばならないのだ。まとまりのない考えを始終繰り返しているうちに目的が生まれてくるというのだろうか。優柔不断・不甲斐ない弱意志を矯正しない限り救われない。人生上の一つの転機を待つにしても余りに漠然としていて具体性がないであろうに。とにかく我れには何かが欠けている。それをつきとめて他の面で是正する手段を講じなければならない。学校を出る時の希望と脱落者の憂目の懸隔はいかに遠く苦しいものか。

苦しみ悶える心の底にはいつも母の姿が存在する。母だけが我れを理解してくれているのだ。いつまでも憂い事が続くとは限らないという日和見主義もまた捨てなければ、意志力・実行力にもろさを加えるであろう。

一日中雨降り続く。鬱陶し。Y君と蕎麦屋にて相撲のテレビ実況を観る。闇米を買う。一升百四十円也(三升)。夜風呂、後読書。数時間の読書を持続したのは久し振りの事であった。読書は創作意欲をも啓発する。就寝一時。
Y君より部屋代・食費参阡円
　　支出　七百七拾円也

六月一日　土曜日　晴

起床六時。初めての出勤である。アパートから仕事に就くまでのみじめさは一通りではなかった。だがやってみれば簡単な作業ではあるし手持ち無沙汰でないのはやや気が楽だ。正午までの四時間。時間は遅々として進まず。立ち通しである事も疲れを増した。昼からは割合時の経過を気にする事もなくなった。厭々ながらの労働が最も我自身に対する損失だ。面白い仕事とは言えないが就労時間だけ単純な頭脳に切り変えて居れば日常の物心両面の気は済む筈だ。まして遊んでいる事より。

同僚は大体気のおけない人達ばかりの様だ。H君等はもう原稿を持ってきて我れに批評を頼む程の打解けようである。八時間で一万七千枚のちぎりをやる。

K氏の会社に寄る。水天宮でK氏の話で聞いていた飲屋に誘われた。三合近くも入るハイボール、二杯もやれば一日の疲れも安まった。K氏神楽坂へ行こうと言い出す。散財は気の毒だし後日を約す。ほろ酔いなので未知の世界への好奇もあったがそれでは連れて行っての厚顔さはまだ我れにはない。飲む程に淡白でありたい。

E嬢より封書、遂に結婚するとか。我れを心から愛してくれた女性が結婚するとなると矢張り淋しい。

彼女に対しては遊びの心しかなかったのは申し訳ない。我れに結婚の意志はないのだし彼女が他人のもとへ嫁ぐ決心がついたのであれば喜ぶべき事だ。唯素直に喜べないのは男のエゴイズムであろう。彼女との交際を振り返り独善的で思い上がっていた事に気付き自己嫌悪を催す。

異性に対して消極的であったが彼女には随分我儘も言った。「他人の許へ嫁っても心はあなたのものでありたい」といった彼女。芝居染みたセンチな言葉で不快だがその愛情の真実さは汲み取れて哀れである。人妻となって彼女と逢った時これまでとは違った感情が働くかも知れないが、我れは人妻に不貞を強いる程の不道徳漢ではないであろう。

裏切られたという敗北感や劣等感とは別な現実性を帯びた複雑な気持が支配する。優越を与える存在が一つなくなったのだ。酒の酔いも手伝ってか最近の衝撃的事件である。

女性に関しては男はその好悪の標準を容貌の美醜でほぼ決定する。最も単純に考えて「恋」は美女の数と美男の数だけ成立するであろう。その点彼女が我に言った事が全部真実だとすればE嬢は世に稀な純情家である。

労働の快い疲労を覚える。就寝十二時。

支出　百貳拾円也

六月六日　木曜日　一日中雨
霧雨の降る早朝の上野公園は人通りもない。この静けさを楽しみつつ通勤出来るのは嬉しい。これから働きに行くのだという実感で一種の生甲斐を感ずるのである。
単調な仕事をしつつ雑念を払って小説を構想してみるのだが、二十数歳の今日までに経験した事をテーマとすることも出来ない。余りに空しく不勉強の日々を送っていたのを痛感する。どだい物を観る目が我にあるのだろうかと疑いたくなる。感覚も鈍く感受性も乏しいのではないかと心配する。至らぬ小才と自意識過剰だけでは文章は書けない。あらためて我が才能の有無を考えてしまう。

以前はこうではなかった筈だ。今はスランプだと思いたい。亦そうでない事が明白となれば、前途の希望も目的もなく将来を企画すべき手段が全く失われてしまうのだ。張り詰めた諸神経・諸感覚の機能を動員して心構えから直さねばならない。帰りは浜町・人形町・茅町と歌や小説で馴染みの町名をたどって日本橋へ出た。粋な姐さんの姿も見たし人力車もある。近代化された街並みではあるがいわゆる下町情緒というものは歩く人からも雰囲気からも伺がわれた。Y君外食だし疲れて帰ってからの食事の支度はさすがに面倒である。彼の得手勝手ははいささか業腹だが炊事して貰うのも好き嫌いのあることだし丁度良いのかも知れぬ。

読書する事もなく寝てしまうのは残念だが明日の活動の為床へ入る。就寝十一時。

支出　百八拾五円

六月十三日　木曜日　晴
出勤途次の体のだるさやる方なし。流感を自覚す。仕事中も横になりたくて仕様がない。発熱で顔がほてる。健康の悪い時程我が身をいとおしむ。昼休みの一時間のうたたねは実に気持が良かった。朝も昼も牛乳だけで済したがさして空腹も感じない。帰宅後夕食を摂って寝る積りであったがS嬢より電話、ことづけものがある由、橋本氏宅へ行く。体温計は八度二分を示す。解熱剤を貰って服用。発汗があっていくらか楽になる。Z嬢から粕漬を送って貰う。あまりうまいものではない。就寝十二時。

支出　百七拾五円也

六月十四日　金曜日　薄曇

起床してから頭痛と熱の体をいかにすべきか考える。矢張出勤する。会社でも立っていることさえ辛くて仕事も捗々しくない。売薬を薬局で求む。

我れの信条として売薬及び医者にかかることは許容しないのだが、体の辛さの方が意志に負けてしまった。生来我れは売薬と医者はあまり信用せず、たとえ用いたとしても効目はきわめて薄弱なものであったのだ。働き始めて今日の一日ほど長く感じたことはなかった。やっとのことでアパートへたどり着く。着換えもせず夕食もとらず寝込む。夜更けて体のほてりは激しく、三十九度から四十度の熱に呻吟す。悪夢に襲われながらも合間には母や兄の夢もちらつく。それは一服の清涼剤にも劣らず元気づけた。

体も痛み色々の想念で心も痛む。無理せず欠勤すべきであった。就寝八時。

支出　百八拾五円也

六月十六日　日曜日　曇

午前中熱も下り頭は軽い。久し振り墓地を散歩する。遊園地にはS嬢が子供を連れて遊びに来ていた。やはり流感にかかって二日、欠勤したと云う。地味な蔭の薄いメッチェンである。日曜を子供の世話で殆どつぶしている様だが今時では珍しくひかえ目な方であろう。

若松校同窓会関東支部総会が開かれている筈だが昼からまた発熱があり体もだるく出席せず。残念だ。医者や売薬の効果をあまり軽視したのをはねかえすかの様に悪寒と熱に悩まされる。ラジオを枕に半日横になっていた。夕食も食欲なく生卵だけで済ます。夜更けに従い体調は増々悪く明日の出勤も危ぶまれる。橋本氏宅の配給米、融通して貰う。就寝九時。

支出　五百拾五円也

六月二十四日　月曜日　曇

母と兄とが夢の中へ出て来る。楽しい夢であったが六時の起床時間が自ずと現実の世界へ引き戻す。夢の余韻と働くことの辛さがしばらく起き上がらせない。いざ出勤して働き出すと平常に戻るのだ。

将棋の名人位を獲得する。会社の連中は変った人が多い。東京に家庭がありながら飛び出して一人で暮らしているY君、浮浪生活を重ね、妹一人の孤児となったH君、何気ない話し振りの中に放浪と貧困と闘って生き抜いている事を物語っている。自殺未遂の経験者だが興味ある人物である。卑屈さはなく飄々としている。彼には孤独がにじみでている。彼等に比べて意志の強さも気魄も我れには劣っている様だ。土壇場に遭遇した時を考えれば自信はあるが、それを考える前に自分を向上させる事と母を幸福にすることに専心せねばならない。

隣室のY夫人より桶を借りて糠漬をする。色々と野菜を入れて美味しくしよう。楽しみである。

（後略）

第三章　平凡が良し

〈平凡が良しと働く人に添いいよよ修羅なすわが短詩形・歌集『王者の晩餐』より〉

秋元貞雄は興した「現代出版社」を続けながら社名の「現代」と命名した〈自然食品店〉を一九八一年（昭和56）開店の四八歳から六八歳、二〇〇一年（平成13）の再開発立退きまで二十年続けた。この章ではその当時から晩年にかけてのエッセイを収める。

往時茫々

今や同級会花ざかりである。日本が平和な証拠なのであろう。私達の年代がその中でも最も熱心であるとも聞く。しかし私達には故郷はなくなっている。即ち小学校時代の同級会等は考えられなかった。撫順を、永安台を想う時、往時茫々の感に堪えなかった。

ところがである。松尾、村上、武田、堤、桂、山下、柳井等熱心な幹事諸君の努力で、まるで電気ショベルで掘り起こされた琥珀の玉のように私達　昭和二十年永安小学校卒業の同期生が日本のあちらこちらから三十五年振りに探し出されてきたのである。これはまさに奇蹟ともいうべき驚きであった。

当時同級生一三〇有余人中の半分以上の消息が判明している。またその一割の十有余人の物故者がいるとも聞く。昭和の一ケタの悲哀でもあろうが……。

そして、昭和五十五年五月二十五日　赤坂プリンスホテルに於て感激的な第一回総会が開かれ、恩師を囲んで驚喜し随喜の涙を流したのであった。

記憶の風化は如何ともしがたいが、ここで私なりの在満小学生の頃を想起してみよう。

〝ぼくは軍人大好きよ、今に大きくなったなら、勲章さげて剣つけて、お馬に乗ってハイドゥドゥ〟が男の子のほめられるべき理想像であり、小学一年生の国語は、サイタサイタサクラガサイタ、コイコイシロコイ、ススメススメヘイタイススメにはじまった。

登校の時は〝肩をならべて兄さんと、今日も学校へゆけるのは、兵隊さんのおかげです……〟で私たちの年代の共通した学校生活のはじまりであった。

私達は戦時下の今でいう圧迫された、苦しい暗い時代の小学生生活であった筈だが、不思議に燦々と輝く太陽、広莫たる大地、そして極寒の中でも困難に負けない希望と勇気と、将来を荷う自負の念を子供心にもっていたように思う。当時、歌った「進め少国民」を地で行ったような、はつらつたるものだったような気がしてならない。

水曜と土曜日を除いては六時間授業で昼は教室で先生と一緒ににぎやかに食事。先生のは養護学級の隣の炊事室から、私がうやうやしく捧げて運んだものだ。当番が大きな薬罐に湯を貰ってきて生徒の各自の弁当箱の蓋についで廻った。女の子のオスマシ屋は、アルミ製の赤や青の湯飲みを持参していたと思う。

新屯療養所の院長のセガレである渡辺アッシ君（彼の消息を知りたいものだ）宅へ押しかけては、田河水泡の「ノラクロ」を廻し読みし、同時に医学書等をこっそりノゾキ見して、お産の神秘や、男性・女性の性器の名前などたちどころに覚えたものだ。共犯者がいたがあえて彼の名誉のために名前はあげまい。

昭和十八年米軍の反攻がはっきりしてきて、防空頭巾、救急袋の常時携帯、壕を掘り、防火態勢を強要されたのもこの頃か！　十九年サイパンの友軍が玉砕してからは、奉天あたりまでB29が綺麗な飛行雲をたなびかせて偵察に飛来したのを、ものものしい顔で撫順の赤い夕景の中に見ることもあった。B29は高度一万米零下四十度気圧五分の一の空を飛ぶのに、防寒具も酸素マスクもいらず、世界最初の気密構造とかで、つまり今のジェット機並みだったのだ。だから当然友軍機が迎撃できる筈はなかったそうだ。

眼にみえて甘いお菓子類がなくなり、和菓子（田舎饅頭）の配給が週二度から一度になった。しかも、ガキ大将の白石二郎君（故人になられて悪いが）にこの配給分まで分捕られた覚えもあった。

昭和十九年秋、グァム、テニヤン玉砕、続いて第一次神風特攻隊の突入が告げられ、軽部校長の悲想なる面持の訓示を、薄寒い校庭の朝礼で聞かされた。敗戦は濃厚であったのに、当時の私達ほケロッとしていたのではなかろうか。

放課後、隊伍を組んで帰宅すると、仲間を集めては、カンケリやケンケン相撲などではしゃぎまわっていたのだから。大人に戦争はどうなるかと聞いても、大部分は神国日本、皇軍不敗を口にし子供達に神妙な顔付で悟したものだった。

そして東京、大阪他主要都市が焦土と化し、沖縄を占領され、広島、長崎に原爆が落され、地獄と化しても、在満の少国民には「我が方の損害軽微なり」としか報されなかった。

昭和二十年八月十五日晴天白日の日にまさに青天へキレキの如く敗戦の日を迎えた。

私達の苦難はこの日から始まるのである。

この先はもう語る必要はないであろう。

しかし私達には祖父母が、父母が、気鋭の先輩が営々として築いてきた、満鉄の、満洲の、いや王道楽土をこの目で確かめてきたという気慨がある筈である。

青年は未来に生き、老人は過去に生きるといわれるが、私達の世代は、今日の日本の繁栄を我々の手で創り上げたのだという自負のもとに今後の人生を歩んでゆきたいものである。

少々気負い過ぎで面目ないが、沢山の仲間がよみ返った嬉れしさのあまりである。御容しゃを……。

すくなくとも「永安台の会」は、花ざかりの同級会とは質が違うのだと思いたい。失なわれた大地と四十年近いタイムトンネルを潜り抜けてきた、私達の集いを大切にしたい。清冽な友情と、メルヘンへの回起こそが、これからの生甲斐の一つになると思うだけでも楽しいではないか、嬉れしいではないか！　先生方をはじめ、仲間諸士の健斗を祈るや切である。

（昭和20年永安小学校卒業生会誌
「永安台の会」一九八一年一月）

わが内に揺れやまざる満洲

昭和22年10月満洲より引揚げてからもう40有余年の歳月が流れている。焦げつくように熱く疼いた郷愁の地撫順。ふるさとの地撫順への回帰の情を数十年連綿と抱かせているものは何かと自問する今日この頃である。

しかしかの地に生まれ、幼年、思春期を過した遠い記憶はますます薄れ、風化しつつある時に、忘れていた古傷のなつかしい痛みを思い起こさせるに似た甘い感情と、風化させるにしのびない自家撞着におちいるのである。

この際、固くなりつつある脳味噌に、新鮮な望郷の念を吹き込んで、断片的であるがタイムトンネルを逆のぼることも意義があろう。

昭和15年は（永安小学校2年頃）、「五族協和」が成立し、「王道楽土」建設に邁進していた日本軍国主義の頂点の時代であるが、『紀元は二千六百年　あゝ一億の胸は鳴る』を斉唱して中央大街を祝賀大行進をしたあの朝の寒さ、零下三十度はあったろう。低学年の私達の中にはまつ毛や鼻息も凍りついて泣きだす者も多かった。かと思うと夏の暑さも相当なもので、かき氷用の氷が、南台町三丁目の社宅から消費組合の近くにあった氷屋の帰途には三分の一が溶けてしまうほどだった。

大東亜戦争の始まった昭和16年12月8日は学校のスケートリンクで「アメリカ・イギリスと戦争がはじまったよ」と聞き、終戦は、炭礦ホテルの真裏にあったプールで「戦争に負けたぞ!!」と知らされた。撫順は南満に在ったが、酷寒と酷暑を重大事件と共に体で覚えたという印象が強い。

私の住んでいた地点は社宅も外れの方で、撫順市街南東の小高い位置にあり、ゴルフ場、練兵場、乗馬倶楽部、競馬場と一望できるいかにも大陸的な広漠たる風景が真近かにあった。みはるかすかなたに大山坑そして万達屋がねずみ色のボタ山で丘陵をなし、新屯・龍鳳、塔連へと至っていたのであろう。

ゴルフ場へは近所の子供達とよく遊びにいった。粘土細工に使う赤土、薄荷の群生地、野生のほおずきを発見しては秘密の場所と称して、子分や気にいっていた女の子しか在処を教えなかった。鬱蒼とした楡の木蔭にはビロード状の苔が生え、ここに板や木片を運びこんで内緒の城を造って一人悦に入った。この城には、釘さし用の五寸釘、ポプラのきりやいこ、パッチン、ラムネ玉等が隠匿され、これまた少数の同盟者しか教えないで王様気分にひたった。王様に仕える美少女には、松ヤニ、木苺、ゆすら梅の実が与えられた。

このような幼少年期の他愛のない想い出が、激動の昭和を生きている私の胸を焦すほどの郷愁なのだろうか。会員諸兄姉と蜜月の満洲を語り合う時人それぞれが抱いて非なるものがあるにせよ、大筋は共通しているだろう。「蜜月の永安台」を語るについてはもうくり返しくり返し確認し合っているので、戦後を思い出してみたい。

終戦後在満正味2年3ケ月の間に、ソ連軍の進駐にはじまって国府軍↓八路軍↓国府軍と四度治安維持機関が変ったと思う。そして二度ソ連軍、八路軍の撫順進駐直前の五日間程が無政府状態となって、満人暴動の危機をはらんだのであったが、番地毎に小高く造成された社宅の周囲は鉄条網をはりめぐらし、出入口は自身番が置かれ、日本刀や短剣を持ち歩く大人もみられた。周囲が戦時意識旺盛で、いざ御参なれという調子だったので子供も手頃な石つぶてを集めたものだ。あのぞくぞくする斗いの前の緊張感は忘れ難い。結局は千金大街に面する町の一部と、大山坑の日本人の一部に被害があった程度で大禍はなかったようだった。この年の晩秋に私は次兄の勤務先であった龍鳳へ半日かけて徒歩でたどり着いたが、途中満人集落でチェンピンや揚菓子を買うために接触した人々は、こちらの気負いも拍手抜けするほど平静だった。

龍鳳では軍の物資倉庫がソ連軍に接収されていて、チェコ機銃をもった兵隊が立番していたが、出廻っていた日常ロシヤ語会話豆単で覚えたロシヤ語で「ヤーヤポンスキー」「ズドラーストヴィチ」とやって近かづき、仲良くなったものだ。戦斗帽のひさしを内側に折込んで丸帽にするとソ連の兵隊の制帽になった。可愛がってくれたソ連の将校から馳走になったパンは美味だったが、兵隊の黒パンは非常にまづいものだった。当時は貴重な接収品だった大和煮の牛鑵、いわし鑵、さけ鑵をプレゼントされたが、あとでそれらは全部日本人居留民会の人に没収されてしまった。

ソ連兵と交代に国府軍が撫順に入ってきた時は、私達は日僑俘と呼ばれていたが、その頃炭礦ホテル他一軒建ち、二軒建ちに住んでいた、華南からきた接収委員の警護をする一分隊ほどの兵隊の食事運搬、部屋の掃除の使役にかりだされた。（私の最初のアルバイトというべきか）

班長をはじめ兵隊達は皆陽気で華南訛の中国語は殆ど理解できなかった。「お前達は国へ帰れば、白い米の飯がくえるではないか。俺達は高梁米だぞ」といわれた、「そうか、私達は日本内地へ帰されるのだな」と気付かされたのはこの時だった。「お前達の国」がどうしても実感とならないのだ。日本内地をふるさとと思ったことはそれまでに一度としてなかったことだ。概念として、日本内地は四季がはっきりとしていて、平均気温15℃、風光明媚なところと判っていても、所詮私達には異郷なのである。見知らぬ土地へ追いやられることが、敗残の日本人に課せられた宿命だったと今にして想えるのだ。この頃から引揚げという義務が重く心にのしかかっていた。帰りたくて帰えるのではない。どこへ帰ろうと、気持よく受け入れてくれるところはないに決っていた。

終戦の年が明けてからだったか、福島中学校長の私宅で英語を中心の塾が始っていた。校長も往年の威勢はなく、実際の年より老けこんで優しくなっていたのを幸いに、授業はそっちのけで遊びに行っていたようなものだった。

この頃、撫順には北満からの避難民があふれ、永安小学校はそれらの人々の収容所になっていたが、発疹チブスが流行して、虱を見たら翌日は発病するといわれるくらい恐慌をきたした。

酸鼻を極めた屍体、乞食同然の同胞をみるにつけ、戦争の悲惨さと残酷さをしみじみと味わい、暗澹たる思いに駈られたものだ。

春になって、永安小学校前の数棟の社宅で寺小屋式学校が始まった。新京法政大学、旅順工業大学の新卒の方々が教鞭をとったが、わが学術優秀な清水君にはしばしばやりこめられて、立往生という場面もあった。

撫順中学時代にあった上級生のストームが、この時分まで慣行され、こわい思いをしたが、一方下級生からはじめて敬礼されて面映い、こそばゆい気分を味わった。そのかわり、その場面を中国人に見つかり「日本の軍隊はもういないのになにをしているか」とさんざん油をしぼられ、上級生に対する敬礼は禁止になったと覚えている。

戦時中の勤労奉仕もさることながら、国府軍と八路軍の確執が続いていたので、戦車壕掘りに動員されたのもその頃だった。寺子屋学校総動員だったかから、当然女学生も一緒で、思春期の切ない思いを、遠山先生の教えてくれた唄に託したものだ。この唄は後年になってわかったのだが、堤君と私しか憶えていないという事実を不思議に思っている。

在籍した日数は一年有余月だったが、この間、戦勝国の中国語の授業が毎日あり、三民主義の思想を吹きこまれた。全校で百余人だったと思うが、運動会、野球、ラグビー、学芸会も催され、それなりに熱狂したと思う。やがて、櫛の歯を引くように、引揚げで生徒数が更に激減していった。私がコロ島を日本商船大学の帆船〝海王丸〟で出航したのは晩秋の惜別しがたい赤い夕日の中であった。

私達は日本内地に帰りたくて帰ったのではなかった。歴史的な運命に導かれたものだったのである。引揚げてからも、内地的なものと満洲的なものの差はあまりにも大きく、神経的に常に違和感があり、本能的に馴染むことを拒絶してしまう所があった。

引揚げ先が北九州市の若松であったが、はじめてとび込んだ異郷の地で、私にはよそ者、はぐれ者の意識が常に潜在していた。中学高校時代は、それが態度にでるのであろう、よく上級生にさんざんいじめられ、「生意気だ」といって集団でなぐられた。北九州弁がどうしても使えなくて、それがまた拍車をかけたようだった。こんな場面で、不思議と強烈に赤い夕陽とか、地平線まで続く広漠たる大地が想起されるのだ。ふたたび踏むことのできないふるさとが慰めてくれたように覚えている。

　早大在学中に演劇評論で有名な河竹繁俊教授の教室で、二十数名いた生徒とそれぞれ二言三言、言葉を交して出身地を当てるという、いかにも話し言葉に通暁した教授の授業があった。私の時には、かなり時間をかけた会話でもわからず「君はどこの出身だね？」と匙を投げだされた。「満洲帰りです」と答えると「あっそうか植民地言葉だな」と納得されたようだった。

　教授の顔に植民・出稼ぎ人・棄民の倅か、という蔭が浮んだと思ったのは私のひがみかもしれない。大人になってから満洲を憶う時、戦争の罪過とか植民という歴史の過酷さを贖罪する意識が潜在していたのだから。

　引揚げ直後の若松も、御多分にもれず住宅難、食糧難であった。上の兄達はそれぞれ嫁の実家に一時寄寓ということでばらばらになり、母と次兄と私は海抜四百米ある石峯山の開墾地の山小屋が住いとなった。小屋に囲ってあるいも類の番人を兼ねてということであったが、いも類はいくら食べてもよいという。この条件に飛びついたものの、電気はなく、ランプとろうそく、水もかなり下った所まで汲みにゆくという生活であった。登下校に片道二時間はかかり、雨が降ったり、帰宅が遅くなると、まるで暗闇を這うように歩いて難儀したものだ。こんな時は軍歌の「ここはお国を何百里…」とか「どこまでつづくぬかるみぞ…」を唄って一人無聊を慰めていたが、満洲、大陸、赤い夕陽からふるさとをイメージしていたにちがいない。ランプの灯でパール・バックの「大地」をくり返し読んで郷愁を温めたのもこの頃だった。

　一年后に次兄が地元の炭礦に入社して、社宅に入れてもらったが、撫順の社宅とは雲泥の差のあるいわゆる炭住であった。「青春の門」に登場する薄汚れた長屋で、便所は外にあって共同だったので、炭住街は常にその臭いで充満していた。しかし山小屋よりははるかにましで次兄に感謝したものだ。この炭住から高校、大学まで進学したのは私一人で、そのため次兄や母は、「満洲帰りはちがうのう」と煙たがられたり、皮肉られたりしたようだ。

ここでは四年を過して私は一人東京へ去ったのだが、後年二十五年振りに北九州を旅した時に、この地に立った。

炭礦は閉山となり、風雨に曝らされた炭住はどれもが廃墟となっていた。かって住んだ家の柱の傷で往時を偲びながらも、撫順の家は今いかにという想いで一杯になった。そして母の嘆きが疼くように胸をよぎる。

「私はもう満洲には行きたくない。早くお前の家に住みたい」

その母も私が家を建てる10年前に逝った。


日中国交正常化成って、かっての地から、残留孤児の来訪しきりである。また日本からも続々と中国東北地区を観光をかねた訪撫団が、現在の状景を伝えている。もちろん本会の会員諸兄姉においておやである。

この年になって、日常生活を営んでいてもいまだに〝満洲〟とか〝撫順〟という文字に接するだけで、ズキンと胸が高鳴る。これが郷愁というものだろうか。故郷喪失の諦観は今や再訪が可能にと変換してきている。

「人は誰しも、己れの出自を探り、その性格や人生観が培われた経路と、現場とを訪ねたいのではないだろうか。それが郷愁であると思える」

これは『もうひとつの満洲』を書いた沢地久枝氏の言葉である。たしかにその通りで、うじうじと感傷にひたっていないで、すぱっと実行すれば良いではないかとも思う。

しかしである。アフリカ大陸望郷の魂の叫びがあの美しい黒人霊歌であるように、私の内なる魂の叫びを今のところそっとしておきたいのである。室生犀星の「ふるさとは　遠きにありて憶うもの…」の詩魂とは比ぶべきものではないが、やはりいつまでも揺れやまざる満洲ではある。人それぞれの人生は、いずれも大河ロマンを秘めているが、私達共通のロマンは稀少価値であるに違いない。この連帯意識が強いきずなとなっているのであろう。

（昭和20年永安小学校卒業生会誌
「永安台の会」一九八八年九月）

〈参考資料〉
秋元貞雄インタビュー記事

健康に暮らすための道標として始めた店「現代」

ブームなどではない健康食品

　最近、自然食品、健康食品と呼ばれるものに強い関心が寄せられている。しかし、よく考えてみるとわざわざこんな表現を用いること自体おかしなことだと思う。毎日毎日口にする食べものが、人間の体にとって健康をもたらすものでなくていったい何なのか、という疑問がわいてくる。つまり、自然とか、健康とかをつけなければならないほど、逆にいえばよくない食べものが出まわっているということの証明以外の何ものでもないように思えるからだ。

　ただ確かにいえることは、20世紀後半から地球規模の自然破壊（核兵器）が平然と繰り返されており、このような意味では、自然の怒りがさまざまなかたちで振り掛かってきても、それは当然のような感を否めない状況にはある。

　なんだか堅くるしい話になってしまったが、要は人間が健康で幸福に生きるためにはどうあるべきか、という永遠のテーマの一つだ。

　こんな疑問に答えるかのように、東京は阿佐ヶ谷で黙々と自然食品の仕事をしている人がいる――。秋元貞雄さん（52歳）今日はこの人の店におじゃました。

　阿佐ヶ谷といえば、いまでは七夕ですっかりお馴染みの街である。国鉄阿佐ヶ谷駅から青梅街道へ向って左斜めにパール街があり、これを進むとやがて左へすずらん通りと名称がかわる。この二つの商店街はいつも活気がある。

　すずらん通りに入って数軒目右側に秋元さんの店はある。看板に、健康自然食品・植物性自然化粧品「現代」とある。ちょっと意外な屋号にオヤッと思いながらはいっていくと――、

「私どもの仕事は本来、派手な宣伝やマスコミの対象になるようなものではないと思います」と謙虚に辞退される。そこを半ば強引にお願いして話を聞いた。

　秋元さんがこの店を開いたのは、いまから4年前。いわゆる自然食品がブームと呼ばれた時期を少し過ぎたあたりだという。

もともと自然には忠実な生き方をしてきた秋元さんにしてみれば、自然食などあたりまえの話で、ブームなどということ自体おかしなことであった。

そこで自然食の普及が、人のために本当に役立つのであれば、ブームなどと一時的なことでなく、真剣に取り組んでみようと考えたのが店を始めるきっかけとなった。

秋元さんの本業は、もとはといえば出版業である。屋号が普通の商店と少し感じが違うのはこんなところから で〈現代出版社〉（杉並区天沼）の代表でもある。それでも今では「この店が本業ですよ」と苦笑する。

奥さんはというと、これまた歌集を著したりの才人で、絶え間なく訪れるお客さんの応対も堂に入ったものだ。焼板と桜の木の骨組のこの店にふさわしい陳列棚に約８００種類ほどあるという自然食品・健康食品・そして植物性化粧品がぎっしり並び、今では一般の商品と変らないぐらいの種類があるという。

正しい知識が肝要

こんな中で秋元さんは「自然食品と健康食品は別に考えなければならないのに、なんとなくいっしょくたの感じで一般に受け止められるのはよくない」と指摘する。

自然食品というのは文字通り、天然のものか、一切の化学肥料または薬品の使用を避けた、有機栽培のもので、魚についても養殖ものを除くことはいうまでもない。いずれにせよ添加物を一切排除したものが原則であることは素人にも分る。

健康食品と呼ばれるものに関しては、なかなか難しい面が多いのが現状のようだ。

「薬事法との関連などともからみ、よく整備されないと今後トラブルが起こる可能性がある。現に摘発されたものもあり、我々としても残念だ。結局現段階ではこれらの商品に対する正しい知識をもつことと、厳しいチェックをする以外になく、お客様も信頼のおける店でお買い求めになるように」と訴える。

また秋元さんの店で売られている自然化粧品も、いずれも無農薬、有機栽培でつくられた、へちま水、きゅうり水、パール乳液、つばき油、そして紅花の口紅などだが、どれも評判は上々とのことだ。

しかし、奥さんの言葉を借りれば――、「この商売、儲けようと思ってできる商売ではないワ」と首をすくめる。なんとなく理解できるような気がする。なぜなら、ただなんでも売ってしまえばおしまいという商品なら、いっそ気も楽で儲けも早いだろうが、秋元さんのように、一つの信念に基づいて物品を販売することは、気苦労一つにしても大変だからだ。

ましてや自然食についての話や、それらの効用など丁寧に説明してお客様に接して行く努力は相当の忍耐もいる。それでも秋元さん夫婦は屈託なく笑って仕事を続けているのだ。

そして、自然食の基本になっているものは玄米とする人が多いということや、乾物一つをとってみても、天日で自然に乾かしたものと、人工的に乾燥（早く）させたものでは栄養もまるで違うという話、またこれらを動物が見分ける話などいろいろしてもらった。

しかし、誌面の都合で全部を紹介することができない。そこで、とにかく時間があったら一度出向いて、この永遠のテーマの一つについて、読者諸氏自身で尋ねてみてはいかがなものだろうかと願う次第である。

（月刊店舗一九八五・八月号〈話題の店〉）

へるしー・らいふ

自然食品ってなに

貴重な同人費を投じて日々研鑽を重ねる諸氏の紙面を割愛していただき、短歌とは趣きの異なった「へるしー・らいふ」の稿を起こすことになったのは、ぱにあ代表の歌集「王者の晩餐」というアイロニカルな内容に触発されたからであります。

自然食品、健康食品、無農薬栽培製品が社会的地位を得てもう三十年になりましょうか。その呼称が一般的に知られるようになったといいましょうか、本来日本人が有史以前から、伝統的にまた四季を通じ食べてきた食品なのです。では復権というにはあまりに不自然食品が氾濫しすぎていて、一部で認められているというのが妥当かも知れません。

ここで自然食品と不自然食品の違いを述べてみましょう。

日本人は長い年月、五穀と野菜を主食としてきました。

したがって穀菜食に適応した民族といえます。ところが近代になって欧米の栄養学が入ってきて動物性脂肪を含む食品が巾をきかせ、肉・卵・牛乳・バター等が栄養の中心という傾向になっています。

飽食の時代要請に合わせてあらゆる食品が主原料から調味品まで汚染され添加剤まみれ、化学調味料使用を堂々と明示しております。

日本人の食生活に欠かせない食品の一つ一つを例にとってみましょう。まず米です。豊葦原の千穂は粒々辛苦の末、毎年収穫されていたものが、化学肥料、農薬の使用そして機械化されてしかも精米された白米つまり粕が消費者の許へ来るのです。ただし生産者の自家用米についていて、この限りにあらずといいますから、汚染は自明の理といえましょう。輸入米並びに穀物、小麦などはおして知るべしです。

味噌・醤油については、価格を低廉にするためには、輸入穀物を使い速成のため本醸造をしないで添加物で味をよくするといった有り様です。

塩・砂糖はといいますと、塩は九十八・八%塩化ナトリウムという化学製品で、砂糖は甘味を増すために極端に精製し漂白された代物で、人体のカルシウムを破壊するという怖い食品になっています。

食用油についてはどうでしょうか。これとても、輸入穀物をヘキサンという添加物を使って最後の一滴までも抽出させる合理化がはかられていて、ヘキサンは身体に害毒を及ぼすものなのです。

このように日常欠かせない食品が、不自然食品の中心になっていることはお判りいただけるとおもいます。食生活の素材となるべき食品は、日本の伝統的製法によって近代まで提供されてきました。これが自然食品なのです。大部分の人々が、不自然食品を抵抗感もなく享受していることが不思議に思われてなりません。

大気公害、水質汚染、添加物や農薬、化学調味料など食品公害によって、大衆のほとんどが何らかの病気を抱えている今、現代病というべきものを誘発される原因が何であるかは推量されると思います。

今回はこの欄の趣旨を大雑把に述べましたが次回からは具体例について順次紹介していきたいと思っています。

（「ぱにあ」一九九六年一月号）

化学調味料ってなに

小量といえど食品添加物すべなく摂りぬ砒素のごときを

『王者の晩餐』

「一億総グルメ」時代の真盛りに私たちはいます。杉並区では区内のラーメン店マップなるものを住民にサービスして、これが好評で、マップ片手にラーメン店めぐりをしていると聞きます。

味自慢のラーメン店主Iさんは、毎朝近くの肉屋から豚骨、鶏ガラを仕入、それに煮干し、野菜等を大きな鍋で、丹念にスープを仕込むことから仕事がはじまります。

この店でカウンターに座って正油ラーメンを註文し、Iさんの手順を見ていると、スープを入れる直前に化学調味料を小さじ一杯位加えたのです。

「手をかけたスープでも調味料を使わないといけないの」

「あとで比較してごらん味の違いがわかるから。第一これをいれないとお客さんが満足しない。特に若い人は塩分の濃い方を好むし、化学調味料か調味液を使わないと、お客さんは来なくなりますよ」Iさんがそういってさしだした本格仕込のスープを試飲してみたが、たしかに若い人向きではない。こくはあるがうま味の少いさっぱりした味だった。昔ラーメンが支那そばといわれた頃は、化学調味料もなかったし、まさにこの味がそうだったのです。

おいしさの素となる化学調味料とは何でしょうか。主としてグルタミン酸ナトリウム等合成アミノ酸の組合わせで、驚くほどの種類の呈味料、風味調味料が造られているのです。

アミノ酸は人体にとって必須のものですが、天然のものにかぎられています。それが石油から造られる合成品だとなると、その毒性はお判り頂けるでしょう。チューブ製品のわさび、カラシ、ガーリック等に至るまで合成品となると、日本人の頭のよさにはあきれる程です。それでも、一般家庭では食卓に化学調味料の小ビンが見られなくなったとはいいますが、デパート、スーパー、コンビニエンスのあらゆる食品の原材料を見ただけでも卒倒しそうなほどの添加物が使われているのです。敬遠しつつもこの状態では拒食するわけにはいかず、いつの間にか、味に馴らされ、麻痺してしまうのでしょうか。

大新聞の一頁広告に「Aの素はサトウキビから造られ

ているから自然食品です」を見ましたが、なんたる欺瞞でしょう。化学調味料であることには間違いありません。いまや「一億総化学調味料」時代で日本人の味覚はほぼ画一化された観があります。

長寿社会と宣伝されながらも、内実は半病人だらけ、国の医療費は年毎に高騰を続けております。現代の食生活との深い因果関係が思いやられてなりません。

（「ぱにあ」一九九六年四月号）

玄米食ってなに

玄米に稗、粟、黍など混ぜて炊く　豊かなるかな王者の晩餐

『王者の晩餐』

現代の日本人の病弱性というものは、環境汚染、添加物による食品公害、薬品汚染もさることながら、動物性蛋白質を過剰にとりすぎるため、内臓でそれを分解したり、排泄したりする、余分で無駄なエネルギーが浪費されて、そのために体のあっちこっちに無理が生じ、自ら病気を発生させているのではないでしょうか。

動物性蛋白食を栄養学的に奨励する傾向がテレビ等マスコミで毎日のようにみられますが、この栄養学の過信が成人病の元凶となっているのです。子供の世代にまで肥満、糖尿病が増大しているのが現状です。

現代医学は、長足の進歩を遂げた科学を基盤にして、相当微細なことまで分かるようになってきました。生物物理学や分子生物科学の成功によって、分析的に細胞の超微細な構造に至るまでを細かく説明できるようになってきています。ところが基礎医学ではいろいろ発見し、わからなかったことが、わかるようになっているとはいっても、いざ臨床医学的見地からすると治療効果をあげえないでいることの方がはるかに多いのです。一つの病気を薬で治したかにみえても副作用で別の病気を造ってしまうのくり返しです。

二十数年前、朝日新聞に連載された有吉佐和子氏の「複合汚染」は当時可成りの問題提起として私たちを震撼させましたが、最近ではもう忘れ去られてしまったのでしょうか。

長いマクラになりましたが、健康を保っていられるの

は、本来人間がもっている自然治癒力なのです。この力の源泉は、日常の食生活に他なりません。ここに掲出歌の意味が生きてくると思います。

地球上に住む人間の大部分は穀物を主食としています。その土地にあった食物、長い間その土地の人が食べつづけてみて、これはよいという一種の人体実験を経て、体に良いものといわれる食物、日本人の場合それが米なのです。大部分の人は白米ですが、本当は玄米、しかも農薬を使わない自然農法産のものが最高です。

玄米には人間の体に必要な栄養素である脂肪、蛋白質、ビタミン類、無機質（ミネラル）や、カロリー源として大切な糖質・炭水化物等が非常にバランスよく含まれていて、玄米が完全食であるといわれるゆえんなのです。この玄米を炊くときにさらに雑穀を加えることで、より完璧な主食ができます。

お医者さんの中には玄米食では栄養失調になるという方もいますが、それは玄米だけの話です。副食として少量の緑黄色野菜、海草類があれば、これこそ健康を約束する自然医食というものです。動物蛋白を中心にした贅沢食こそ万病のモトではないでしょうか。

玄米菜食を食生活の中心とすることで、難病を克服された人、日々健康に活動されている人に接するたびに自然治癒力の向上とか病気にならない身体造りは、玄米食だなと思わざるをえません。

風聞によると、歴代総理の中で殿様宰相といわれた細川氏はさぞや、御馳走づくめの贅沢食と思われがちだが、普段の食事は納豆、干魚、煮野菜の自然食とか。スマートに激務をこなした秘密はこの食生活にあったのかも。

（「ぱにあ」一九九六年七月号）

現代病ってなに

この地球上に人類が発生して？万年といっても、あまりに現実離れしすぎて話をしようもありません。少なくとも有史以後ということにしましょう。

私達人類が連綿として忌み恐れたのが、天災、人災、病気であると思いますが、なかでも最も普遍性のあるのが病気ではないでしょうか。

古往今来人類を苦しめているのは「病気」ですが、大昔は悪魔の仕業であると恐れ、それを癒すのが名医といわれたのでしょう。キリストもはじめは行者のような存在であったと想像されます。

それまでにも、東洋医学の原点というべき草根木皮を病人に与える医術があり、西洋医学の祖ヒポクラテスがさまざまなもののエキスを丸薬にして与えたという時代がありますが、その頃は病気は自然発生か細胞衰滅説が主流を占めていたようです。

ところが、ドイツのコッホ、フランスのパスツールが細菌を発見して、病気は伝染することを発表して一大センセーションを捲き起こしたのです。病原菌が発見されれば、これをやっつける薬はつぎつぎに開発されます。ペニシリン等の抗生物質がそれです。しかし新薬に対する細菌の耐性が増大していることも事実で、ペスト、天然痘など骨董的な伝染病が皆無になったとはいえ、昨今マスコミをにぎわせている0-157は伝染病であるし、薬との因果関係が疑われて仕方ありません。

昭和三十年頃、日本は経済成長期の真只中にありました。カナダのハンス・セリエ博士、杉靖三郎博士等が病気の真因はストレスであると提唱したのです。

人体の主要な生命活動である呼吸、心臓の拍動、消化吸収、排泄等は自律神経によって巧みにコントロールされています。自律神経を構成している交感神経と副交感神経が阿吽の呼吸で、いろいろの臓器の活動を調整し、生体活動はその統制のもとに整然と営まれているのです。したがってこの両者の大事な働きを阻害するストレスが病気の誘引となるという説を唱えたのです。各人各様のストレス社会でいかに受止め、いかに発散するかで病気の引金になるか、ならないかは本人の意志力、精神力ということになりましょうか。精神安定剤の使用だけでは、他の病気の原因になるということでご注意を。

このように私達は病気になる仕組みの変遷を経てきましたが、最近、健康のカギをにぎる物質として「活性酸素」と「SOD」の働きと役割がクローズアップされてきました。活性酸素が体内に増加すると、癌や成人病をはじめ様々の弊害、疾病を引き起こすことが明らかになってきたのです。活性酸素の増大が過酸化脂質（悪玉コルステロール）の滞留を呼び、病変をおこすからなのです。

現代の文明社会では、無人島にでも脱出しないかぎり、生活環境、食品など全ての面にわたって過剰な活性酸素や過酸化脂質による弊害から逃れられません。

人間の体はよく造られていて、SOD（スーパーオキサイド・ディスムターゼ＝活性酸素を取り除く酵素）が必要以上の活性酸素を取り除く働きをしているのです。したがってこのバランスがくずれると病気になるというわけです。現在ＳＯＤ製剤を開発しようと世界中で多くの研究が進められているそうです。

（「ぱにあ」一九九六年秋十月号）

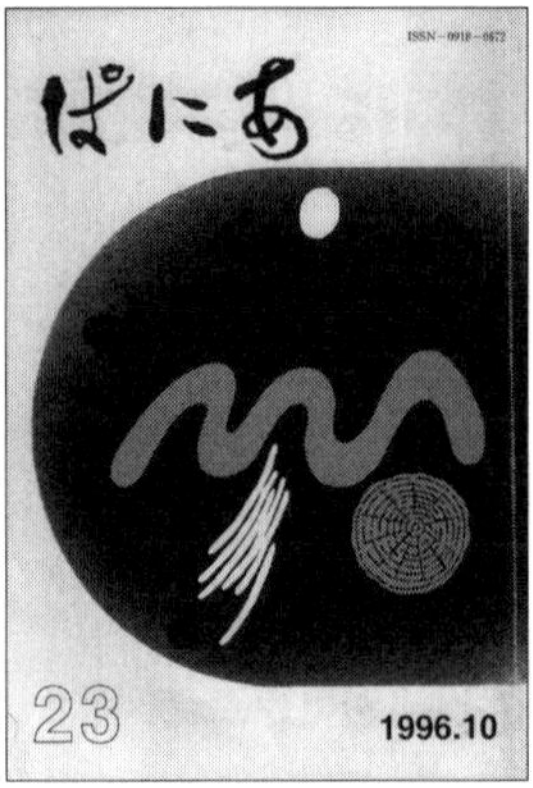

一本の杖

『河伯洞だより』２０１４年３月号（１６６号）で、六十余年前を思い出しながら書いた一文が、史太郎さんによって採用されたのだが、あしへい先生の訓導があったればこそ、現在の私は傘寿で文芸にたずさわっていられる幸せを想うのである。

私は昭和32年の早大文学部卒業であるが、その年、母が倒れて看病のため就職を棒にふっていた。その頃、あしへい先生からお葉書を頂戴したのである。もちろん私の貴重品になっているが、それが五月書房編集部への就職であった。先生の気遣いあふれる文面であった。それから二年数ヶ月後、かえすがえすも痛恨のきわみ、先生が他界されたのである。

そこで史太郎さんより「あしへい」誌の頁を提供されたので、思い切って私の編集者の仕事を振りかえってみたい。これが先生に捧げる私の精一杯の御恩返しになればと六十有余年前にさかのぼって切に願うものである。

×　×　×

今おもいかえしてみると、先生から紹介された出版社で仕事をして得た知識もさることながら、阿佐ヶ谷の火野先生宅に自由に出入を許された事が、どれだけ啓蒙になったかしれないのである。私の同級生の英気君（玉井家二男）は当時非常に珍らしい回る舞台のある東宝系のコマ劇場に学生中であったが、籍をおいたのである。それから間もなく私たち仲間をびっくりさせたのは学生結婚であった。お相手は若松高校の同級生友田貴美子さんであった。

就職といい結婚といい、あまりの替り身の早さに英気君に問いただしたところ、「親父に全部話して了解をとってある。しかも中野に新居も手配してくれている」とのことで、またまた先生の度量のふかさにおそれいった次第であった。ということがあって英気君夫婦とは新婚生活を邪魔しないように、気を使ったような気がする。この頃は秘書の小堺昭三さんが先生のお手伝いをして、東京・若松間の飛行機の世話をしたり、出版社との交渉など多忙な毎日のようであった。

小堺さんは火野先生の秘書になる前は、雑誌『酒』の編集者で編集長の佐々木久子さんと共に日本全国の酒処をたずねて取材するユニークな雑誌を出版していた。なかでも有名なのが「文壇酒徒番付」である。

当時を思いおこせば、佐々木さんも先生に逢いにきていたようだが、この番付のことで相談にきていたのだろう。大酒飲みがえらばれるのではない、酒品、人格、人気度、社会的知名度となると、簡単にはえらばれない。

しかしさすが火野先生、昭和32年頃横綱級の栄誉を得たのであった。

さて宴会である。先生の同級生の宇野逸夫氏が音頭をとって、新潮社をはじめ各出版社の代表がずらりと揃い、壁には〝酒莫大〟〝ビール莫人〟〝洋酒莫大〟のはり紙が四方に貼られ、金一封の現金もふんだんで、相撲番付よりもはるかに雰囲気のある宴会場となっていた。

佐々木さんが連れてきた有吉佐和子さんもまだ30前の気鋭換発振りで、出席者の中にも話が合う人も多く、紅一点で宴席を盛り上げていた。でもさすがに後半になって佐々木さんとキッチンにいって、おにぎりをぱくついている姿を思い出す。火野邸ではそれもよく似合う光景であった。後述するが数々の宴会があり、中でも若松からとり寄せたふぐ刺しふぐちりを先生が独自に食べ方を説明しながら、御訓示して下さったのにはおどろいた。

直径数十糎はあろうかという絵皿に盛られたふぐ刺しを自分の飯茶碗にさらさらと盛って、薬味醤油をかけて茶漬を食べるように、するするとすするのである。出席の一同も、この豪快さにはおどろいたものである。もちろんふぐ刺しについては季節物だから、12月から1月に限られていたが、大皿に四五枚を航空便で届けられていた。やることなすこと大盤振舞いだったことをよく憶えている。

もう一つ、火野先生の宴会で忘れられないのは『豊後浄瑠璃』十八番《おはこ》の独演会であった。

二節三節毎に解説者が面白おかしく解説をいれて、座はやんやの爆笑の渦となった。この解説者が玉井家長男の闘志さん、岩下俊作先生だったのである。誰が演出したわけではないが、火野先生を想う気持がしみじみとあふれる集いであった。

× × ×

前述したが、この文章はお世話になつた火野先生に対する御礼と報告書である。まさに、六十余年ぶりのお便りになる。私が五月書房に入ってはじめて手掛けた仕事は、次の先生方であった。

上林暁、黒岩松次郎（団鬼六）、室生犀星、室生朝子、城山三郎、熊王徳平、深田久弥、間宮茂輔、加賀淳子、広池秋子、岩下俊作、島一春、葉山修平、石野径一郎。以上は火野先生在世中の方々であるから、直接紹介下さった方も、多いのである。

私が編集者としてはじめてお目にかかったのは、上林暁先生であった。一本の杖を火野先生から託されて上林先生宅を訪問したのである。かねてから『聖ヨハネ病院にて』等の作品ならびに病妻もので文部大臣賞を得られていた著名な作家であった。奥様のかわりに妹さんの徳広睦子さんがお世話をしておられた。

私から火野先生の伝言と杖のプレゼントについて説明申上げると上林先生も大変ご機嫌で、「火野さんも東京〜九州を度々飛行機で往復されているようですね、同じ阿佐ヶ谷会の会員だからたまには出席するように伝えてくれ」と言われた。そろそろ私の本音の出版をきりだしたところ、「私はね私小説作家とレッテルを張られているくらい作品は少ないのだよ。だから新聞、雑誌に書いた〝断簡零墨〟は一杯あるよ」。先生は立上がって文箱の幾つかを揃えてくれた。これを随筆集としたのが『文と本と旅と』である。参考ながらこの本のあとがきを紹介しておく。

「……小説集でさえ出せないのに随筆集は出せないだろうとあきらめていた。ところが秋元君が断簡零墨の中から三百余頁を整理して一本にまとめてくれたのである。」

かくして私の初仕事が上林先生の随筆集『文と本と旅と』となったのである。

× × ×

それから間もなく黒岩松次郎氏（団鬼六）が火野邸を訪れてきた。それは彼がはじめて書いた小説「浪花に死す」が、文芸春秋のオール読物新人杯に千五百二十二編中から佳作六篇中にえらばれたのである。選考委員は、大岡昇平、海音寺潮五郎、柴田錬三郎、河盛好蔵、そして火野葦平の方々であった。後日黒岩氏がお礼方々あいさつにきた時に、私も同席させていただいた。

翌年、彼はふたたび応募して、またまた「親子丼」で入賞したのであるが、この二作だけでは一冊にならないということで三篇ほどを急遽書きたして貰って、『宿命の壁』なる処女出版にこぎつけたのである。素人どころか筆のはやさ、浪花風の語り口は面白さや非凡なものがあり、短篇集ながらも是非出版したい旨を彼に伝えたのである。

この集の中で注目したのは「親子丼」で、彼の父親と共に相場師であることだった。

このことからも納得できるのは、彼が矢つぎばやに書きおろした『大穴』である。本の売行きに平行して映画会社の松竹から映画化の企画がもちこまれたのだ。

純文学作家を目指して出発した『宿命の壁』の四五千部、そして『大穴』が数万部、おまけに映画化権料となると黒岩氏も人生観が変ってしまうのもやむをえないであろう。当時入った金で新橋で派手なバーを買いとってオーナーになった。まだ25歳位の若さである。

このことが文芸春秋のオール読物の元編集長・香西昇氏の耳に入り、絶交を言い渡される始末である。香西氏も『宿命の壁』出版には力をそそいでくれた一人で、彼の母親も当初は香西氏にまかせていたのである。ところが「奇譚クラブ」「裏窓」に投稿して人気を得ると、花巻京太郎のペンネームで一躍人気作家になり、月に五百枚もかき上げる始末である。

当時、関西では織田作之助が人気作家であったが、黒岩氏もそれに劣らない独得の純文学作家として発足した筈である。ところが、きわ物出版の業界からの注文が殺到して、とうとう「SM小説」界の第一人者にまつりあげられたのである。このころから本名の黒岩松次郎、花巻京太郎を止めて「団鬼六」となったのだった。彼曰く、出版社がきて「先生の原稿がのっていないと雑誌が売れないんですよ、原稿料をはずみますからおねがいします」というわけで、「純文学系のものはもう書けないよ」と私は告白されてしまったのである。

このようなわけで、彼との交際も絶えてしまうことになるが、団鬼六としての才能は抜群の成果を残している。たとえば非常に母親思いの彼が横浜の地に10数億円の御殿を建ててよろこばしたし、将棋界のおれきれきのために対局室をつくって棋界のタニマチとして知られる存在となった。その他、税金の長者番付に名を連らねていたという新聞記事を目にしたこともある。とにかく破格の働きをしていたことはたしかであるが、晩年に及んで商品相場で、これまでの横浜の御殿他全部を手放す結果となってしまったと聞いている。若い頃から将棋が好きで、頼まれれば将棋雑誌を長年発行して、若い棋士を育てて御殿で飲みくい自由に遊ばせていた。桜の季節は隅田川に船をうかべて大勢の人を招いてどんちゃんさわぎの花見をやらかして、ひとびとを楽しませて快楽主義を発揮しては、自らの人生を演出していたようだ。もう一つ特筆したいのは数十年に及ぶSM小説の膨大な作品数、なかでも「花と蛇」のような読者垂涎の作品を書きつづけた稀代の作家といえよう。

平成23年5月6日、順天堂病院で作家・団鬼六が静かに永眠した。胸部食道ガンであった。

× × ×

ふるさとは遠きにありて想うもの
そしてかなしくうたうもの

ではじまる室生犀星先生の詩、そして下って「杏っ子」の美しい映画の映像美にいたく刺激されて、この文章を書くことになったのは火野先生の助言があったからである。詩人として出発しながら数多くの珠玉の作品を発表されている。「室生さんは俳句も随分熱心だよ」この一言で、私は室生先生を訪ねる決心をしたのである。それから間もなく室生邸にコンタクトをとって訪ねる日を決めたのであるが、それを仕切ってくれたのが杏っ子の朝子さんであった。

こうして私の室生邸参りがはじまった。西神田から東京駅廻りで大森駅下車、バスにのって万福寺下車、そこから長い馬込に至る道の一角に純和風の門構えであった。中に入ると百坪ほどのスペースに円の字型の家屋がたち、中央はきれいな庭苑になっていた。朝子さんの案内で室生先生と初対面のあいさつとなったのである。書庫は別室にあるのだろう、書斎にはたくさんのやきものが棚に整然と積まれていた。

映画「杏っ子」の先生役は山村聡であったが、はにかみ気味のせりふながら老大家の風情あふれる役柄であった。とにかく来意もよそに、映画の内容をながながと喋りつづけた記憶がある。

さて仕事の話であるが、老作家といえど当時の室生先生はもっぱら人気作家で、我社に出版させていただける作品はありましょうか、とぶっつけ本番にきりだしてみたのである。私の若さとあさはかさを詫びながら、なおできましたら、発句集などでも書きためたものが御座居ませんでしょうかとおねがいしてみた。

先生曰く、私の小説、随筆は新潮社と約束があって他社では出版できないのだよ。俳句については除外されているので、これまでに『犀星発句集』（野田書房）『犀星発句集』（桜井書店）二巻を出版している。

俳句の話をすると先生も話が長くなり、十七歳の頃より稿をおこし二千余句を捨てて二百句を自撰収録したものである、もうこれで句集は出さないと宣言、墨書原稿としたのである。ここに肉筆句集『遠野集』が刊行されることとなった。私は室生先生の色紙をよく拝見していたので、肉筆句集をねらっていたので、先生が昭和12年ころから軽井沢の別荘にいかれると墨書原稿を書いて居られると聞いて、なんと幸運であったと思わざるを得なかったのである。

『遠野集』出版に際しては、装幀は先生が担当して下さった。墨書原稿は全部返却せよとのお達しだった。落着いた頃、先生から「君には色いろ世話になったから『遠野集』の中から好きな句を一句えらびなさい、色紙に書いてあげよう」といわれた。私がえらんだのは

乳はいて蒲公英の茎折れにけり

だったが、先生はなぜと問いたげであったので、「自然のむごさ非情さをよんでいると思いました」というと、うんうんとうなずいてくれた。私の感想だからなんともいえないが、色紙は私の手もとで六十余年も眠っている。

この頃、朝子さんとの間で随筆集の話をすすめていたが、彼女もはじめてのことだし、毎日原稿に没頭している最中であった。

朝子さんの部屋は母屋から庭苑をはさんで離れ風のこ

ぢんまりしたたたずまいで、私が原稿のすすみ具合をたずねるつもりで立寄って話し込んだりすると、先生もいつの間にか一緒におしゃべりに加わったりされた。後になって、私も女性の部屋に入りこんで先生の気持にもっと神経を使うべきであったと思い至ったのである。

私は当初、朝子さんの随筆集の題名を『杏っ子の周辺』として提案したところ、直ちに先生から「だめです、それはよくない」。

朝子さんも私も茫然としている。

「書名は〝あやめ随筆〟装釘武者小路実篤でいきなさい。ジットクさんには下話はしてあるから、あとは刊行日に間にあうように、君が表紙の花の実物を花屋で買って装釘の件を正式におねがいしてほしい」

かくして先生の用意周到なはからいで、朝子さんの処女出版がかなったのである。時に『遠野集』昭和34年3月刊、『あやめ随筆』昭和34年6月刊となり、ほぼ同じ時季に親娘の出版が完了したのである。

ちなみに翌年昭和35年6月に東都書房から『母そはの母』を刊行して随筆家としての地歩を固めたのである。

（河伯洞記念誌「あしへい」17、二〇一四年十二月）

かえり船

今年は太平洋戦争の終戦70年の節目の年である。私は昭和7年に満洲国奉天省で生を受けた。父は朝日新聞の記者でした。戦後昭和22年10月に北九州若松に引揚げてきたものであります。当時高校一年生で玉井英気君と同級となり火野葦平先生の二男坊と知ってびっくりしたものです。それから高校では校友会誌「つぶて」大学では文芸誌「洞人部落」を発行してたがいに切瑳琢磨していたが、火野先生には「お前たちは文学をなめちょる」ときびしいご批判が多かったことをおぼえている。

満鉄と撫順

昭和9年11月1日午前9時、日本の植民地であった関東州の大連駅を、スマートな流線型の特別急行列車「あじあ」がスタートした。

行先は、満洲国の首都新京である。

最高時速一三〇キロ、大連、新京間七〇一キロを八時間半で走るこの特急列車は、おどろくなかれ、現代の新幹線「こだま」と同じ速さであった。

「あじあ」が運転をはじめたころの満洲は満洲事変後3年、「満洲国」成立後2年半しかたっておらず、治安も確立されていない状況であった。しかし、新興国家としての発展は急テンポであったし、政治、経済、軍事上の要請から、満洲の大動脈といわれた大連、新京間に高速列車をという要求はつよくなっていた。加えて当時の国際状勢からいっても新興「満洲国」を世界に誇示する意味でも絶対のものであったのである。

「あじあ」号は実に満鉄のシンボルであった。

日本の満洲経営は、関東軍と満鉄をぬきにしては考えられなかった。

日露戦争に勝利をおさめた日本は、ポーツマス講和条約で、長春、旅順間の鉄道および一切の支線とこれに付属する財産ならびに撫順、煙台の炭礦の経営権を獲得した。

これを政府が現物出資し（1億円相当）別に1億円を民間に株式募集し、資本金合計2億円で明治40年4月に発足したのが、南満洲鉄道株式会社いわゆる満鉄であった。

当時の鉄道営業キロ数は、大連、新京間の満鉄本線と、安奉線、旅順線、撫順線などで一千一百キロであったのが、事変後「満洲国」が成立して以来、所管鉄道延長は一万一千キロと発足時の10倍にも達していたのである。

この間満鉄は鉄道経営のほかに鉱業、製鉄、電気、化学工業、水道など関連事業は多岐にわたり、文字通り一大コンツエルンを形成するにいたった。

このほか満鉄は在留邦人のため、教育、医療などを委託され、小学校などはすべて満鉄で作り運営にあたっていた。とくに撫順永安小学校は全満の学力、体力増進の指定校であり、東京の有名校におとらない優秀校と目されていた。

こうして満鉄は、全満の鉄道の独占経営を柱に、関連事業への投資も膨大であったがその収益も莫大であった。満鉄はその発足の性格から、英国の植民地インド経営の中核といわれた東インド会社と軌を一にするものと論じられている。

ともあれ、特急「あじあ」が当時の世界の鉄道界をおどろかせたことは事実である。

ちなみに、密閉された車体は冷暖房完備、一等展望車はすばらしいもので、磁石を応用した碁、将棋ができる設備をそなえて、防音装置も完璧であるといった具合だった。

当時私達が住んだ住宅なども、数十年前から都市集中方式による、給排水はもちろん、ガスエネルギーの供給、スチーム暖房の完備、加えて酷暑、酷寒に耐える二重構造など理想的な住宅であった。公共施設においても、50年も前から、迎賓館なみの炭鉱クラブ、図書館、満鉄病院、炭礦艦事務所、各地の寮施設等その建物の偉容も当時の内地にはなかった代物であったし、陸上競技場、プール、ゴルフ場、競馬場、乗馬クラブ、野球場、サッカー、ラグビー、テニス、バレー、各種球場等の規模の立派な一級品の施設があったのである。

今ゆたかになった日本といえども、終戦後70年たった現在まぼろしの満洲国の生きのこりが記録しておきたかったのである。

ゆたかになった日本といえども、このような話をしても信じてもらえないことが多いとおもうが、彼の地に住んだものとしては、たまらなくなつかしくそして誇らしく思う由縁である。

ところで、戦後引揚げるまでの2年半を語らねばならないだろう。

昭和20年8月15日午後、いきなりチェコ銃の乱射がはじまった。ソ連の散兵戦である。日本側は関東軍健在ときいていたが一切音沙汰なしであった。

ひと晩中つづいた銃撃も朝には止み、ソ連の兵隊が婦女子をいためつける等の噂も皆無であった。しかし日本人が営々と築き揚てきた満鉄や撫順炭鉱の財産を戦勝国として分捕ってもよいものかと思うほど戦利品を積んだ貨車はえんえんと続いたのである。

終戦後在満正味2年3ヶ月の間にソ連軍↓国府軍↓八路軍↓国府軍と四度治安維持機関が空白になって満人暴動の危機があった。周囲は鉄条網がはられ、ものものしい雰囲気であったがこの頃になって国府軍の接近がはじまりことなきを得たのである。ちなみに国府軍は蒋介石、八路軍は毛沢東である。

日僑俘

ソ連軍が撤退する頃は中国は国府軍と八路軍の勢力争いの最中であったが両軍ともにのんびりとした戦いで一進一退、お互い同国人同志であるから話し合いできめているようであった。

国府軍が進駐してきた時は日本人は日僑俘とよばれて華南からきた接収委員の接待サービスに使われた。そのほとんどが満鉄の高級社員の邸宅であった。

親しくなるにつれて日常の会話の中から「お前たちは国に帰れば白い飯がくえるではないか」といわれた。「そうか私達は日本内地へかえされるのだな」と気付かされたのはこの時である。「お前たちの国」がどうしても実感とならないのである。日本内地をふるさとと思ったことは一度としてなかったことだ。

概念として日本は四季がはっきりしていて平均気温15℃、風光明媚なこともわかっていても所詮私たちには異郷なのである。見知らぬ土地へ追いやられることが敗残の日本人に課せられた宿命だったと今想えるのである。

「日僑俘」は帰れといわれてもかえるところもない私にとってはまさに矛盾と撞着としかいえない深いくるしみが毎夜つづいたのである。

北満からの難民

ソ連が参戦した頃で北満から満蒙にいたる広い地域を日本政府が呼びかけて、寒冷地にも堪える日本の東北地方の農民を満蒙開拓として募集した人達がめざましい働きをして満洲国を造り上げる一助となった。「育英会」といって当時私も何人か知り合いができた。この人たちがソ連兵の宣戦布告なしの攻撃をうけ、ちりぢりばらばらで逃げまどうことになったようだ。

この頃の撫順にも続々と北満からの避難民があふれ、われわれが通った小学校がほとんど収容所になってしまった。わるいことに発疹チブスが流行してシラミを見ただけで発病するといわれるくらい恐慌をきたした。

惨臭をきわめた屍体、乞食同然の同胞を見るにつけ、戦争の悲惨さと残酷さをしみじみと味わい暗澹たる思いに駈られたものだ。大人になってから満洲を憶うとき、戦争の罪過とか、植民という歴史の過酷さを贖罪する意識が潜在していたと思えるのである。

これから、私がどうしても満洲から引揚げることになる。

建国大学

満洲国ができてから、建国大学という、日本の東京帝国大学級の大学が首都新京に開設された。学術優秀、新国家を導びく覇気ある若者を養成する大学である。

当時昭和初年頃男の子は幼年学校か士官学校を目指すのが普通であったと思う。その頃私の兄が撫順中学から、建国大学に入学したということはニュースになったものだった。

日本の士官学校の制服よりもっと派手ではなやかな格好のよいしかもサーベルを帯剣していた。卒業すればすぐ尉官級という階級だったと思う。この兄が新京からわが家にかえってきた時のうれしさ、ほこらしさは80年たった今でも脳裏にやきついている。

この兄が当時の東条英機大将の訓示について非常に感激した旨の思いも私の家族に語ったのを憶えているが後に仲間同志の寄書きに『未来の総理』秋元明と墨痕あざやかに日の丸の半分にえがかれている。

満洲からの引揚げ

終戦後一年たった頃から周囲の日本人住宅がだんだんと減りはじめてきた。見知らぬ日本内地にかえりたくないとおもい続けてきたのだが学業なかばの身にとって決断をせまられていたのである。

満鉄が経営する撫順炭鉱は世界的にも有名な露天掘の炭鉱で70年たった現在でも中国からの報道によると新鉱脈が発見されて石炭が掘られているという。私が小学生の頃から〝汽車がでてゆく煙は見えず、でないはずだよ無煙炭〟というはやり唄があったが、まさにコハクをふくんだきれいな石炭であった。

別の項にも書いたが、このような膨大な資産を残して敗戦ゆえに満洲を去らなければならないのである。こんなにくやしい想いをしながらも結局は引揚げなければならない運命にたちいたったのである。

その頃、私の一番上の兄が撫順工業出身の技術者で多勢の満人を使って西露天掘を起こしていたが戦後は中国にひきつがねばならず留用技術者としてしばらくは帰国出来ないことになった。私の姉が満鉄病院に長期入院し母がつきそいで看護という状態であったので、中学生であったすぐ上の兄と私が長男一家兄嫁と子供3人をつれて引揚げ集団に加わったのである。屋根のない貨車で10月半ばの満洲の広野は寒かった。おまけにコロ島までの行程は二日位と思っていたが国府軍と八路軍のこぜり合いがはじまり貨物列車が止まってしまったのである。これはあとで聞いた話だが日本人から通行料をせしめていたと聞いた。これはいかにも支那人らしい両軍相方の話し合いで小遣いをかせいだのであろう。このような時間があったのでコロ島に着くまでは5、6日間はかかったと思う。しかし、その間は若い者はキャンプでもしている気分で火を炊いたり食事の仕度をしたりして楽しんだりしたがそれからが大変日本からコロ島の港に船がついたという報らせである。引揚げのはじめの頃はリュックサックと手荷物だけという荷物の制限があったが、私達の頃はフトン袋、コウリ一コまではゆるされていたので運送が大変であった。なにしろ台車はなし、トラックはなしである。この時の引揚げ船が日本郵船の二〇〇〇屯級「海王丸」であった。練習船として実習生もたくさん乗っていたので、荷物の運搬、乗船の業務を全部手伝ってくれたのである。しかも厨房からはあついうどんの差入れが引揚げ者全員にくばられた。このように私達は生れてはじめて逢った日本人のあつい情けをうけたのである。おかしな話ながらこれまで日本人てどんな顔しているのだろう？　とおもっていたのだが、自分が今まで生きてきたのと一つも変らない人々に接してたまらなく嬉れしくなったことをおぼえている。明日には佐世保に到着するといわれていたのに、揚子江の入口に日本人引揚者が待っているとのしらせに急遽迎えにいくことになった。タンクーというと揚子江の入口ということだが両岸が広くまるでどこまでいっても海というおもむきであった。商船大学の実習生による引揚げ御苦労さん会が船底の大広間でひらかれ本職の楽団はいなかったが、実習生のギターや楽器で大宴会がくりひろがったのである。田端義夫の〝帰り舟〟などが最高にもてはやされたのはいうまでもない。

九州にさしかかって日本内地に接近する頃有名な玄界灘の猛襲をうけた。海王丸も船員はともかく千人近い引揚者は全員舟酔いでダウンしてしまった。私はしっかりしていたので船長からほめられたし、今回のお世話になっているので何でもお手伝いしますといったが、心からの気持であった。

ついに佐世保の港についた。季節からいって一番良い時季であった。船から見える佐世保の港は前後左右どこから見ても、濃緑色のそして黄紅色の果物があざやかに船から見る望遠鏡に見えるのである。これが日本内地の美しさであるという実感であった。

（河伯洞記念誌「あしへい」18、二〇一五年十二月）

室生犀星

編集者の私の仕事とは主に作家まわりのことで、その作家のknow-how《ノウハウ》を知ることが大事である。

犀星先生は、明治以後の大作家で、詩や俳句、和歌にも通じた作家であった。

はじめてお逢いする先生に句集の出版をお願いすることにしたのであるが、その折に重ねてお願いしたのは、本文を先生の直筆でお願いする、つまり活字を使わない本文にしてもらうこと、表紙と扉、ならびに外箱の装幀も直筆で墨を使ったのにして貰いたいと注文した。

そうした『遠野集《たうぬしう》』・定本犀星句集、昭和三十四年仲春刊。（五月書房刊）である。

「序」には芥川龍之介の一句、

風呂桶に犀星のゐる寒夜かな

と、著者の言葉がある。

この一冊が刊行され、大田区馬込町のご自宅を訪ねた折のこと、先生が「きみにも長い間いろいろお世話かけたな、記念に「遠野集」から、きみが一番気に入った句

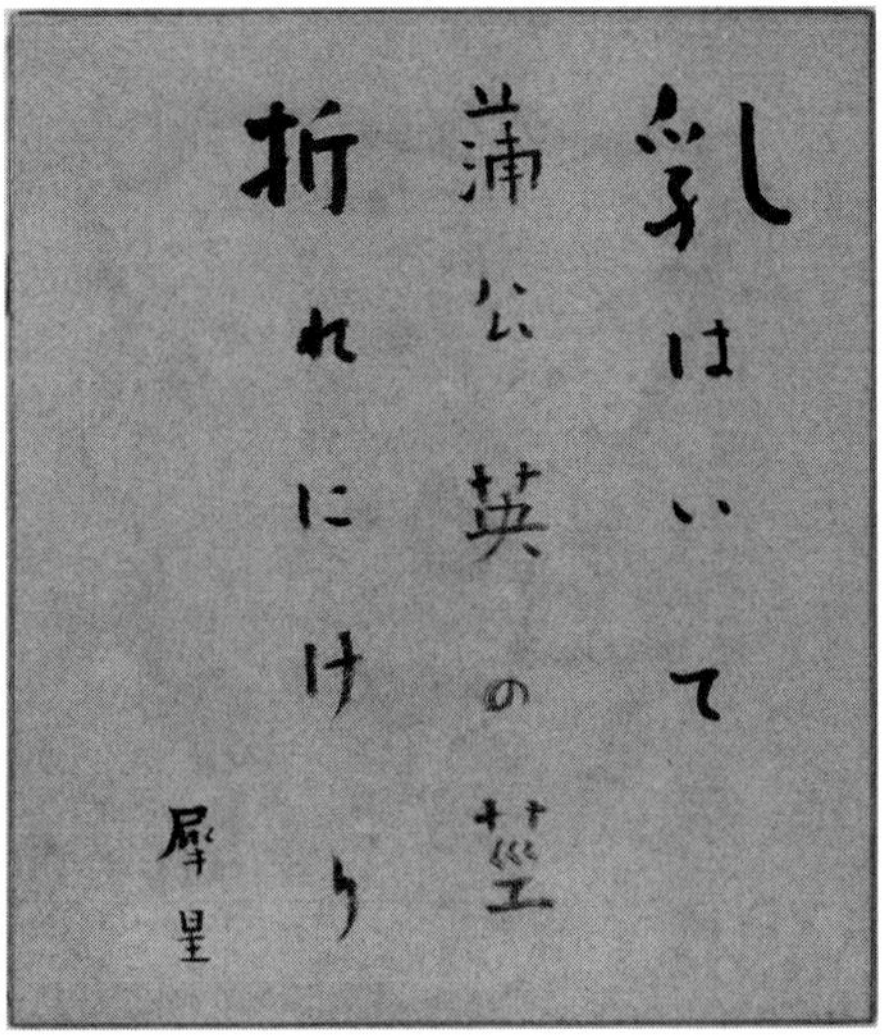

定本犀星句集『遠野集《たうぬしう》』
昭和34年刊
五月書房

を選んで呉れ給え、それを私が色紙に書いてあげよう」と言われた。

「『乳吐いて蒲公英の茎折れにけり』、です」。こうしたやりとりのあと先生から「きみがこの句を良いと思って選んだ理由は説明できるかな」と聞かれた。

「自然がなせる非情さを美しく表現していると思いました」

先生は、にこやかな笑顔をかえして下さった。そして引きつづき昭和三十四年八月十五日に刊行した、詩集『昨日いらっして下さい』も句集の装幀に習って墨筆。よほど気に入って下さったのだろう。


（ぱにあ１０３号／二〇一八年春号）

上林暁

私は満洲生まれで戦後22年10月に、生まれてはじめて日本内地に引揚げてきたものである。そこが北九州若松であった。

翌年の春、若松高等学校に入学、同じクラスに玉井英気君がいて、父君が火野葦平であることを教えてくれたのである。

この頃から火野先生の謦咳に接していたのだがのちのち、出版社への紹介までお世話になったのである。

編集者となってある日、先生から一本の杖を、東京在住の上林暁先生宅へ届けてほしいと申し出があった。

当時の上林先生は文部大臣賞受賞作家として私小説作家として名を成していた方で、その点は私もわきまえていて、火野先生宅で中国産の一本の杖を、お土産、お見舞代りとして受け取り、持参したのだった。

杉並区天沼の上林先生のお宅を訪ね、来意を告げると妹さんが応対して書斎まで手を引いて招き入れてくれたのだった。

はじめて会う先生の前で、すっかり固くなってしまった私に、

「どうも　どうも　どうもようこそいらしって下さってありがとう。おまけに火野さんのお土産まで頂だいするとはね」

と気さくに話しかけて下さった。

いろいろ話をしながら「私も火野先生のお蔭で、五月書房に入社しているのです」などを語った。

「火野さんはね、日支戦争の時には金鵄勲章ものの働きをしたことが、当時の文藝春秋の記事で報道されてね、同じ頃、芥川賞を、陣中で貰うという大活躍をした人なのだよ」

などなど聴取としての上林先生のお話を伺ううちに、

上林暁著『文と本と旅と』
五月書房
昭和 34 年 5 月 10 日刊

ご自身の随筆を是非書いて頂こうということになってきたのである。

しばらく座をはずして戻ってきた上林先生の両手には大きな紙袋があった。中には大量の新聞、雑誌の切りぬきが、ぎっしりと詰め込まれていた。

「なかなか整理が出来なくてね……まあ、これだけあれば一冊、十分にあるよ」

と手渡された。これが『文と本と旅と』の出版契約の全容である。あとがきに、

「――随筆集なんか出す機会は来ないだろうとあきらめていた。随筆の切抜きは、切抜袋に入れられたりスクラップ・ブックに貼られたりして、空しく眠らされていた。そういう切抜原稿の埃を払って、選り分け、整理編集してくれたのが五月書房の秋元君だった。そのおかげで、三百枚に余る随筆が一本に纏まって、日の目を見ることになったのである。」（刊行・昭和三十四年）

上林先生の「断簡零墨でも――大事にしなければならぬと思うようになった。これが随筆集を出すということから受けた刺戟である」という結びの言葉はありがたかった。

（ぱにあ１０４号／二〇一八年秋号）

秋元貞雄略年譜

一九三二（昭七）年　九月二十四日
秋元春貞、手柄山せきの七男として、旧満州国奉天（現、瀋陽市）に生れる。
（本籍、岐阜県不破郡赤坂町池尻一〇七番地の一）
［上海事変勃発・満州国建国］
一九三四（昭九）年　二歳
新聞社の記者を務めていた父春貞逝く享年50歳。母、兄、姉に愛されて育つ。
一九三九（昭一四）年　七歳
旧満洲国、撫順市永安小学校入学。
一九四五（昭二〇）年　一三歳
在満教務部連合会立撫順中学校に入学。7月23日兄の明《あきら》逝く享年23歳。八月、ソ連軍参戦、15日終戦。
［八月東京大空襲・米軍沖縄上陸・広島長崎原爆投下］
一九四七（昭二二）年　一五歳
長崎の義姉の実家に、兄四良一家引き揚げ。10月1日より兄春雄（2歳上）と引き揚げ。同月19日佐世保上陸。福岡県若松市の叔母(母の妹)を頼り、同居。11月県立若松中学校に編入。11月21日兄春雄、古川鉱業大峰炭鉱に入社。寮生活を始める。
［日本国憲法施行］
一九四八（昭二三）年　一六歳
7月、母・春二兄・姉が引き揚げ。姉鈴枝は国立大村病院にて死亡享年24歳。母は若松市の妹を訪ね、叔母宅に貞雄と共に同居。12月31日、石峰山の農小屋を借り、母と貞雄の所帯が始まる。家計費は兄春雄が仕送り、母と貞雄の楽しく難儀な生活が始まった。
一九四九（昭二四）年　一七歳
3月22日より兄春雄が日本炭鉱株式会社二島炭鉱に入社、6月に社宅に入り母・兄・貞雄三人の生活が始まる。3月中学校卒業。4月福岡県立若松高等学校入学。
若松高校2年（文芸部長）創作「焦燥」と「運命」を書く。若松高校3年、創作「自惚れ成佛」を高校新聞「礫陵」に発表。
［日米安全保障条約調印］

一九五二（昭二七）年　二〇歳
福岡県立若松高等学校卒業。慶應義塾外国語學校英語科入学。
一九五三（昭二八）年　二一歳
早稲田大学文学部、演劇科入学。
［朝鮮戦争休戦協定調印］
一九五四（昭二九）年　二二歳
［米国のビキニ水爆実験で第五福竜丸被爆］
一九五五（昭三〇）年　二三歳
同人雑誌「洞人部落」を創刊する。編集責任者・秋元貞雄、「ある青春」を発表。発行人・玉井英気（発行所・東京都杉並区阿佐ヶ谷三ノ二七三洞人部落会）。火野葦平ほか、長谷健、亀井勝一郎氏が寄稿。8月15日の「洞人部落」第二号に秋元は「落日の罪」を発表した。（以後は見当たらず。互いに就職活動に入った為と思われる。）
一九五七（昭三二）年　二五歳
早稲田大学卒業。母と同居の兄春雄結婚。病中の母を案じ東京、九州を行き来し付き添うも、上京（就職活動）の直後、母せき逝去する享年64歳。新宿歌舞伎町のコマ劇場総務部の友人玉井英気氏に誘われ、一時、コマ文芸の出版の仕事に関わる。
［ソ連初の人工衛星打ち上げに成功］
一九五八（昭三三）年　二六歳
戦後、多くの傑作を世に出した東京都神田の出版社「五月書房」（竹森久次社長）に、火野葦平先生に紹介され入社、編集者になる。
友人、黒岩松次郎著『宿命の壁』を刊行。
同年、山梨県の作家、小説「いろは歌留多」が宇野浩二に認められ芥川賞候補作品となった熊王徳平に注目、長篇小説『甲州商人』、「刑務所の巻」・「のれんの巻」・「行商旅の巻」三部作を企画、出版した。この来甲の折、熊王に伴われて来た輿石千恵子（当時、県職労書記局員、県庁文化部に関わる）と出会う。『甲州商人』刊行後、東宝文芸部の加納浩氏と会う。『甲州商人』は『狐と狸』と改名され、東宝出版より刊行。映画化されヒットする。
［東京タワー完成］
一九五九（昭三四）年　二七歳
室生犀星の詩集『昨日いらっして下さい』・句集『遠野集《たうぬしう》』の、墨筆を企画刊行。色紙を頂く。〈乳吐いて蒲公英の茎折れにけり〉（本人希望の句）室生朝子『あやめ随筆』も出す。

[皇太子明仁親王、正田美智子さんと結婚]

一九六〇（昭三五）年　二八歳
3月東京都知事東竜太郎氏より手柄山春参の死亡告知書（公報）を頂く。内容は「昭和20年8月9日中華民国牡丹江省綏陽県観月台陣地で戦死されたのでお知らせします」。享年27歳。

上林暁『文と本と旅と』をまとめ刊行。

「東西五月社」（株式会社・竹森久次）の大作、永竹威『図説　日本の赤絵』を手がける。序・小山富士夫（文化財保護委員会文部技官）。「一筋の人」を鍋島直紹（肥前陶磁研究会長）氏らが紹介している。

「後書」に、「……原色版のお世話をはじめ英文概説を担当していただいた繭山竜泉堂の井垣春雄氏、直接編集にあたられた秋元貞雄氏にたいし深甚な謝意を表する。亡き母の十三回忌を迎えしずかに冥福を祈りつつペンをおく。昭和三十五年立秋・慈照庵にて、著者。」

なかに書かれている井垣春雄氏には、のちに貞雄と千恵子の結婚届の証人を務めて頂いた。

[日米安保改定阻止デモ、東大生樺美智子さん死亡]

一九六二（昭三七）年　三〇歳
「五月書房」社長友人の井手能己社長に望まれ「黒潮社」に移る。内容は文学に遠く、重責だが将来を視野に決意。東京都杉並区和泉町（京王線代田橋）に千恵子と住む。その義兄、輿石真明（本名正秋）著『渦火』を企画刊行。
一九六三（昭三八）年　三一歳
結婚する。千恵子は、山梨県北巨摩郡高根村（現、北杜市）下黒沢四一六三で、父、輿石千蔵、母ます代の長女として、昭和7年10月5日に生れた。（新婚旅行は貞雄の父の故郷、岐阜の妹を訪ね、安楽寺の墓に参る。）
一九六四（昭三九）年　三二歳
出版社勤務のかたわら、家を建て、会社を興す目標を持って二人で昼夜働いた。
[東海道新幹線開業、東京五輪開催]
渋谷区不動通り商店街で飲食店「あきもと」を開店。
一九六五（昭四〇）年　三三歳
杉並区西荻窪に居を移し「あきもと」二号店を開く。
「黒潮社」では日本建築大工技能士会事務局を置き、月刊「建築時代」その他雑誌を創刊。全国を取材。

毎月のノルマに苦闘した。
一九六七（昭四二）年　三五歳
杉並区天沼に古家を買って住み、新築する。
一九六八（昭四三）年　三六歳
『渦火』の著者、義兄の正秋、（世界救世教中京教会甲府支部支部長代理。）自説の無医薬に徹し、癌で逝く。享年四三歳。この『渦火』は亡き後の昭和四六年までに「現代出版社」から五版。世界救世教の出版ブームの火種となった。
輿石家の当主正秋の死後、千恵子の母、左半身不随。以来、15年間寒い時期の半年を、秋元家で生活した。
一九六九（昭四四）年　三七歳
[三億円事件発生]
念願の自社「現代出版社」を興す。
一九七一（昭四六）年　三九歳
輿石真明『渦火』五版。東京都杉並区天沼三丁目二六番地九号。に待望の新築成り、二人の終の住処と定める。熊王徳平『ど根性一代』（現代出版社）。水車風呂〝ふきぬき〟の主人広本晴南氏がモデル。（直木賞作家、藤井重夫氏帯文。）
一九七二（昭四七）年　四〇歳
原澤拓盧『幸福をたずねて』四月初版・六月再版。
SM作家団鬼六（本名、黒岩松次郎「宿命の壁」純文学他、「花と蛇」の大河小説は代表作）の『隠花植物群』など刊行。
幼少期の耳と目の障害を超えて運転免許を取る。
『渦火』の輿石と宗教対談をした著者、原澤拓盧『幸福をたづねて』（現代出版社）初版。（47年中に再版）
[沖縄施政権返還、札幌五輪開催]
一九七三（昭四八）年　四一歳
広池秋子『男と女のいるかぎり』（現代出版社）（芥川賞・直木賞候補作家）など。
5月、石野径一郎『実説　ひめゆりの塔』—秋縄の心・復帰・民—。（初版5月・再版7月。）
千恵子所属の新月短歌結社（主宰加藤知多雄）の合同歌集第六集『篝《かがり》』を刊行する。
同年、世田谷区、オークランド前に、スナック喫茶「現代」開店。「短歌」編集長秋山実、近藤芳美、上田三四二先生など歌人が集った。
[第一次石油危機起こる]
一九七四（昭四九）年　四二歳
渡辺勝市『石ころ人生』上製本刊。

一九七五（昭五〇）年　四三歳
渡辺勝市『つちかいの道』〈私の信仰百話〉・第一巻、初版。
［ベトナム戦争終結］
一九七六（昭五一）年　四四歳
渡辺勝市『つちかいの道』二巻、三巻重版。
［ロッキード事件・田中角栄元首相ら逮捕］
一九八〇（昭五五）年　四八歳
義母ます代逝く。享年七七歳。スナック「現代」を閉じる。
一九八一（昭五六）年　四九歳
旧満洲国、撫順市永安小学校同級生の「永安台の会」（第一回）東京赤坂プリンスに出席以来例年集り、旅行なども楽しむ。
生涯現役の仕事に、自然食品と無添加化粧品の店「現代」を、杉並区南阿佐ヶ谷すずらん通り商店街に開く。（七夕祭初売出し）
昭20年永安小学校卒業生会誌第一号、編集・秋元貞雄、寄稿文「往時茫々」
一九八四（昭五九）年　五二歳
原澤拓盧『幸福をたずねて』八版（現代出版社）。
千恵子第一歌集『吾が揺れやまず』を「現代出版社」で出す。〈中野サンプラザで記念会〉発起人、古明地実・山崎方代・玉城徹・上田三四二ほか。（結婚式を果した気持だったと貞雄が告白した。）
一九八五（昭六〇）年　五三歳
自然食品店「現代」が、〈話題の店〉で月刊店舗（八月号）から取材を受ける。
この後も、玄米食の試食会を開き、テレビに放映された。
一九八七（昭六二）年　五五歳
渡辺勝市『つちかいの道』全三巻、箱入り重版。表扉に一巻〈心の美〉・二巻〈積徳〉・三巻〈砕心〉・貴重なる墨筆。
同年、原澤拓盧『見よ救世主』―救いの大予言―。など、多岐にわたる著書も輩出した。
一九八八（昭六三）年　五六歳
昭20年永安小学校卒業生会誌、編集・秋元貞雄、寄稿「わが内に揺れやまざる満州」
義兄将逝く。享年六三歳。
一九八九（昭六四、平成元年）年　五七歳
父・春貞の50年忌法要を、岐阜県大垣市赤坂町お勝山安楽寺でいとなむ。
五十井まさ枝『健也よ』刊行。原澤拓盧『幸福をたずねて』重版。千恵子の第二歌集『蛹《さなぎ》の香』を「現代出版社」で出す。
［昭和天皇崩御、皇太子明仁親王即位、ベルリンの壁崩壊］
一九九一（平三）年　五九歳
秋元千恵子創刊、短歌同人誌「ぱにあ」を支援する。
一九九二（平四）年　六〇歳
自然食品店「現代」を営む商店街店主らと詩吟を学ぶこと二十年、「範家」の免許。ちなみに吟名秀巒《しゅうらん》は、歌人の玉城徹の命名による。
一九九六（平八）年　六四歳
短歌文芸誌と改名の「ぱにあ」一月号に、〈へるしーらいふ・自然食品ってなに〉を執筆。〈化学調味料ってなに〉、〈玄米食ってなに〉、〈現代病ってなに〉など一年（四期）時代を直視した文章を執筆した。
一九九八（平一〇）年　六六歳
兄、春二享年82歳、四良享年79歳、二人逝く。
一九九九（平一一）年　六七歳
山梨県立文学館の企画展「現代歌人の宴」（一九九七年）と、この年一一年、開館一〇周年記念展「やまなし・女性文学」に色紙などを出展した千恵子を労い小旅行する。
二〇〇一（平一三）年　六九歳
兄姉の、明、春参、鈴枝三人の法要を岐阜県大垣市赤坂町お勝山安楽寺でいとなむ。
自然食品店「現代」は、阿佐ヶ谷すずらん通り商店街の再開発によって二十年の幕を閉じる。（「ぱにあ」創刊一〇周年記念の年。閉店以来、大腸癌手術（河北病院）・入退院。腰椎狭窄。杖が必要となる。
［米国で同時多発テロ］
二〇〇六（平一八）年　七四歳
岐阜県大垣市赤坂町お勝山安楽寺で母の50年忌法要をいとなむ。
二〇一一（平二三）年　七九歳
長谷川悠歌集『無量寿』・湯尾喜年子歌集『癒されて』を「現代出版社」刊。
癌告知の義弟、洋《ひろし》の東京都中野区の「黒澤建設」会社を千恵子が手伝う。「東日本大震災」の衝撃を受け、杉並区天沼三―二六―一九の木造の家を手放し、同杉並区天沼三丁目二七―四のマンションに移り住み、庭で歩行練習に励む。
［東日本大震災、福島原発事故発生］
二〇一二（平二四）年　八〇歳
山川純子著、作家論『自分の言葉に嘘はないけれど』―石川啄木の家族愛―「現代出版社」刊。
［東京スカイツリー開業］
二〇一三（平二五）年　八一歳
青柳幸秀歌集『安曇野に生きて』「現代出版社」刊。
二〇一四（平二六）年　八二歳
北九州市若松区白山一―一六―一八「河泊洞」（代表・玉井史太郎）刊行の「あしへいⅥ・17」〈特集・鉄道と若松〉に、作家火野葦平にまつわる文章「一本の杖」を執筆、掲載される。
義弟、洋逝く。享年七八歳。
二〇一五（平二七）年　八三歳
戦後共に引き揚げ、助けられ、苦難を乗り越えて生きた唯一の兄春雄、和子夫婦（京都府相楽郡精華町下狛流口の住居）に会う為に、新幹線での長旅、若松高校の同級生、根岸桂子さんに迎えられ食事。京都のホテルで一泊する。
「河伯洞記念誌」の特集・悲しき兵隊「あしへい18」には、満州からの引揚げの前後を克明に述べた「かえり舟」を執筆、掲載する。
杉並区荻窪駅前の教会通りの天沼診療所。整形など各所の病院通いが始まる。（糖尿病悪化、白内障の手術望むも無理。文字読み難く、書き難くなったがそれでも天眼鏡を駆使して原稿を書いた。）
二〇一七（平二九）年　八五歳
在宅介護の為、杉並区天沼三―七―九、アザレアベニュー（バリアフリー）に転居。
「短歌文芸誌ぱにあ」の春号（１０３号）に編集者時代の作家めぐり「室生犀星」の『遠野集《たうぬしう》』周辺を、秋号（１０４号）に「上林暁」の『文と本と旅と』の刊行エピソードを掲載。
二〇一八（平三〇）年　八六歳
兄・春雄の妻、義姉和子逝く享年86歳。
二〇一九（平三一・令和元年）年　八七歳
7月食道癌告知（東京中野警察病院）急遽千恵子の故郷山梨に終の住家を買い、8月23日から住む。（甲府市中央三丁目九―一一・セントラルマンション、二〇六）。9月より、食道局部の放射線治療を受ける（山梨大学医学部附属病院）。入院したが、在宅での通院を希望する。（9月24日居宅サービス始まる）兄春雄90歳が、京都から車で見舞いに来る。

二〇二〇（令二）年　八八歳

新年、鰻と日本酒浦霞で祝す。4月23日高熱、コロナが疑われ検査。誤嚥性肺炎、食道通過障害で入院（山梨病院）。5月連休を期に自宅介護を希望、退院。流動食、水分も摂り難くなり、在宅クリニックの訪問診療5月21日。（余命、三週間と告知。）二週間を待たず6月3日朝日の昇る頃、痰を吐きながら息を引き取る。八八歳の生涯を閉じた。

戒名　普昭院文譽貞禪居士

　　普昭院詠與千徳大姉

天台宗・天心院長谷川孝治住職より夫婦位牌を頂いた。

秋元家の墓は法性山常楽寺（京都府城陽市観音堂西畑57）にある。

二〇二一（令三）年

2月3日千恵子胃癌入院。

3月22日「秋元貞雄作品集」・『落日の罪』現代出版社から刊行する。

［新型コロナウイルス感染症（Covid-19）暴走の最中だった。］

［核兵器禁止条約が発効された］

［アメリカ新大統領にバイデン氏が就任］

追記

食道癌発見からわずか一年足らず。治療の地に選んだ甲府は、編集者になりたての貞雄と、私（千恵子）の出会いの町である。誕生日の9月24日の米寿を、車倚子で街に出かけて祝う話をしたが、記憶に残っていたかさだかではないが、サイドテーブル上に遺された、自社出版の石野径一郎著『実説　ひめゆりの塔』の付箋を見ると、〈第一部、沖縄の心—。疎開船—凄絶ツシマ丸事件。〉であった。自身の少年時代の引揚船の記憶が重なっていたかもしれないが、沖縄返還記念の年の「ぱにあ」に作家訪問を掲載する為に、視力と闘いながら読み、書こうとしていた秋元貞雄の、果てない文学への希求と編集者魂を熱く感じた。

（東京での葦平忌の集いのエピソードは、問わず語りに聞いてはいたが、残念ながら、記録に至らなかった。）

戦後の焦燥を背負って

北大路　翼

秋元貞雄は叛骨の人である。そして彼が生きた時代は叛骨でしか生きることのできなかった時代であった

彼の日記にこんな一節がある。一九五二年、福岡から東京の大学に進学したばかりの二十歳の五月だ。

東京に出て来て何をしたか、学校へ出席しても時間の経過を待ちあぐむだけだ。そしてその後は巷を徘徊し、物を羨み、意地きたない欲望を出し、果ては女を漁る、この連続だけではないか。淋しくなれば酒を飲み煙草を吸いパチンコに身をやつし、いらざる浪費とは知りつつも悪魔が歩をはこばせる様にノレンをくぐる。悪魔だとか自分の悪をかくして存在せざる頼り所にすがるなんて卑怯だ！

非常によくわかる告白である。僕ももう二十年以上前になってしまったが、二十歳のころは同じようなことを思っていた。そしてこれが反省のふりをした、陶酔であることもよくわかる。ここで語られる堕落は、酒、女、ギャンブル、いわゆる飲む打つ買うの三道楽。つまり典型的な不良を、生真面目に演じているのである。叛骨というより青春にありがちな反抗だ。そこにはまだ思想はなく、ヒロイックな文体がなおさら若さを感じさせる。

しかしここからの内省が、彼の持ち味でもあるし、時代の要請なのである。それは敗戦後の日本が負った焦燥でもある。

どうすれば救われるか。やさしい母の瞳、信じてくれる兄の労苦。これだけの後楯を持ちながら発奮せぬ我が心、怠惰な、無知な、卑怯な俺よどうか死んでくれ、生れ変ってくれ。再出発するのだ。知能の低い鈍感な頭脳よ、新しく活発に働らいてくれそしてその証拠を見せてくれ。

この危機感がいまの日本には貴重だ。危機感は、精神的、物質的飢餓感と言い換えてもいい。生き残ったものは、貪欲に明日を求めていく使命があったはずだ。青春に名を借りた自虐的な感傷は許されない。甘い自虐を越え、己を、国を問い続けなければならなかったのだ。

俺にはどこまでも怠惰の二字がまといついて離れない。これはもって生まれた宿命なのか。

このすぐあとに、宿命だなんて言い訳はやめろと激しく己を叱責しているが、言い訳ではなく、時代という「運命」に翻弄されているという実感もあったのだろう。小説になるとそのことが色濃く反映されてくる。どうにも抗うことができない運命というテーマが、しばしば繰り返されている。そしてそのどうにもならない運命と戦うことが生きること、すなわち叛骨という生き様につながってくるのだ。

＊

本書には八つの小説が納められている。それぞれ独立した話であるので、別々に感想を述べていこう。

「運命」

一作目はタイトルもずばり「運命」。いかに彼が運命ということに思いを馳せていたかよくわかるであろう。ここでは、病気の姉と、その姉に気を寄せる中国人の運命が描かれている。場面は終戦時の満洲。風景描写などは実体験がもとになっていると思われ、当時の満洲の様子を語る貴重な資料にもなっている。

私はたつた一人の姉を無慈悲な運命の波にさらはれてしまつた。

運命とは人の力を越えてやってくる幸福や不幸のことであるが、たいていはネガティブな意味で使われることが多い。ここでも運命はやはり不幸だ。幸せとの対比によって不幸はいっそう印象づけられる。

彼女もやはり腎臓結核を患ひ、五年前に左腎を摘出したと云ふのだ。おまけに手術をして二年目に子供まで出来たと云ふのである。

病気の姉の前には、同じ病気で完治した同じ日本人があらわれるのである。出産の話などは女としての業に切り込んでゆく気概がのぞく。

私達にとつてはこれ程大きな朗報は他になかつた。母は躍起になつて順調にいつたその経路を根ほり葉ほり聞いた。姉の深刻な顔にも一抹の生色が漂つてゐた。

母親の必死な態度が胸を打つ場面だ。ところがその喜びも長くは続かないのである。

しかし堀田夫人の話は条件が良過ぎたのだ。環境もよく、物資もすぐ手に入り、早期治療だつたのが健康を齎らしたのだ。即ち運が良いのである。

運とは運命に他ならない。人の命も運命によって支配されているのだ。「即ち運が良いのである」の達観が冷静で恐ろしい。

対比は、日本人と中国人ということにも向けられる。私達薄幸のつつましい日本人と「尊大ぶって油ぎつた顔をてかてかさせている」中国人。どこの国に生まれるかは人知の及ぶところではない。すなわち運命である。極端な対比によって運命の不平等さを際立たせている。

物語は、姉の死をもって閉じられる。姉の青白い表情がついには白い煙となって天に昇ってゆく。全体がモノトーンの白さの中で一場面だけ情熱的なシーンがある。姉と中国人との相愛ではない。夕焼けのシーンだ。残酷な運命を受け入れたときに見えた情熱的な夕焼け。この夕焼けが貞雄の精神を象徴的にあらわしていると思う。ままならぬ運命に翻弄されながらも燃え続ける叛骨の人の萌芽である。

「落日の罪」

ここでは戦争によって将来が変わってしまった二人の男

が描かれる。これも対比と運命だ。主人公のうだつの上がらない中年男には作者の自己の投影がみられる。

　酒精の力で妻君からの性を解放すべく痛飲する男共、濁酒に青春の自慰を試みる学生群を相手にして、堀部は己の歪められた青春の悶えを画面に画き捌く。そして麻痺した彼等の感覚と、どの男も持つ淫蕩な眼尻の線を、堀部の反逆心が殊更に濃く画き、境遇に相対するひそかな抵抗を表はすのである。

冒頭の日記の一文と見比べてみて欲しい。彼の主張そのものではないか。言葉がさらに強くなっていることにも注目したい。とくに性に対する潔癖な態度が見てとれる。潔癖というよりも畏れといった方がいいか。家出をしてきた若い娘をかどわかす場面なども、欲望に抑制的でどこか言い訳じみているところにかえって葛藤が滲みでている。

　この不倫と悪徳心を、失はれた青春のささやかな性として自己弁解し、夕日の連想にちやちな偽善をなすりつける堀部の心の醜悪さであつた。俺が悪いんではない、忌まはしい連想からくる俺の失はれた青春の幻影が、かの不倫を犯したのだと思ひ続けた。

性に対する距離感は他の作品にも様々なかたちであらわれる。敗戦後の当時は恋愛、性愛は怠惰なものとしてとらえられていたのだろう。美しいものと知りながら、それは快楽でもある。快楽を素直に享受してしまってよいのだろうか。そんな自問の声が、行間に漂っている。時には、女性を責めるような高圧的な表現も、自問を重ねた上の、どうしようもない哀しさなのだと思いたい。運命はまたその哀しみを受け入れるために必要な装置なのだろう。

「ある青春」はそのことがもっともはっきり描かれている作品だ。愛ということの矛盾に正面からぶつかってはいるが、その矛盾へのイラ立ちが隠せていないのが少し惜しい。不貞を重ねた男女が別れるシーンが未完のままで終わっているが、書かなかったのではなく、書けなかったのではないか。

恋愛の自由化が落語の枕に使われた時代である。ここにも時代の縛りと、それに対する苦悩が見える。

出色なのは戦争中の暴虐のシーンである。あえて引用はしないが、淡々とした乾いた描写が素晴らしい。そしてこのシーンがあるからこそ、主人公が罪を犯す免罪符となるのである。

恋愛の描き方に否定的なことばかり書いてしまったが、ラストシーンでは、恋愛に対する素直で赤裸々な思いが述べられていて、ほっとする。考え方の変化の過程は、作品中には克明には描かれないので、それを想像してみるのも楽しい。

「遠くの花火」

友達の妹を好きになってしまうという数奇な運命。ハムレットの影響があったかも知れない。手紙という告白形態をとっているのが、彼の文体には相性がよく、世界観に引きずりこまれる。愛の言葉も詩的で美しい。関係性ではなく、詩として恋愛をとらえることで、苦悩を一つ解決したのかもしれない。ハイネなどの詩的教養も効果的に描かれている。タイトルも詩的だ。一文だけ引用しよう。

玉星の悲しき残骸は美しき礫真砂となつて永遠に乙女等に愛された。

「悲しき慕情」

「遠くの花火」同様、友達の姉妹への恋愛譚だが、前者が友達との葛藤だとすれば、今回はもっと直接的に本人同士の葛藤が描かれている。好きになってはいけない人を好きになってしまう、まさに運命の悪戯だ。

いまはしい春三の自尊と、悲しい慕情の故の内攻的羞恥心が、彼女の好意を拒絶してゐた。（略）己の小心を呪い、取り返しつかない淋しさに打ちのめされてゐた。

失恋のあと旅行の誘いを断るシーンである。必死に恋をあきらめようとする主人公の態度がいじらしい。「自尊心」との折り合いのつけ方も大事なテーマだ。表に見える敵が運命だとすれば、表に見えない敵が自尊心である。青春期の小説だと思うと「運命」と「自尊心」との対決が繰り返し描かれるというのも納得できる。

「醜女との関係」

本作では珍しく成就した恋愛が描かれるが、その相手がよりによって醜女だというのが一筋縄でいかず興味深い。

醜女である事が私を気易くさせた。

なかなか堂々とした告白である。しかし付き合いが深まっていくごとに、自尊心は融解していく。彼女がおでん屋というのもよい。冬の早朝の牛乳配りという物理的な寒さが、彼女の人肌のあたたかさでつつまれるように、心理的にも彼女にひかれていくのである。

ある早朝、夜来の雪が降り続いてゐる朝だつたが、牛乳配達の途次雪にすべつて自転車諸共ひつくり返つてしまつた。牛乳がまだ数十本残つてゐた。（略）湯気を立ててゐる白い液体が私の手をぬらし足をぬらした。やがてそれは凍つて身に沁みて冷たかつた。私はおろ〱と半分泣きながら「しづの為だ、しづのためだ」と呟き鼻をすすり上げた。

印象的なシーンである。すべてがセックスのメタファーのようだ。泣き上げるのもいい。全編にわたって懐疑的だった恋愛が、ここで初めてカタルシスを迎えるのである。

「いゝえ僕すぐ甘えちやうだもの、しづさんの体温が一番いいよ」

そしてついにはこの実直さである。主人公に心を寄せて読んでくると、ふっと暖かい気持ちでいっぱいになる。

ラストは幸せなまま終わらないが、そこにも作者のこだわりが感じられてほほえましい。秋元貞雄はやはり叛骨の人なのである。

解説　王道も楽土もない時代を生きる

池田　康

解説というものは冷静な距離を置いた上で書かれるのが本当であろうから、本書を編集しながら、つまり位置的にも時間的にも距離を置かずに書くこの文章は解説というよりも編集覚書のようなものになるかもしれない。編纂に参画した一人の人間が抱いたかりそめの参考意見というぐらいにお読みいただきたい。

秋元貞雄氏は満洲に生まれ育ち（一九三二年奉天生まれ）、戦後引き揚げてきて福岡県若松市の若松中学・若松高校に通い、卒業後上京して早稲田大学に入学、社会に出てからは出版社（五月書房、黒潮社）に勤務した。若松高校時代に作家の火野葦平の次男英気と同級になったのが本格的に文学に目覚めるきっかけになったようで、高校時代から大学時代にかけて本書に収録した小説作品を書くことになる。執筆時期は短く作品数も少ないが、これらを読むと、一人の青年の思考、時代の状況、社会風俗や価値観など、さまざまなことがわかって非常に興味深く、切実に胸を打たれる。

まず、小説作品の並び順について、制作年順に並んでいるわけではないので、簡単に説明しておきたい。

冒頭には、作者・秋元貞雄の生の根である満洲、中国大陸にまつわる作品二篇を配した。満洲の色がより濃い「運命」を最初に置き、大陸での戦争行為が必然の背景となっている表題作「落日の罪」をその次にもってきた。「落日の罪」は大学時代の同人誌「洞人部落」の二号に発表されたものだが、同誌創刊号に載った「ある青春」をその次に並べた。この二作はある程度不特定多数の他人に読まれた秋元貞雄作品と言えるだろう。その次の「遠くの花火」はどこかに掲載されたのかどうか定かではないが校正紙の状態で残っていたものなのでやはり世間に向けて発表する意志を伴った作品と考えられ、ここに置いた。「遠くの花火」は友人の妹を思慕するも叶わないという物語内容だが、同じ趣向を有する、分量的に最も長い「悲しき慕情」をその次に置く。ある程度の長さをもった「醜女との関係」を経て、最後に掌編二つ、「恋情」「自惚れ成佛」を並べた。「遠くの花火」以降はすべて、女人を思慕するも成就しないという筋の話になっている。

「運命」の、姉の死という物語は、自分自身が姉・鈴枝を二十四歳で亡くしているという事実を下敷きにしている。姉を悼んで書かれた小説であるとともに、作者唯一の満洲小説となっていて、意味合いは大きい。病に冒された日本人の娘に中国人の若き高官がひとかたならぬ好意を寄せて、病院を世話するなど最後まで誠実に面倒を見るという筋書きは、どれだけ真実味があるかとなると、なかなか想像できない話だという安易な感想も浮ぶのだが、悲痛な運命に対する精一杯のなぐさめの役割は果たす。そもそも大陸での戦時中そして終戦（敗戦）というこの時期に中国人と日本人の間でこのようなナイーブな恋愛を、実際にその当時かの地に暮らした者が作者として想像し得るという事実こそが、思いがけないリアリティを呈しているとも言える（ひょっとしたら現実にそのような恋愛感情の兆しがほのかにでもあったのかもしれない）。政治は政治、人情は人情なのであり、大まかな政治の図式と年表だけで考えていると想像の及ばない、そこからはみ出すような大胆でおおらかな生活の機微がこうした小説では描かれていたりして、はっとさせられる。知識や技術のある人間が「留用」として終戦後も居残って指導しながら中国人とともに暮らしたりすることにも敵対する両国の間の憎悪や嫌悪とは違った親和性とでもいうべきものが感じられて、現実は理屈で割り切れるものではないと改めて思うのだ。姉に言い寄る中国人青年・白さんをこのように好ましく善良に描くことが作者の中国に対する切ない感情を物語っている。彼は作者が描いた中国・満洲の理想的肖像画なのかもしれない。その切ない感情はもしかしたら中国・満洲のことを書きづらくさせたのかもしれないが、この一作だけでなくもっと満洲についての小説を書き残しておいてほしかったとも思うのだ。

なにげない情景のリアリティに打たれるところも少なくなく、たとえば「私は姉の外套のポケットに片方の手を入れて一方の手で先刻病院前のランタンの灯火で一輪車の台に山と積んだ南京豆売りから豆を買つてもらつてポリポリ食べながら姉にひかれて来た。」という描写は頭の中でこしらえられるような安易なイメージではない。おそらく現実に姉か兄との間にそんなエピソードがあったのだろう。

中国語発音のルビをそえたしゃべり言葉も、たとえば「日《リー》本人《ベンレン》」「老太太《ロオタイタイ》」「您病好不好《ニイピンハオプーハオ》」「好的東西那来《ハオデトンシナーライ》」など、実に効果的で、引き揚げ後数年を経ても作者の心の内にまだ中国大陸が熱く生きていたのだろうことが推察できる。

「落日の罪」は、「運命」の一本調子の物語進行と比べると、起伏や展開の妙に富んでいて、戦後の社会風俗や風潮もふんだんに描き出されており、ドラマとしての迫力もあり、秋元貞雄の代表作と考えられてよい作品で、全部読まないとしてもこの作品（および「運命」）だけはお読みいただきたいのだが、しかしポジティブな感動をもたらす小説ではない。異種の悪がぶつかるような苦い味わいが戦後の日本を浮かび上がらせる。主人公は岐阜の寺の家に生まれたが、家業を継ぐのが嫌で飛び出し、大陸に渡って各地を放浪、支那事変が起こると糊口のために兵役についた。引き揚げてきてからは画才を活かして街の似顔絵描きとして新宿などを拠点として生活している。有名画伯の甥を詐称して偽の箔をつけたり、路頭に迷う田舎娘の無知無力につけ込んだり、なんの言い訳もできない小悪党そのものだ。この男・堀部雄市の脳裏に焼ついて離れないのは大陸で見た落日の景であり、それは自分たちの軍隊が犯した罪深い所業と結びついている。

「晴れた日の西日は、満洲の曠野に陥る赫い太陽を思はせた。堀部はこの光景から、曠野に戦友の墓穴を掘る兵隊の後背と、虐殺の憂目に逢つた中国人五列の、己の墓穴を掘る後背とが、常に夕日の残影を宿してゐるやうな連想を覚えるのであつた。」

スパイを見つけて排除することが軍隊にとって必要な仕事だとは言え、その処刑の仕方の殺しを楽しむかのような残虐さ（自分の墓を掘らせ日本刀で切る）は、決して忘れられるものではなく、自らの生涯に決定的な傷として刻みつけられており、それが落陽のイメージとともにしばしば脳裏に甦ってくるのだろう。なお、このあたりの戦場での残虐行為の描写は火野葦平の「麦と兵隊」の影響もあるようにも思われる。

その大陸での罪悪の責任者である三隅大尉と新宿の街でばったり逢う。悪辣な三隅が戦後もうまいことやって経済人として成功しているというのはいかにもありそうな話だが、堀部は三隅を金づると認め、共産党の復讐制裁という作り話をかたり、ゆすって金を出させる。堀部雄市は結局は別方面から火がつき破滅に至るのだが、この男のしたたかさと弱さ、生きようとする意志の旺盛さとその裏腹な虚無の感覚は、戦後を生きる日本人をいささか悪の面を強調して描いたポートレイトのようにも思われる。秋元貞雄自身の自画像ということではなかろうが、なにがしか内面にかかえる傷を暴いてみせたところはあるだろう。

そしてこの作品、起伏が激しい割に短くまとまっていてやや窮屈さを覚えなくもない。同人誌に発表するということでいわゆる紙幅の都合もあったのかもしれないが、赤星郁子のエピソードもまったくふくらませることなくそれなりのリアリティに至らないまま、とってつけたような感じで過ぎているし、最後の部分も駆け足のようにそっけない。全体の尺を二倍か三倍にとってもう少しゆっくり細やかに筆を運べば、もっと立派な作品になっていただろうと思われる。

中国大陸が場面として出てくる作品は「運命」と「落日の罪」の二作だが、これらには作者・秋元貞雄の大陸への思いが強く感じられる。それは愛慕かもしれず、感謝かもしれず、あるいは贖罪の念、慚愧の思いかもしれない。それが「運命」では白さんの善良で円満な人格として美化することで表出され、「落日の罪」では堀部や三隅の汚れた悪徳を辛辣に断罪することで読者の痛みの中に貫入させようとしている、そんなふうに感じられるのだ。


「ある青春」は同人誌「洞人部落」一号に掲載された作品で、ドン・ファンのような色男の女遍歴の様相を呈しているが、未完となっている。惜しいことで、もしこの断片を完成させるならば、作品の長さは少なくとも五倍から十倍くらいになったのではないだろうか。

「――真から愛せる女――潤吉にとつては巷に溢れる女は全て愛すべき長所を持つてゐる。かうなるとどの女が最も理想の女かの判別もつかない。自分を信頼し愛してくれる女が最も良い事は常識であるが、潤吉にはこの常識すらも疑ふ程女に背信的であつたから女も男に背信行為を遂つてゐるものと思つてゐる。幸福の実体が摑めないやうに愛情の実体が摑めない事が潤吉をしてかう考へさせるのであらう。漠然としたものを追つてゐる内に即ち、女との交渉を続ける内に終ひには彼の結論が出るだろうと思ふのである。／（中略）／偽善は社会の秩序を成る程度保つけれども深底は不愉快極るものである。潤吉の体験からさう悟つて以来女への遍歴が始つたのであつた。」この主人公の過激な人物像は興味が湧きもするが反感を覚える向きもあるだろう。

第二号でこれの続きを書かずに「落日の罪」を発表したというのはどういう理由だったのか、おそらく「落日の罪」がそれだけ重要に思えたということもあるだろうが、「ある青春」の続けにくさもあったのだろうと想像される。善良とは言い難い主人公の男・青野潤吉の漁色紀行がどこに向かう予定だったのかわからないが、作者自身の経験不足も当然あったろうし、すすんで書き進めながら自身の倫理的価値観からしてこういう物語を紡ぐのは違和感があったという可能性も考えられる。というのは、本書第二章に収録した日記を読むと（一九五六年六月二十三日や七月十六日の項など参照）、当時大いに人気を博していた石原慎太郎の小説について、主人公たちの破廉恥さの露悪的描出をきびしく批判しており、これが本心と思われるのだが、「ある青春」も「落日の罪」も平気で良俗に反することをしでかす不埒な無頼漢を主人公としており、これはむしろ石原慎太郎的路線のようにも思われるのだ。あえてこういう方向に挑んだのは、このような破廉恥をものともしないものを書けなければその当時の世間の雰囲気では小説として成功しないように感じられたのかもしれない。

この点に関してもう一つ、第二章に収めた「文学と映画」に注目したい。映画と文学とを並べ比べるようにして論じた評論文の断片原稿を仮にこのタイトルでまとめたものだが（どういう意図や計画での執筆だったのかは不明）、映画で当てることと本当に優れた映画を作ることは違うのだという問題、創造を業とする人間の眼前に常に存在しかつ永遠に解けないこの問題を自分なりに考えようとしているが、小説にしても純粋に自分が良いと思うものを書くだけで成功に至る保証はない。世間的成功への戦略の一つとして「ある青春」のような方向のものを書いてみたが、自分の本来の内的欲求と衝突して行き詰まったという可能性は相当あるのではないか。秋元貞雄が小説執筆を続けられなかったその理由として、もちろん大学を出て社会人として働く忙しさ大変さもあったろうが、その時代の小説の可能性と自分自身の価値観との間を連結させる方法の糸口を見つけられなかったということも断筆の機微の中の一要素としてあったように推測される。書き続けるには乗り越え難い障碍があったのだろうけど、「ある青春」の潤吉と洋子がその後どうなるのか、読めるものなら読んでみたい気持ちは相当強い。

「遠くの花火」と「悲しき慕情」はどちらも友人の姉妹を好きになるが願いは叶わず、という筋書きの物語だが、雰囲気はかなり違っている。前者が純情な文学青年が考えに考え細心に組み立て磨いた美しい小品だとしたら、後者は生々しくリアルな空気があり、真情がより切実に伝わってくる。これらの物語の背後には、相似した現実があったことが日記からうかがえる（一九五六年六月二十六日の項を参照）。秋元貞雄は作家・火野葦平の次男・英気と同級生だったこともあり火野家に出入りしていたが、葦平の娘（英気の姉）に熱烈な好意を寄せていたことが日記の記述からわかる。その片恋は叶わないまま終わったようだが、その現実のままならなさ、冷酷無情さ、もみ消そうとしても消えてくれない執念深い情火のくすぶりが「悲しき慕情」には痛いほどに刻み込まれている。所詮は思春期を脱していない青年の勝手なセンチメントだと言えばそれまでだが、自ら体験し苦しんだ切ない片恋をこんなふうに確固とした文学作品の形に変貌させる作家の精神の錬金術を目の当たりにすると、表現というものはやはり運命の必然性を帯びた不可侵の意義を有するものなのだと思われてくる。

「醜女との関係」、「恋情」はどちらもかなり年上の女性との関係が描かれており、中年に差しかかる女性の生の重みが印象的だ。自分に自信のない青年の寂しさと盛りを過ぎようとしている女の静かな悲哀が烈しく化学反応を起こそうとして不発に終わる、そのいたたまれない現実ぽさがひしと迫ってくる。

「自惚れ成佛」は高校時代の作品で、自ら部長を務めていた文芸部が作った校友会誌に発表されたもの。あんまりな結末の、辛口の笑話のような掌編だが、原稿用紙数枚のささやかな作品とはいえ、高校生がよくこれだけしっかりと書けたものと感心もする。当時の高校生は今よりも遥かに成熟していて教養もあったに違いない。信州の諏訪を舞台にしている点はいささか奇異に感じるが、旅行の経験とか、なにか接点があったのかもしれない。主人公の内面の少し滑稽味を帯びた虚栄の錬成ぶりはそれなりの魅力があり、これが「落日の罪」や「ある青春」の男たちにつながっていくのだろうかと想像すると、楽しいものがある。

秋元貞雄が遺した小説作品は十に満たないわずかな数だが、それらに相対することで我々は一九四〇年代、五〇年代の世界および日本について、そしてそこに生きた一人の(多くの)人間について、その心のあり方ともども、ありふれた形容からこぼれ出るような無数のニュアンスを知ることとなる。半世紀以上前の貴重な一束の光をこうして受け取ることにより現代の読み手は自分たちの生きている場所をより正確に認識するに至るのではないか。

秋元貞雄が青春を過ごした時代の社会風俗については小説作品にもいろいろ描かれているが、第二章所収の日記に刺戟的なものが豊富に見出され、その中には虚を突かれるようなものもある。戦後十年以上たっても闇米とか配給米とかが存在したというのはびっくりであるし、貸本屋が日常的に利用され繁盛していたというのも時代を感じる。貨幣価値について言えば、米一升が百四十円など、円の価値は今の十倍近くはあるように思う(といっても戦前戦中と比べたら数十分の一になったのだろうが)。逆に蕎麦屋で相撲をテレビ観戦するというのは意外に早い気もする。

みずから代表として経営する現代出版社の仕事のかたわら、自然食品の店「現代」を夫婦で営んでいた頃の文章が「へるしー・らいふ」だが、人工の食品添加物の恐ろしさを説き、玄米食を推奨する、その背後には直線的な経済思考によって進む現代文明に対する、道に反しているのではないかという疑問と批判の真摯な眼差しが感じられる。秋元貞雄にとって戦後日本でなく満洲が本当の故郷だったように、争闘の二十世紀をリードし問題山積の二十一世紀を開いた現代文明は信頼できる思想でも安住できるような場所でもなかったのだろう。

満洲についてもっと小説に書いておいてほしかったという残念な思いは、エッセイでいくらか和らげることができる。第三章に後年のエッセイ諸篇が収められており、その中でも「往時茫々」と「わが内に揺れやまざる満洲」は満洲・撫順の永安小学校卒業生の同窓会から生まれた文集「永安台の会」に発表されたもので、中国大陸で暮らした子供時代の日々、戦争期の社会の空気、そして引き揚げの苦難がありのままにつづられており、秋元貞雄の人生の曙の光景を偲ぶことができる。

「しかし私達には祖父母が、父母が、気鋭の先輩が営々として築いてきた、満鉄の、満洲の、いや王道楽土をこの目で確かめてきたという気概がある筈である。」（一五五ページ）という言葉に注目したい。内輪で読まれる文章の気安さということもあるかと思うが、満洲は、撫順は、「王道楽土」だった、その建設の途中だったという確信が述べられている。少年の無邪気な夢想の部分もあるのだろうが、生活者としての実感もないはずはない。これは当時その地で生活した人間でなければ決して理解できない感覚だろう。「運命」や「落日の罪」のような贖罪の意識を滲ませた小説作品を書いておきながら、なおも胸の奥にこの燠がある、その心理の複雑さ、わからなさ加減を、誠心誠意の証言の核の硬さとともに、後世の読者として強く嚙みしめたいと思うのである。

それは火野葦平の味わった苦悩に通じるものがあるかもしれない。火野葦平は詩人として出発し、その後小説も書くようになり、召集を受け兵役につく直前に同人誌に発表した「糞尿譚」が芥川賞を受賞、その知らせを中国杭州で聞く。このことにより実戦隊の戦列から外れて軍報道部に所属し、「麦と兵隊」「土と兵隊」「花と兵隊」といった軍隊生活に題材をとった小説を発表して戦時期の花形作家となるも、戦後は軍に協力した文学者として糾弾されるようになる。その苦悶のためもあってか、一九六〇年に自殺。秋元貞雄は火野葦平と身近く接して、その苦しみを理解し、人生の道程のままならぬことについて大いに感じるところはあっただろう。

戦争は人の生きる道について大いなる矛盾を形成する。昭和初期に生を享けたすべての人間の魂には戦争の悲痛な割り切れなさが必然的に刻印されていると言えるが、幸運にもなんとかそれを誤摩化してひどく苦しむことなく生きながらえることができる人もいる。しかし満洲に生まれ、終戦後に引き揚げてきて「異郷の地・日本」で暮らすことになる秋元貞雄には、その根本的矛盾を摩滅解消させることは最後まで不可能だっただろう。その精神的苦悩が彼の〝歌〟となってここに遺る。

「秋元貞雄作品集」刊行について

秋元千恵子

「女房幕何《ばか》」の記 Ⅰ

すでに「略年譜」と「写真で辿る叛骨の生涯」に、集められる限りの資料をまとめた。それでも秋元貞雄の才能と人格に手の届かないもどかしさが残ってい る、と公言する。

令和二年六月三日、秋元貞雄は他界した。

東京で食道癌を告知され、永びくであろう治療を覚悟して、半世紀余り住み慣れた杉並区の地から、令和元年八月に私の故郷山梨に終の住処を定めて来た。一年も生きられなかった。悔しかった。

亡くなってから、迷っている死者の霊魂が成仏するまでの四十九日だと知って、遺品の夫との対話に没頭した。大学卒業から出版社で編集を務め「現代出版社」を興し、他者の著書を輩出し、私などは十冊余りの出版を許容されていた。にも拘わらず、彼、秋元貞雄の自著は一冊も世に出されていなかったのだ。

高校時代に書いた小説の原稿の束を、古びた旅行カバンから見つけてしまった時の、連れ合いとしての私の衝撃をお察し頂きたい。

慟哭の四十九日が明けて「秋元貞雄作品集」を刊行する決意に至った。

昭和二十三年、十五歳で満洲から福岡県若松に引き揚げ、若松高校二年ころから書き溜めた小説と、大学時代の文芸論、時代を彷彿とさせる日記は、苦学しながら真摯に己に対き合い、毎日書き続けていた、日記文学である（一部を抄出）。

私も同年齢、令和三年で八十九歳、やがて九十歳になる。いま存命の私が、貞雄の生存証明でもあるこの作品集を世に残さなければ、紙くずになってしまうだろう。許される事ではない。「日記」、「手紙」の類は、私自身に重ねて考えた。特に、私宛の手紙二通を読みかえしてみた。結婚前後のものだが、寡黙で口べたな彼の心根が痛いほど伝わる名文である。

承諾なしに披露することは、はばかられることであるが、その真摯な言葉は、恋文とか言うより一編の文学と見れば許されよう。

私は誇らしかった。出会いから五年、お互いに事情を乗り越えた三十歳での結婚だった。彼に選ばれたことに感謝して生きている。

前置きが長くなったが、私に遺された課題は、秋元貞雄という文学青年が、生涯抱え続けて来た若書き原稿への羞恥と愛着《あいじゃく》を「自分史」でも「遺稿集」でもない、『落日の罪』という一冊の単行本に仕上げて見せたかった事である。

当然ながら、その背景と根底に色濃く在る「生国の満洲」・「敗戦の亡国」への惟いなども集録、一冊に入魂の美しい生涯としてまとめることにした。

この女房馬鹿、の難問に、三人の有識者及び友人などが力を貸して下さった。

感謝をこめてここに紹介したい。

敬称略
詩人　池田　康　詩誌「みらいらん」編集・発行人。

「洪水企画」代表。

俳人　北大路　翼　新宿歌舞伎町俳句一家「屍派」家元。「街」同人。

歌人　佐保田芳訓　佐藤佐太郎創刊「歩道」編集委員。

「栞文」筆者三名
山内良子　旧満洲、撫順小学校同級生。(永安台の会)

根岸桂子　福岡県立若松高等学校同級生。(文芸部時代)

原澤伊都夫　「現代出版社」から、『幸福をたずねて』を刊行した著者の子息。静岡大学名誉教授。

「栞」に書かれた貞雄の、私の知らなかった思いやりの心が、一冊に温い潤いを与えて下さった。是非、無垢の心をお読み頂きたい。

「略歴」作成については、秋元家七人兄姉の生存者、京都在住の九十歳になる春雄兄の記憶に頼った。

発行日は、貞雄の生涯の支えになって下さった兄の誕生月日を頂いた。

晩年の「写真」については、私の兄、正秋の忘れ形見、輿石浩一に助けられた。

表紙などの「装幀」については、多様な内容を集録した本であるため、並々ならぬご苦心を強いてしまった。明治、大正、昭和初期の私たち日本人が被った戦禍に〈ごまめの歯ぎしり〉をしながら声を上げることも出来ずに世を去った人々を思う。この一冊には貞雄と私のこうした惟いも内包されている。それを装幀家の巖谷純介氏は充たして下さった。

「現代出版社」への拘りについて

末筆になったが、存命中心血を注いで興した秋元貞雄の「現代出版社」から最後に彼の生涯で一冊の著書『落日の罪』を刊行することが出来た。無上の喜びである。「洪水企画」の池田康氏のご厚情によるご配慮に、夫に替って感謝申上げる。

「女房慕何《ばか》」の記 II

秘すれば花なり、秘せずば花なるべからず

室町時代初期の能役者・能作家、世阿弥の『風姿花伝』に美しい言葉がある。

「花」は能の芸のことだが、すべてのことに通じる真理であろう。(成語大辞苑)

「秘すれば花」という言葉は、今日までにさまざまにひとり歩きをして日本人特有の〈美徳〉のように思われてきたし、使われている。

確かに人間としても、文芸に生きる表現者たちにとっては心すべき言葉である。承知はしているが、かなしいかな、時には、嫋《たお》やか無垢な心に謙虚さを強いることになりかねない。

言葉に出して語ってくれなければ分らない事が多い。生涯をかえりみて、寡黙な夫に私が苛立ち勝手な推量に「思ってもいないことを言う」と怒らせ夫を失望させたことがある。

世阿弥に逆らったこの度の私の行為も、夫は何というだろう。

寄る辺のない東京で低資金で素人に出来る飲食店を開き、夫は会社から帰って夜も働いた。

ようやく辿り着いた生涯現役の二人の城、自然食品店「現代」が再開発の為に二十年の幕を閉じた時夫は腰椎狭窄になっていた。店に、週一回有機野菜が大量に入荷する日は、雨であろうが、自転車の荷台にダンボールの荷を括り付けて一日中配達にいそしんだ。かと思えば閉店後の注文でも、一丁の豆腐を提げて配達もした。そして二十年間、夫は腰の痛みを訴えたことがなかった。

車倚子の生活を考え、執念の一軒家を手放しバリアフリーのマンションに移り住んだ。

この頃、急激に視力も低下、自社「現代出版社」の仕事も断念した。すべてが無念であったと思う。

作務衣にくつろいだ夫が、良寛さんのように、庭に来る雀に餌を撒いていた。横に座ってそれを眺めていた。

「春だというのに……なんでこんなに寂しいんでしょうね」

思いがけなく、夫が心情を洩した。目を合せるでもなく、ふざけたように呟いた。

返す言葉がみつからなかった。わずかな沈黙が長く感じられ息苦しかった。

「散歩に行かない?」

散歩は、すなわち夕食、夫の唯一の楽しみの晩酌を意味している。

住み慣れた教会通りは、顔見知りが多くて足を止めることしばしばで、五分位の荻窪駅ビルの食堂街までにかかる時間も楽しみだった。

青梅街道を渡す陸橋の階段を、あえて登った。人も笑っているが「ヨイショ、ヨイショ」と声に出して、ふたりで笑いながらのリハビリである。登り切るとさすがに息が切れる。橋の中央で必ず休憩する。折良く夕日に遭遇した。「三丁目の夕日だ!」と夫がめずらしく声を上げげた。当時評判の映画のタイトルであった。

青梅街道は新宿方面から三鷹に向って渋滞して空はスモッグでひどかった。山梨が故郷の私には、他人のような夕茜だった。

いま思いかえせば、夫は、天沼三丁目の陸橋で見た夕日に、亡国となった故郷満洲の、赫い巨きな落日を思い描いていたのではなかろうか。

いわゆる「落日の罪」の原風景、をである。

秋元貞雄の故郷「満洲国」は終戦で滅びた。いまや満洲を語れる昭和の証言者は少ない。一庶民貞雄の無垢な心に刻まれた時代の真実だからこそ、次世代に伝え後世に遺したい。お目通し頂ければ幸いに存じます。

令和三年一月二十五日

付録……晩年の周辺

この付録では、二〇一八年から二〇二〇年(没年)にかけての、妻・千恵子の筆による、短歌文芸誌「ぱにあ」に発表されたものを主とする短歌作品と小文を集め、晩年の、二人が支え合ってきた時代の生活の姿、その内側を流れる感情や思考をたどる。

まぼろしの満洲国

秋元千恵子

緊急地震速報のエリアメールに「強い揺れに備えて下さい」と警告されたのは、初めての経験である。

年明けの一月五日、一瞬、直下地震かと身構え、ベッドで覚めたばかりの夫に声を掛け、ベランダと玄関を開け放った。地震は確かであったが大袈裟な誤報で、一難去ったという安堵感はあったものの、昭和七年生れの私たちには、携帯電話機から発せられた異常なけたたましさは、幼少時の空襲警報のように感じられた。

まぎれもなく戦争を引きずってきた境涯が磁場のように居座っていたからであろう。そして父母と在りし日を偲ぶとき、戦争は環境破壊のさいたるものであると肝に銘じている。

気配を感じた夫の声に、裏庭に面したカーテンを開いた。二十二日の朝のことである。雪である。深深と…、異界から音もなく降《くだ》る雪の気配を、おとろえた耳ではなく受け留めていたようである。

日本海側からの、かつてない厳しい寒波の予兆の雪が、まさしく手に届いた。

雪もまた幼少時のふたりに馴染深いものであった。夫は、父親が記者時代の朝日新聞社の支局の所在地、旧満洲国奉天省で生れ、山梨県生れの私は絹商人の父の都合で長野県と、十代で入隊した兄と面会した新潟県高田の雪の深かったことも知っている。

辛かった時代の象徴のような雪のはずだが、老老介護のいまの二人には曰く言い難い懐しさが寄り添っていた。

「……まぼろしの満洲国の生きのこりが記録しておきたい。」とは秋元貞雄が、作家、火野葦平を顕彰する河伯洞記念誌『あしへい・18』(代表・玉井史太郎)に寄稿した「かえり舟」の言葉である。㈠満鉄と撫順・㈡日僑俘・㈢北満からの難民・㈣建国大学・㈤満洲からの引揚げ。と、分類して、遠い記憶を辿り、役に立たないであろう老眼鏡を掛け片手に天眼鏡、原稿用紙の枡目をどんどんはずれているのも平気で、鉛筆を握りしめて一字一字書いていたものである。

自然食品店を経営していた二十年前頃の職業病の腰椎狭窄症で足運びの不自由な夫が、いそいそと出掛けたのは一月三十日池袋での満洲国時代の撫順永安台小学校出身の九名の同級会だった。岩手、仙台、博多などの遠来の人もいた。

はからずも話題は、「かえり舟」の世界だった。玄界灘の、揺れる引揚げ船「海王丸」の甲板でバケツで運ばれた熱いうどんを手摑みで頬ばった、旨かった。と夫から聞かされていたが、その時代の少年少女が私の目の前にいた。そして「いまが一番幸せ」と声に出して笑った。その思考回路はそれぞれであろうが艱難辛苦を乗り越えてきた人たちの奥行きのある言葉に日日励まされている。

(ぱにあ103号/二〇一八年春号)

漣漣《れんれん》の雨

秋元千恵子

小川のせせらぎを聴いた。熱中症寸前の私の耳から脳に、それは充満した熱気と鬱積を洗い流してくれる心地の良さだった。カジカカエルの愛の交響も瀬音に混り、茂みの空には記憶の底の蛍の点滅が見えた。「ふるさと紀行」（ＮＨＫ）の里山の映像である。

お盆だというのに、老老介護で外出のままならない私にとって、行きたくても帰る場所のない故郷の原風景がそこにはあった。

産土の甲村《かぶと》を流れる甲川で、幼かった弟と川原の水際の石をひっくり返して沢蟹をつかまえた。父も兄たちも不在の家で、待ちかまえていた祖母と母が、囲炉裏に吊した焙烙で蟹を炒って、わずかな砂糖と醤油をまぶし香ばしい味を付けて食卓を賑わした。

川の清流を引き入れた稲田からはイナゴを捕えて佃煮に、稲刈りの終った田の土からはタニシを掘り出し、大根などの野菜を入れ味噌汁にした。タニシをつまみ出して食べさせた弟の笑顔も家族も私の記憶だけになった。

食糧難の戦時中を懐かしむ訳ではないが、農薬を使わない良き時代の話である。

それにしても今年、平成30年7月の豪雨による西日本一帯の災害の酷さにはわがことのように胸が痛む。多くの人が一瞬にして生命を亡くし、生き残った人たちは家も田畑も財産のすべてを失ってしまった。九州豪雨もそうだが、日本中の水害被災者の、喪失した古里は、再び戻ることはないのだ。

平成22年の7月にも同じような状況があった。今回の「生命《いのち》にかかわる」と報道で毎日連呼するほどの熱中症の死者を出してはいなかったが、地球に火が付いたような気温の上昇に、気象関係者も温暖化による現象であることを認めた。一方で同時期に「今世紀半ばに地球が冷える可能性は十分考えておくべきだ」という天文台の専門家もいた。

今年顕著な、世界中の豪雨、地震、噴火、山火事など止む気配はない。氷山が溶け、海水、気温の上昇も温暖化が加速している、ということである。

バリアフリーを優先してオール電化のマンションに移ってしまったが、いま私個人で出来ることといえば、節電、節水…くらいからだろうか。コンセントをこまめに抜くだけでも良いと聞いて実行しているが、長い歳月、文明の便利さに甘んじ、依存してきた結果の私たち人類の責任であることを肝に銘じたい。

八月、広島、長崎で「原爆犠牲者慰霊平和祈念式典」が行われた。聞き間違えでなければ国連事務総長のアントニオ・グテレス氏がスピーチの中で「核兵器や生物化学兵器などに一兆七四億という経費がついやされている」と述べられた。戦争を助長する資金を、温暖化加速阻止に使えないものだろうか、世界の為政者に知恵を絞って頂きたいと願うばかりである。

台風一過、小学校の桜並木の蝉が一斉に空に放った生命讃歌が、今年ばかりは、信念の人沖縄の元翁長雄志知事をはじめ被災者への鎮魂と慟哭に聞こえた。

折からまた、北海道で震度7の地震が起きた。

（ぱにあ１０４号／二〇一八年秋号）

生き尽くさんよ

秋元千恵子

—納骨—

霊園に松毬ひろいふるさとの松籟聴くを洋《ひろし》よわらえ

乾涸びし切り干し芋を焙り千切り味わいにけり父よ母よと

不治の身を病院に運ぶタクシーにむかしの町に会いし歓声

感情に振りまわされているだけとわが動揺を見抜きいし汝

死ぬまでの暇潰しとて癒え難き　扱いがたきに対峙し果てぬ

もはや異界　語りもあえず逝かせたるわが荒涼に風花来たる

—友よ—

泪呑む声とし聴けり携帯電話《けいたい》ゆ病名告ぐるまでの刻の間

目張り濃く心装う若き日のわれに似るなり強がるこころ

安曇野の農に活かさんうたびとの八十路の諸膝施術リハビリ

―新年―

犀星の娘子、朝子の文の束によみがえりきぬ若き編集者
卓袱台にひろげる資料に老いふたり向き合い醸す睦月豊穣
わが愉悦　夫の寝息を確かめて文字と対話す携帯点し
荻窪の「荻」の由来を読みながらクロックムッシュといる石橋亭
引きなずむカートを杖に雪道に戦火見透すその民族を
粛清といえる殺戮映像に視しより棲み付くわれにトラウマ
戦火逃れ逃れ小舟に山積みは滞貨にあらず　冬灘に消ゆ
虫螻《むしけら》の死とて哀れをいちどきの熱波寒波に地球襲わる
雪しんしん　いまさらながら有り難し希有なるいのち生き尽くさんよ
自らを荒凡夫とぞ　逝きませり　金子兜太の反戦の句や

（ぱにあ103号／二〇一八年春号）

閻《えん》浮《ぶ》提《だい》（現世）

秋元千恵子

祖国無きロヒンギャ、戦禍の難民を救う策あれ　迎春所感

親と子が睦むがごとくパンムンジョム境界線を跨ぐを視せる

セシゥムは越境するよ　扉鎖す並木の桜さくら　ささめく

渓流の空にし風を孕みたり　大局視よと代代の鯉たち

点滅を忘れし蛍そこかしこ昼夜ともしぬ電磁波の部屋

脳重し西日本の大洪水に揉まれもまれしわれの幾夜さ

里山も蛍の里もほろぼしし土石流　ああ　漣漣の雨

梅霖といわばやさしも　こわ何ぞ家もろともに生命呑まれし

見の限り稲田泥土に埋もれたり思いみるべし雨のはんらん
よみがえる塚本邦雄の云い当てし―枯山水を見つつ渇くか―
恵みかなひと夜の雨にゆくりなく蕾ひらきぬこの酔芙蓉
死ぬまでを如何にか生きむ今宵また脳の神経錯綜はじむ
退院の予後の気温の四十度余耐えがてに耐ゆるきみかと思う
思惟ひとつ掻き乱されて寡黙なり名前呼ばるるまでの待合室
背な丸め眼うつろに俯ける生命《いのち》あずける人ら待たされ
泣くことも出来ぬ憤懣つゆ雲のごと居座りて傘置き忘る
わたくしの寂しき心の被写体の誰れ彼れ離りぬこの閻浮提
たそがれや政治に忿《いか》る老いふたり大禍《おおまが》辻を影先立てて

（ぱにあ104号／二〇一八年秋号）

少数派の夢

秋元千恵子

昨年、「ぱにあ」秋号104に、顰蹙を買うであろうことを承知で、刊行して二年になろうとしている歌集『鎮まり難き』と心情的に一対のエッセイ集『地母神の鬱』の特集を、意を決して果した。

酒井佐忠氏（文芸ジャーナリスト）は評して「環境詠から宇宙的文明論へ」。池田康氏（詩人）の解説「ポエジーと文明論の関係」。はからずも文明論という視点が共通の見解であった。

「ぱにあ」誌に書き続けてきた文章が当初の〈環境の詩歌《うた》〉から〈詩歌の環境〉に移行した経緯には微妙な表現の変化があり、それには温暖化の異常気象が、日常化して、異常を異常と感じる感覚が麻痺するまでに進行していることの一例である。あえて特集を試みたのはこの危機感を共有する表現者への期待と、私の孤立無援の思いを払拭する為であった。

今年、春号からはせめて心温まるような文章を書き、雅な歌など作ってみたいものだと原稿用紙をひろげた。

「また火事だよ　死者が出たよ」、テレビを見ていた夫が声を上げた。一月十三日だった。神奈川県の相模原で七棟が焼けていく火炎を目にした。記録するつもりはなかったが気が付いただけでも、十四日・千葉県、広島、群馬、小田原と続けざまに火事と死者が出た。――二十二日・千葉で二棟。秋田で五棟、ここでは消防士二名も命を落している。そして二十三日、埼玉県で山火事が広がった。

このように火事が日常化してしまっているのが現況である。冬で空気が乾燥しているせいか、頬や肌がヒリヒリすると答えている街頭インタビューがあったが、単純すぎる、予兆はあった。外国のことで見過していたかもしれないが一首書き留めておいた。

柔肌も乾きにけりな齢古り地球炎上兆すや　山火事
（みらいらん・3号）

「だから、どうした」と言われそうな、誰の心も潤せない不毛な歌と文章を書く自己反省が、年のせいか顕著になっていた矢先、角川『短歌』の新春競詠の79人のなかに唯一、視点、思考に共鳴できる歌人に遭遇した。志垣澄幸氏である。「鱰《しいら》」作品、七首のうち温暖化に注目した二首を紹介する。

水温の高くなりたる北の海　鱰が多く回遊するとふ

ちひさなる島々はみな暗礁とならむ日が来む微温湯《ぬるまゆ》の海

※鱰―スズキ目の海魚。全世界の暖海に分布。

温暖化の加速の海の歌は私にもある。

一夜にて消ぬる島かな海《わた》の原迫《せ》り上がりこの渚さわ立つ
（みらいらん）

洪水企画刊行の「みらいらん」に私も七首発表した。最後の環境詠にするつもりだったが、志垣氏のコメントの最後「地球崩壊の兆しといえば怖い話になる」に覚醒させられ、どうやら私の迷走はこれからも続きそうだ。

いまはまぎれもなく少数派の環境詠だが、目指す人類愛が表現者のこころに届くことを信じて。

（ぱにあ105号／二〇一九年春号）

令和の花

秋元千恵子

令和元年に特筆したい事の一つに、第五十三回の迢空賞を、内藤　明氏の歌集『薄明の窓』(砂子屋書房刊)が受賞したことである。

　白きもの秋の梢に置かるると近づき見れば狂へる桜

はその歌集中の一首であるが、日頃から氏の作品から目が離せなかった私にとって、「狂へる桜」としか云えない季節はずれの花から氏が透視したであろう異変の衝撃は一言では云えないが、こうした温暖化の証が、通常化してしまったことの恐ろしさに着眼し、表現し得た氏は受賞にふさわしい歌人である。

　現代では「花」といえば「桜」で通用しているが、いにしへの花は梅であったという。

　上田三四二の歌集から令和に因む清浄な梅の花の作品を紹介する。

　まなかいに清らをつくし昼と夜のあひの薄明にさく梅の花　『湧井』

　癌闘病中の昭和47年の作品である。内藤氏によると『薄明の窓』の「薄明」は、日の出前と日の入り後の、薄明るく、また薄暗い空のさまでありその時間である。と言う。また、令和元年（五月）の「角川短歌」誌上に、内藤氏と同じ歌誌「音」の玉井清弘氏の作品が存在する。

　ひとつずつ孤立し咲ける梅の花古木の持てる力あつめて

現代、21世紀の「令和の花」を象徴する意志と気高く力強い生命力に充ちている。

　この記念すべき角川の五月号に参加させて頂いた私の作品も駄作ながら紹介する。

　梅が香や　綏芬河《すいふんが》の辺ゆ届きたる便りが終の義兄《あに》は還らず

　二葉百合子の「岸壁の母」さながら夫の母は、戦地の便りを護符のように抱き待ちつづけていたが、亡くなった。

　戦争の昭和、災禍の平成ぞ「令和」の花に時じくそ　雪

は私の述詩だが、新年号の「令和」が報道された翌日、何の兆しかと思うほどの大雪に梅の枝が折れた。いまやとどめ難くなったこの現象に、内藤　明氏の掲出歌「狂える桜」が鮮明によみがえった。

　和歌から短歌へと変化してきたように、現代短歌の詩歌の環境は時代と共に変化している。少なくとも私は、こころも感情も伴いながら、時代に聡く、耳目をひらく表現者でありたい。

　そして老婆心ながら、地球の寿命を速めている文明の、その悪の遺産が導く核戦争だけは、阻止出来る強かな令和の時代であって欲しいと願うばかりである。

（ぱにあ106号／二〇一九年秋号）

故郷に

秋元千恵子

平成を閉じなむ御心諾いぬ　昭和の御代を生きこしわれら
いつしらにわれら老いけむ明らかに時逝かせいる秒針むごし
永らえて役立つものか献体の賞味期限を思えば　はかな
見極めん事多ければ百年を生きむかこの身さらぼうとても
うに、あわび、庶民に届かぬ食材のほろびそめしは藻草の滅び……
あとかたもなく文芸のほろぶ星の桜《はな》を咲かすは月か太陽か
蝶が来て蜂が来てこの一輪の夕べに閉ずる花を嘆かじ
植込の広葉に乗せし落ち蟬のその翅光るあかとき露に
小夜床に聴くカサブランカの息細し消《け》ぬるつかのま明烏鳴く
あっけなくわれより若き友逝けり『歌工房』に魂つなぎ
缶入りのドロップ、野坂昭如の『火垂るの墓』の兄妹に捧ぐ

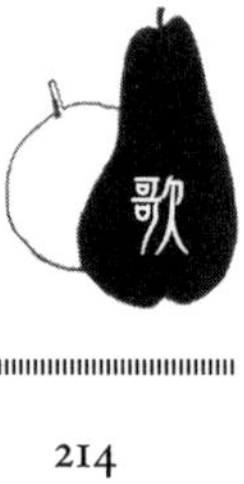

ふるびたる木の香か紙か怨念のごとくに匂いを放つわが書架
わが父の役は森繁久彌にて熊王徳平の『狐と狸』
〈無医薬〉の教えに殉じガンに死す四十三歳の兄の著書『渦火』
遺されし『啄木日記』よ　炉の榾火囲みし家族の終の洋ゆ
古椅子の軋むに似たりこもごもに示し賜いし死者は生死を
運ばれし介護ベッドは積年の生死の幾つ見届けたりし
目蓋閉じ爪切らせおり先のこと思わねばさぞ安らかならむ
したたかに酒の匂いのする夫を抱えて歩む若き日のごと
東京の空見納めむ億年の月のしずくのごときを食し
何ゆえに唄うを拒みし弟か彼の「人生の並木道」の詩歌《うた》
究極の母のいのちに添えざりし故郷に戻る心苦しも
都落ち否里帰り　満洲に生まれし夫と再起の甲府
永らえて未熟者ゆえわが余生成すべきあまたに振り廻されん
東京の淀のごときも浄化せむ小仏峠越ゆれば故郷

（ぱにあ１０６号／二〇一九年秋号）

未来坂

秋元千恵子

テレビ見ず　新聞読めぬ家《や》移りにせわしく紡ぐ原始の会話
茂吉さえ括り　世事にも耳目閉ず　離京帰郷はいのちの極み
わが詩歌《うた》の環境いまや老境化　病鬼同行初秋の甲斐路
白塗りの床に据え置く木彫倚子　夫《おっと》の伸ばす手の位置　歩巾
昼は蟬　夜は鈴虫ひともとの桜古木ゆ放つ妙音
甲斐の山つらなるところ暁の茜きわだち雲押し展く
瑞泉寺　甲斐奈神社を後背の終《つい》の砦の老軀一体
ひと口の水に宥める老軀なり覚醒なせや病むな精神
病み疲れ介護疲れがたずさえて甲斐に来にけりわが未来坂
病院に託さぬ掟破りたり食道ふさぐ癌にし屈し
自覚なき夫《つま》にほどこす放射治療この決断を医師に託しぬ
放射線あやつる若き手を信じ通いつめたりこの未来坂
ふるさとの空の広さの真愛しき　車倚子押す身も老いにけり
携えむ日日再起なる未来坂　幻視妄想に折り合いつけて

車倚子の夫《おっと》の膝に酒、ぶどう、預け帰らむよ夕茜率《い》て
予後の酒罪のごとしも杯《つき》をもて促すわれに眼を合せたる
旨酒は通るとうなずき呑み残し眠るともなし夫のカオス
かなしみを襤褸の如しと比喩なしし青春の町に老いて戻るも
みずからに生命守れと連呼するテレビの声の空しからずや
何とまあ事件《こと》多かりし令和元年　明けて更なり来る揺り返し
立ち去らんカートを杖に結界のわが青春の書記局の跡
握手してやおら解きたる掌の温み疎かならず老いの歴日

望郷の心根なりしか弟のいのち繋ぎし甲州ぶどう

弟よ戻りたかりしか青春の甲府の町は〈雪の降る町〉―思い出だけが通り過ぎて行くよ―

昭和11年生れの弟（輿石洋）が亡くなったのは平成26年11月28日。以来、天台宗・天心院、僧職の長谷川孝治氏に月命日もご供養頂いている。

この度の私たちの帰郷の折にも、「洋ちゃんも連れて行って……」と添え書きと共に、位牌を賜った。大黒さまの悠さん（旧姓、広瀬みつ江）は、韮崎高校時代の同級生で唯一無二の友。今、私の居住する甲府の金手町は、青春時代、彼女の兄さんも住んでいて、弟と悠さんの親交のあった町でもある。

私の長兄、輿石正秋の忘れ形見の甥と姪の家が近いという理由で決めたのだが奇縁である。孝治氏は永い間悠さんの介護に勤めている。その日々には見習うべきことが多い。彼女は昨年の春号まで彼の手をかりて作品を発表して呉れ、金手町を懐かしんでいたと聞いた。

＊金手町は駅名は残っているが、一九六四年より中央三丁目となった。

（ぱにあ１０７号／二〇二〇年春号）

心底の声を

秋元千恵子

都落ち否里帰り　満洲に生まれし夫と再起の甲府
（「ぱにあ」・二〇一九）

昨年七月、夫の食道に癌がみつかり、放射線治療を決めた。長びくであろう予後を考えて、八月には東京から私の故郷山梨県の甲府市郊外に移り住んだ。

令和二年、新居でのはじめての正月。二階のベランダから見渡す山の重波《しき》の稜線が茜色に染まり、子供の頃の記憶の初日が昇ってきた。甲府市は、私と弟が自活した町でもあり、許されて産土の土になるまでに、わが故郷に恩返しをしたいものだと考えている。

この一月一日、私は悪夢を見た。人間の遺伝子が操作され、別な生命体が創り出されたり、ＡＩ（人工知能）兵器による世界戦争。また、温暖化により海面が1m上昇、地球が灼熱の星になる。という、二〇三〇年の事件《こと》。ＮＨＫ〈ニュース・ウォッチ〉・「未来への分岐点」の見聞である。この人間が「神の領域」にふみ込むという十年後を見届ける自信は無いが、現実に、ゲノム編集とか、宇宙部隊とか、畏れ気もなく報道されている。温暖化の状況も確実に加速している。「灼熱地球」の予兆なのか、七月から半年余り続いているオーストラリアは山火事で、日本国土の半分を焼失している。この勢いは豪雨でも降らない限り消えず、一国を滅ぼしかねない。台風などの洪水被害の復興もままならない人達を思えば、皮肉な話であるが、これも温暖化の異常な狂気現象であるといえる。

こんな環境の時代に私に出来る事はせめて身に降りかかる火の粉を打ち払いながら、生命の埋み火を掻き立てて、高齢ながら自立して生き抜くことであろう。

「――わたしの目となり、耳となり、杖になって呉れる家内に助けられて頑張っています。」夫の声の、しっかりした言葉に驚いた。

生きていればこその辛夷の花仰ぐ　目となり耳となり杖になり

の十年も前の私の作品に由来していたからだ。

思えば、在京中からの病院通い。発癌から引越し、甲府の新居に慣れる間もなく入院。退院と、半年のめまぐるしい生活の変化で、自分の居場所がわからなくなって、認知症が疑われていたその夫が、ケアマネージャーの質問に優等生のように答えていたのだ。

戦後を生き、出版を生業にしてきた男の、誇りを呑みこんだような寂しさをかいまみたような気がした。私は、高齢者にありがちな精神の混乱には心して寄り添うべきだと、あらためて自分をいましめた。

一月の末、岩手、九州で地震。中国発生の新型肺炎が世界中で猛威をふるう。戦禍災禍の生き難い時代を生き、老いてきた高齢者の心底の声を今こそ掬いたいと思った。それにはまず手を握り目を見詰め合い語り合い穏やかな刻《とき》を共にすることであろうか。

四十九日のたまもの

秋元千恵子

寡黙な人だったと人も云う私の夫、秋元貞雄は、酒に酔うとよく家族の話をした。父親が岐阜の寺を継ぐのを嫌って、記者になった、満州に渉ったから、奉天で生まれたとか、母親は刀鍛冶の娘で、当時にしては教養もあり、厳しいけれど優しかったなど、七福神の布袋さまのような柔和な表情をほころばせた。

敗戦直後、母方の伯母を頼り引揚げた北九州若松での同級生、玉井英気氏の父親が作家の火野葦平であることに感激したという。

若松高校では文芸部長になり、二年生の時初めて創作「焦燥」を書き、三年生になって「自惚れ成佛」（昭和26年）を礫陵新聞に発表している。

早稲田大学でも同期の英気氏らと同人誌「洞人部落」（昭30年）を創刊。今も著名な長谷健・亀井勝一郎の文章を頂き、火野葦平は「狂気の道」を執筆している。

ちなみに、英気氏は大作「深見草」を、秋元は創作「ある青春」を掲載していた。

大学卒業後、火野先生の紹介で東京お茶の水の「五月書房」に入社、編集者になった。彼が、山梨県の作家、熊王徳平氏に会いに来たのが33年。企画の「甲州商人」三部作の一冊の主要モデルが私の父だったこともあって、県庁地下食堂で私も同席した。奇縁な出会いであったが、五年後私が上京結婚した。

伴われて杉並区阿佐ヶ谷の英気氏の自宅を訪問したとき、「秋元に小説を書かせてやって下さい」と云われた。お互いに生きる仕事に追われ、同人誌も終刊していたのだ

令和二年六月三日、夫の秋元貞雄は他界した。享年88歳。東京から甲府の私の故郷に移り住み、食道癌の治療を始めて一年足らずの命運であった。

介護ベッドが運び出された床に坐って、時代物の旅行カバンを開いた。生原稿がつまっていた。昭和三十年八月十五日発行の「洞人部落」二号の「落日の罪」に引き込まれた。日本兵と中国人の悲惨な描写が導入部に書かれていた。以来なぜか小説を書いていない。

幸せな家族の象徴の家を取られた母の念いの、家を建てるために働き、〈食は命〉を掲げ二人の店も開いた。この年に出版した石野径一郎著『実説・ひめゆりの塔』が、サイドテーブルの上に置かれていた。附箋で見ると〈第一部、沖縄の心—。疎開船—凄絶ツシマ丸事件。〉であった。戦後75年の、この秋号に掲載する原稿執筆の為に、視力と闘いながら病床で読みかけていたものである。

沖縄は棄民とて涙滂沱たりし石野径一郎、夫と酌みつつ　（『鎮まり難き』）

迷っている死者の霊魂が成仏するまでの四十九日。遺品の夫との対話に没頭した。出版が生業の夫が、自分の著書を持っていない事に、不覚にも気づかされた四十九日だった。

旨しもの作りて悔し　慟哭をお許し給へ四十と九日

（ぱにあ108号／二〇二〇年秋号）

喪失感

秋元千恵子

―呼ぶ声は―

モスグリーンの soft 頭《こうべ》に整えて stick に立つリハビリの夫
わがカート杖とし歩む右左手に持ち替える食料多彩
添い遂げていずれが骨を拾うかと昭和一桁生れが酒肴
家族らに食《しょく》せざりしを夫と食《は》む食道癌の夫なればなお
癌末期、自覚なき夫の治療法決断なしぬ生命託され
壊れゆく母を守れざりし悔い老老介護の力となしぬ
まれに紅差せば身じろぎ「飯《めし》食いに行くか」の夫にひとくちの酒
わが弱き腰よ腕《かいな》よ縋る目のこの全幅の信頼に応えよ
呼ぶ声は正《まさ》しく夫よこれの世の終の住処に甲斐の風くる

―六月の死者―

つばくろは子育てさなかガレージの空啼き渉り　義姉は逝きけり
ふたり子に篤く看取られいそいそと昇るけむりはコロナも振り切る

＊＊＊

居ながらに夫と眺めし桜かな群れ葉はり付く硝子戸に影
「阿《あ》」とひらく口もつれつつ窄《すぼ》めたり　首傾しげれば目元のゆるぶ
ひとくちの水が誘いし痰なるや　吐き吐き余力尽きし　救えず
死者見守《まも》る冷気の部屋に出《い》で入りし熱及びはじむ生きの身われは
柔らかな腋に体温計り来し　夫の額は唇《くち》凍らしむ
白蠟のごとき面輪となりにけり浄火待たるる六月の死者
凍る指に紙の手甲脚絆付け此の旅立ちを許容せよとか

―四十九日―

旨しもの作りて悔し　慟哭をお許し給へ四十と九日
たてまつる薫煙いつしか染み付きて白檀匂うわが洗う髪
急かさるるごとく焦がるるごとき蟬さくら古木の闇をゆるがす
ゴミ出してくるね　仏に声かける　片手に軽しこの喪失感
問いたげな物云いたげな待受けの写真の夫のみつめる眸

（ぱにあ108号／二〇二〇年秋号）

無頼なるかな

平成の終焉にして遭遇す歌舞伎町俳句のナイーヴ無頼
革命の狼煙か句界《くがい》の「屍《しかばね》」よ折れる心の寄り処《ど》なるべし
家元とタレント舌戦を手枕《たまくら》に熟寝《うまい》するあり深夜の句会
密かごと詩歌に隠る哀韻よ国家に背きし軍歌なりけむ
軍歌にて、死んでかえれ！と鼓舞したる詩歌の悲愴　繙《ひもと》かん　いざ
老いし喉しぼれる唄の言の葉の切なかりけり軍歌というは
梅が香や　綏芬河《すいふんが》の辺ゆ届きたる便りが終《つい》の義兄還らず
悶悶のわが小宇宙しらしらと明けそめ小雀《こがら》の餌をねだる声
衰えしまなこ浄《きよ》むる泪なれ短歌《うた》にし逃れ来にける一生《ひとよ》
歎き歌、日記の隈《くま》に葬《ほふ》り置く　乾く地球に春のドカ雪
戦争の昭和、災禍の平成ぞ「令和」の花に時じくそ　雪
花終る高尾の山のやまざくら無頼なるかな蕊のくれない

（「短歌」二〇一九年五月）

言霊を狩る

いつ果つるコロナ攻防　葉ざくらを映《うつ》す流れの花溜まりはや
薄ら氷《ひ》を踏むごとく生きる老いふたり戦時を偲びコロナに籠る
鎖《さ》す窓の硝子に身を揉む桜葉のコロナ嵐に抗える影
再発か水さえ飲めぬを救いたりコロナ戦闘さなかの主治医
地球《テラ》渉るコロナウイルスに立ち向う「医は仁術」の鑑《かがみ》のすがた
疫病の民の膿なりき口に吸い大和に光明もたらしし貴妃
文芸は生死にし帰す　語りたし　人亡くてその言霊を狩る

（「短歌往来」二〇二〇年七月号）

魂と居る

炉となりし甲府盆地の魂鎮《たましず》め生かされて耐える炎上の夏

肉弾となしし国民《くにたみ》忘れまじわれに縁なきＧｏＴｏキャンペーン

言い難し高粱育ち甘藷《いも》育ち超えし戦後の艱難辛苦

快癒なき食道癌よ食卓に経腸栄養剤待ちて居る夫

母さんの無明長夜に添えざりし娘なりけり夫の辺にあり

重なりて死なむと笑いし地震にも見放されたり　不遜なるかな

歓びの表情ついに宿るなし待ち受け写真の貞雄の眸

食さねば死ぬるを示し給いけり籠りて冷たき水を含みぬ

黄泉路《よみじ》とやらコロナ振り切り旅立ちし夫恋いやまず点して　ひとり

雷墜ちて不意の冷気にうろたえる黄泉平坂《よもつひらさか》越えしか　ひとり

骨壺の夫に手を触れ知恵を乞う危うき地球の春夏秋冬

「人間的…理性的な結びつき…」文読み返し魂と居る

（「短歌」二〇二〇年十月）

写真で辿る叛骨の生涯

昭和13.6.18
新京駅
遼陽駅
昭和12.5.3
昭和12.5.5
奉天駅
鞍山駅
湯崗子駅
昭和13.6.21
撫順駅
昭和12.5.6
大連駅
熊岳城駅
昭和12.5.8
旅順駅
沙河口駅
昭和12.5.5
金州駅
昭和12.5.8
満鉄
大連埠頭

〈満洲時代〉

父母に抱かれた長男春一

末の子貞雄、愛称チロリンとか。

春雄兄と貞雄を抱く兄は満鉄につとめていたが、戦死した。

父春貞亡き後の七人兄姉と母に抱かれた末子貞雄。

兄姉と五人になった。母は実家の手柄山家を継ぐ予定の子も亡くした。父亡きのちの労苦が偲ばれる。

満洲撫順・永安小学校

学芸会「今昔行進曲」前列左から二人目貞雄。のちの早稲田大学演劇部のルーツか。

運動会、元気いっぱいの頃。
先頭の上にいる貞雄。

永安小学校卒業写真

最後列、左端、貞雄の母せき。

〈高校時代〉

文芸部幹部

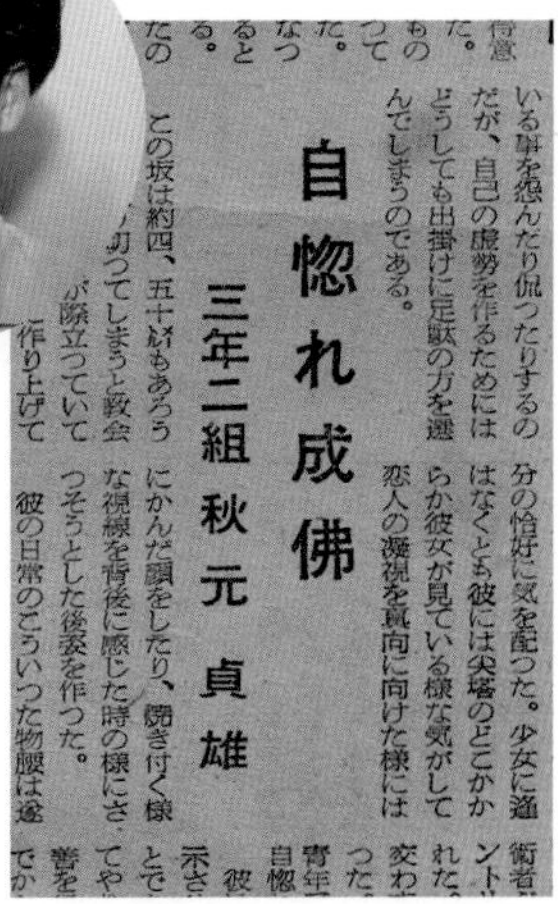

自惚れ成佛

三年二組 秋元 貞雄

いる事を怨んだり僻つたりするの
だが、自己の虚勢を作るためには
どうしても出掛けに足駄の方を選
んでしまうのである。

この坂は約四、五十米もあろう
切つてしまうと教会
が際立つていて
作り上げて

分の恰好に気を配つた。少女に逢
はなくとも彼には尖塔のどこかか
らか彼女が見ている様な気がして
恋人の凝視を真向に向けた様には
にかんだ顔をしたり、傲き付く様
な視線を背後に感じた時の様にさ
つそうとした後姿を作つた。
彼の日常のこういつた物腰は遂

右から４人目貞雄

上、横綱照国と。　下、横綱羽黒山と。

寄り切った！

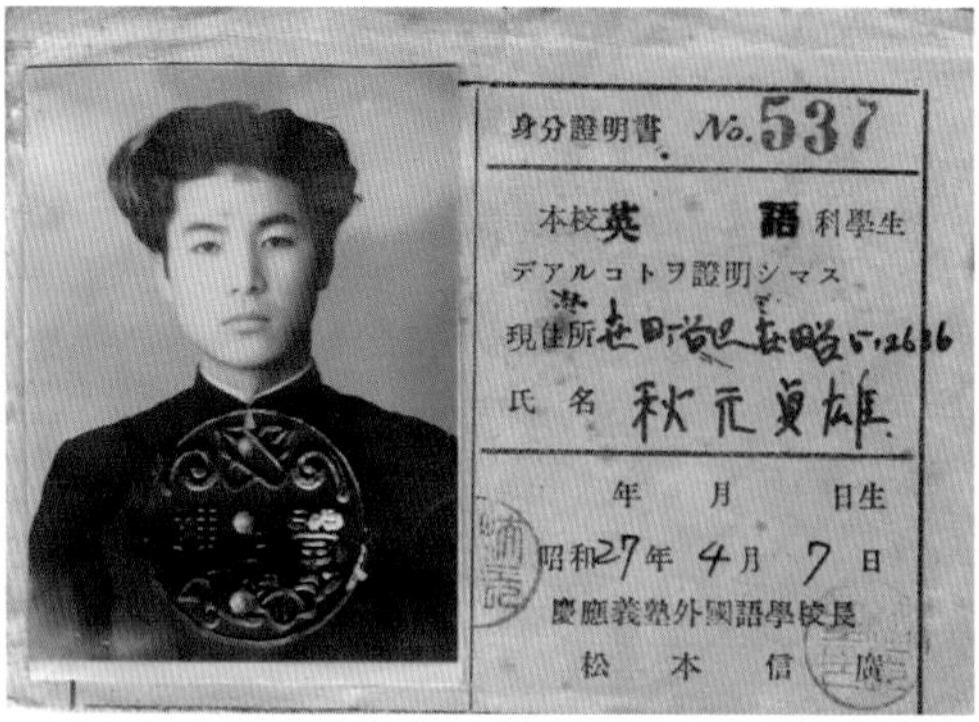

アルバイトをした。東京では銀座三越デパートで中元、歳暮時に働いた。

合格のよろこびの日

左端貞雄、教授と友人

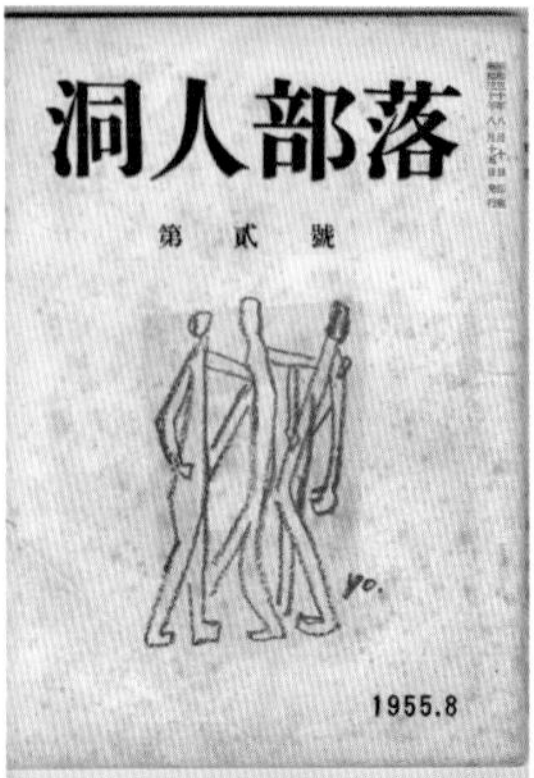

「落日の罪」発表
（８月１５日発行）

「ある青春」発表

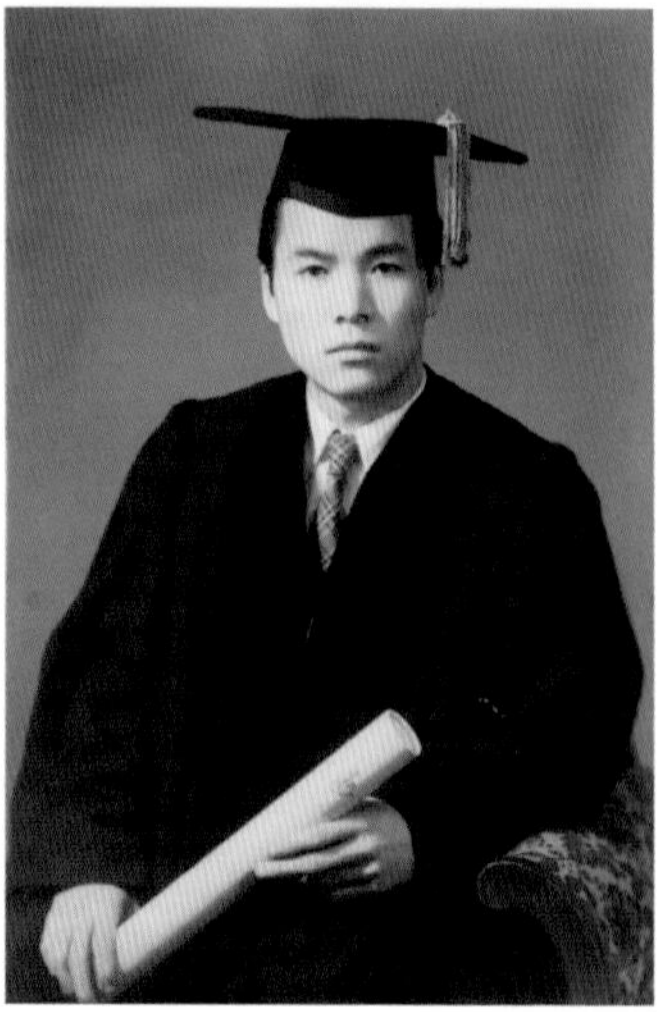

早稲田大学卒業記念

〈就職活動中〉

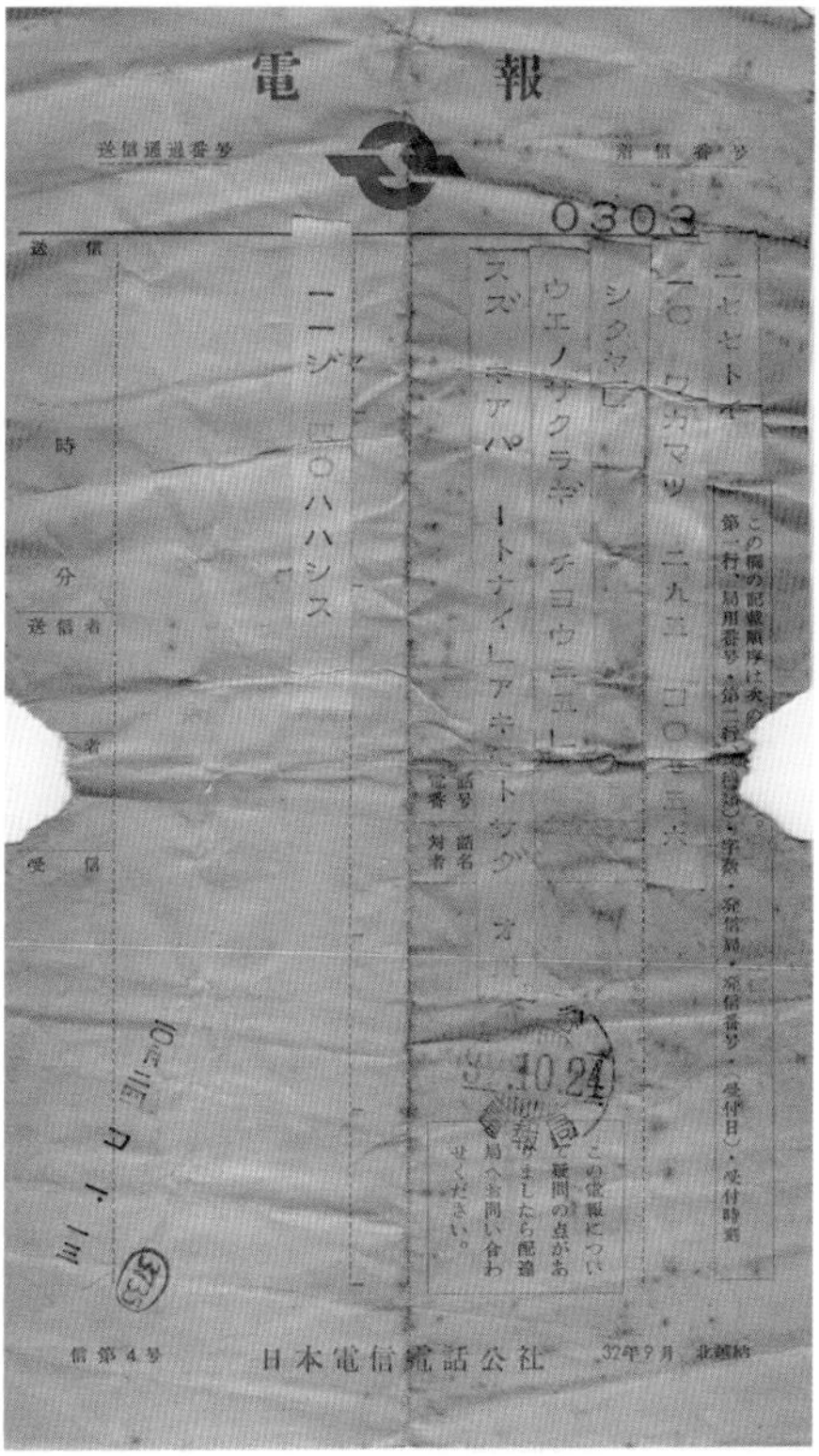

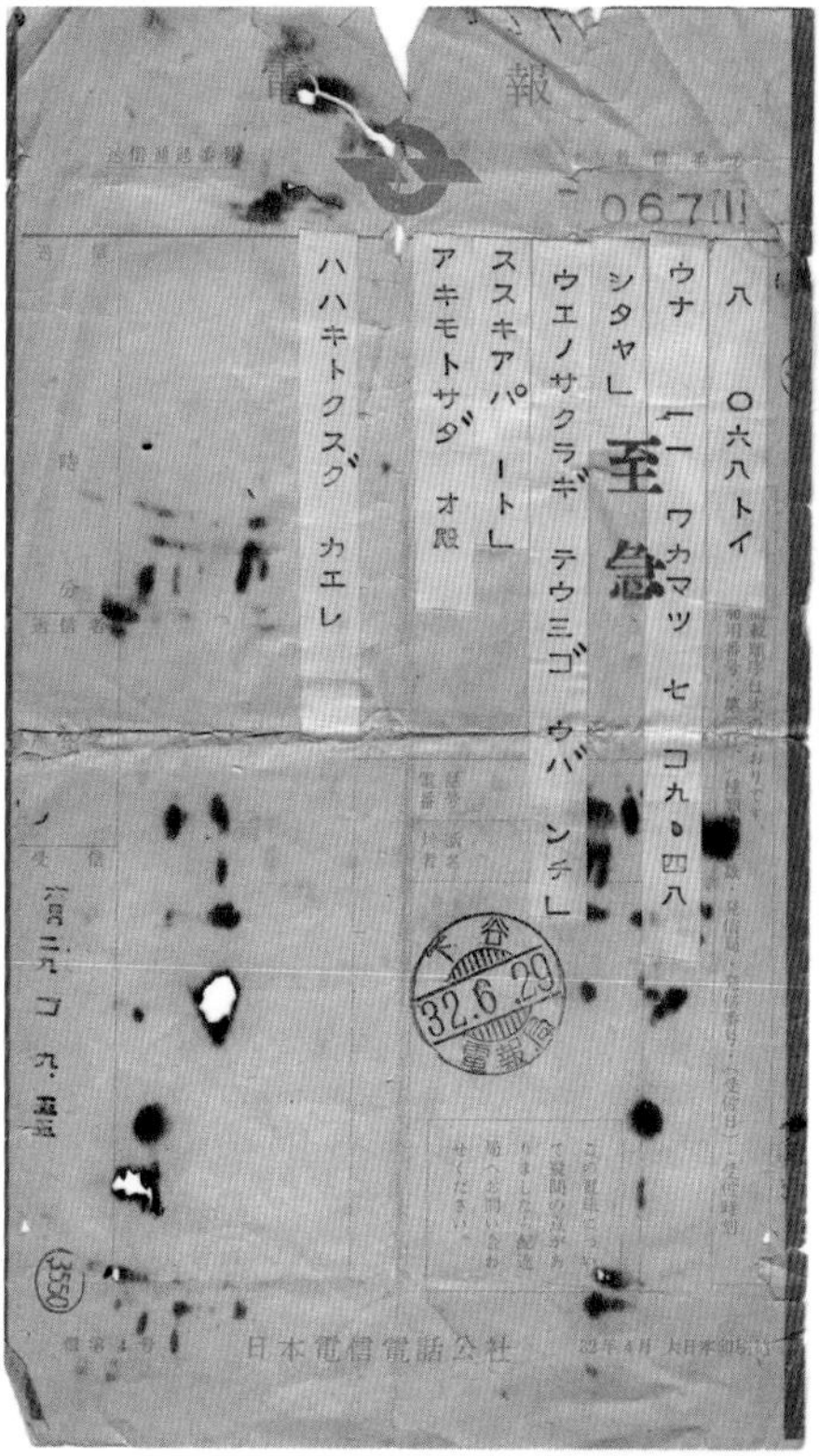

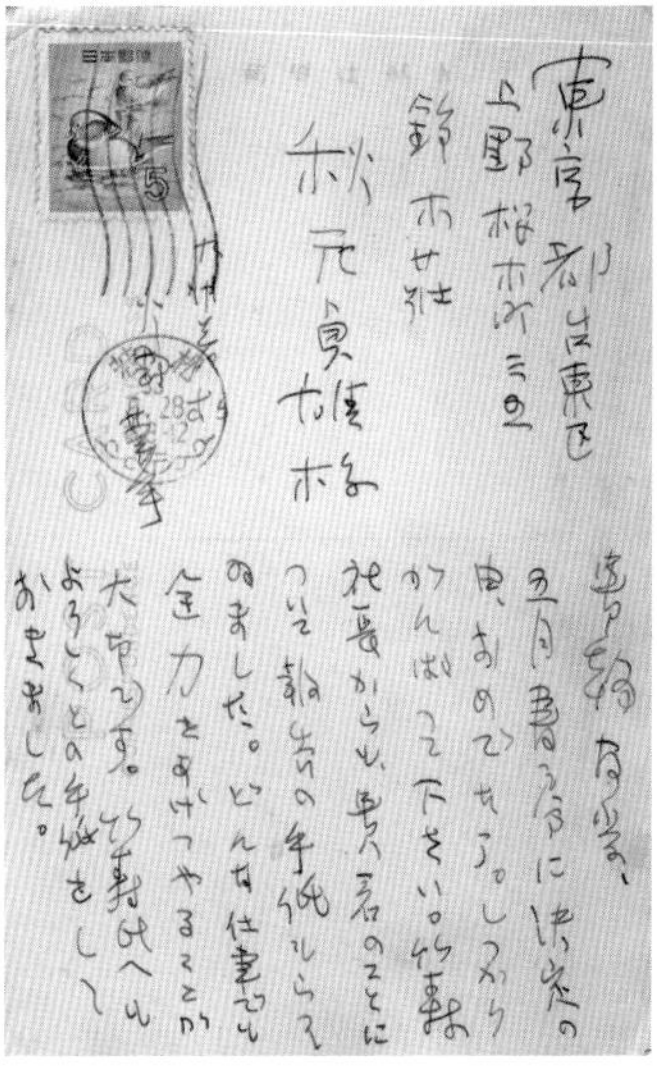

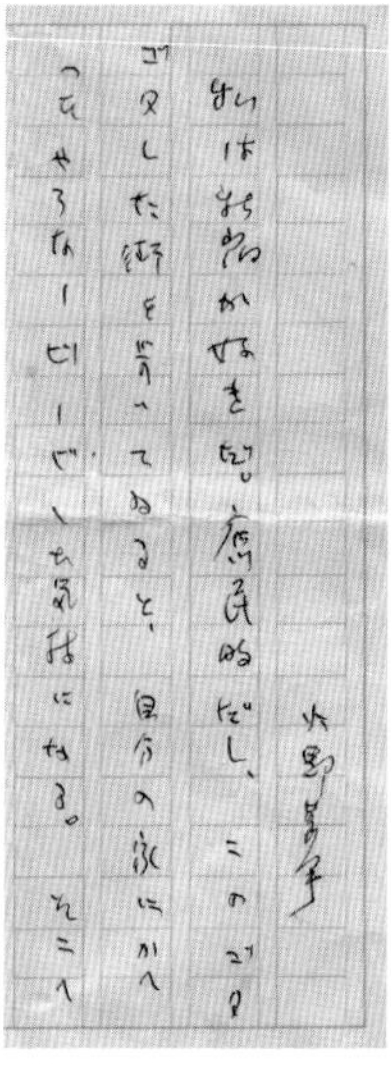

コマ文芸創刊号に
火野葦平先生から
祝辞の稿を頂く。

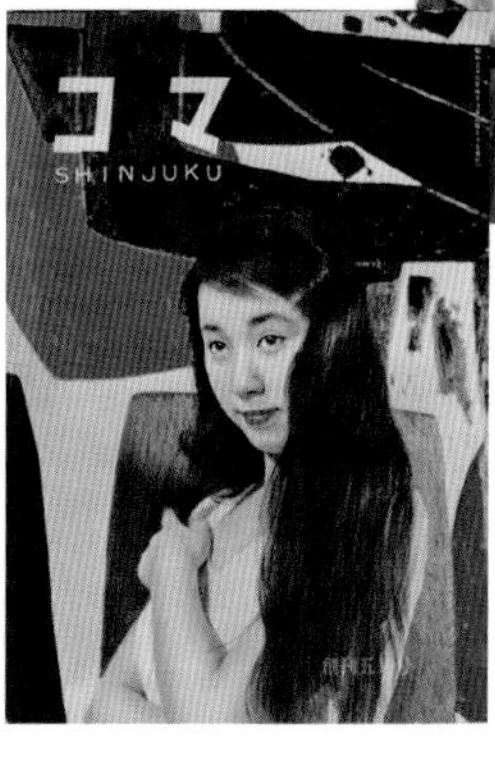

新宿歌舞伎町コマ劇場時代。
「五月書房」に就職決まる。
（葦平先生の紹介の葉書）

貞雄の父春貞の妹を訪ね、岐阜、安楽寺の墓参りをした。（新婚旅行）

杉並区和泉町の武蔵野荘の新居。夫唱婦随の二人三脚が始まる。

〈「あきもと」開店する〉

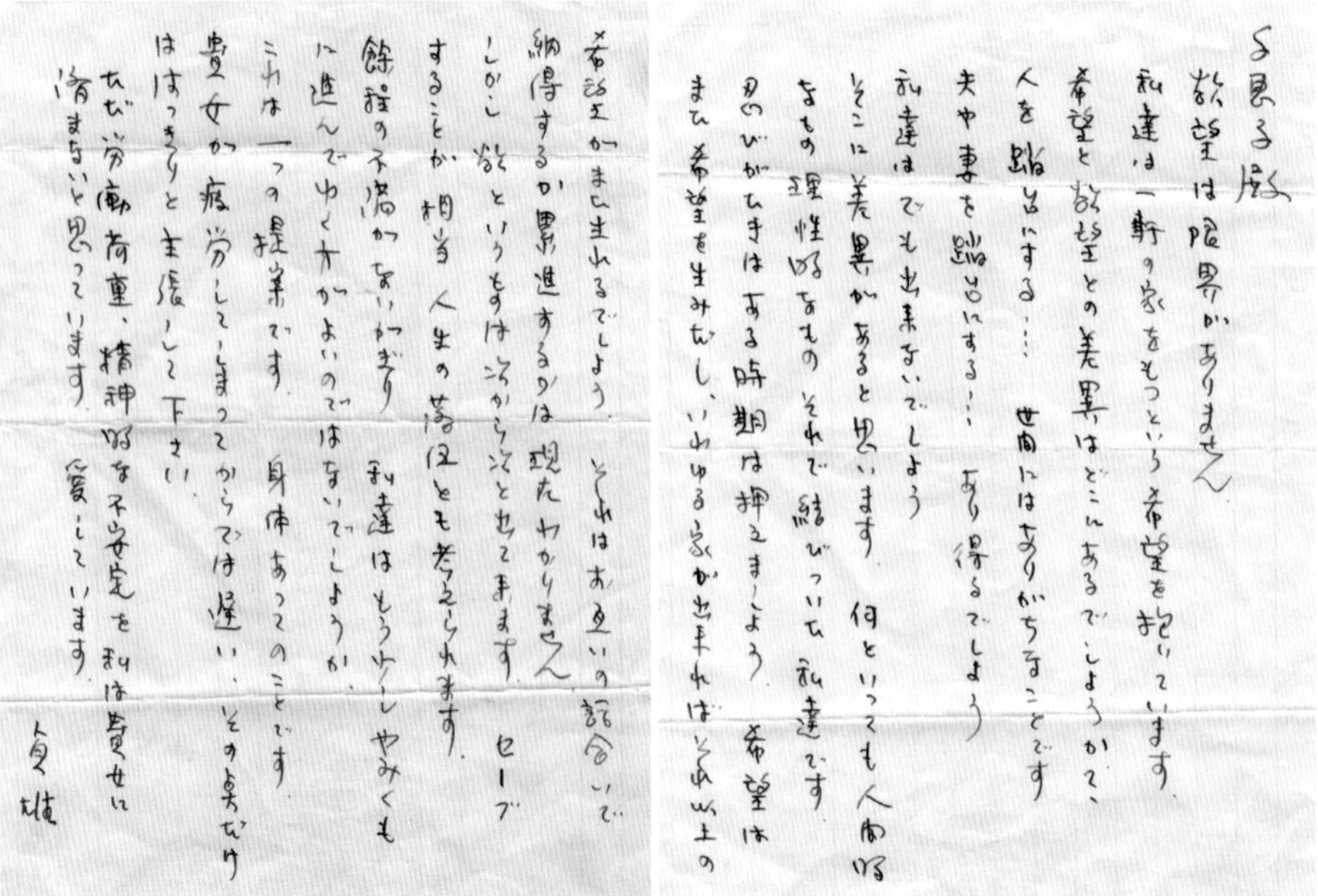

千恵子殿
欲望は限界がありません
私達は一軒の家をもつという希望を抱いています
希望と欲望との差異はどこにあるでしょうか、
人を踏台にする… 世間にはありがちなことです
夫や妻を踏台にする… あり得るでしょう
私達はでも出来ないでしょう
そこに差異があると思います 何といっても人間的
なもの理性的なもの それで結びついた私達です 希望は
のびがちはある時期は押えましょう
また希望を生みだし、いわゆる家が出来ればそれ以上の
希望が生まれるでしょう それはお互いの話合いで
納得するか躍進するかは現在わかりません
しかし欲というものは次から次と出てきます セーブ
することが相当人生の落伍とも考えられます
余程の不満がないかぎり 私達はもう少しやみくも
に進んでゆく方がよいのではないでしょうか
これは一つの提案です 身体あってのことです
貴女が疲労してしまってからでは遅い さもないと
ははっきりと主張して下さい
ただ労働荷重、精神的な不安定を私は貴女に
済まないと思っています 愛しています
貞雄

編集長時代

仕事で全国を歩いた。

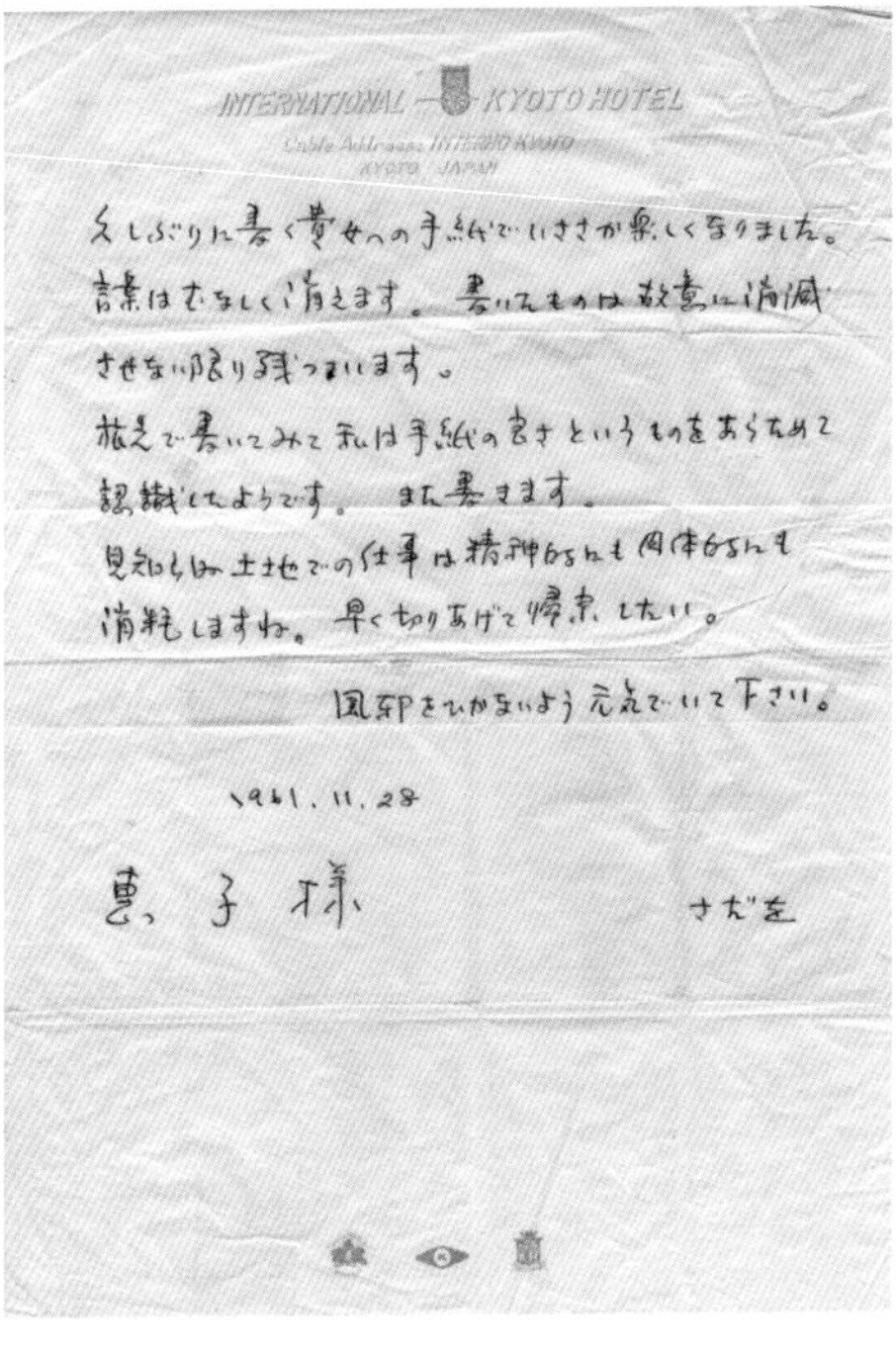

INTERNATIONAL KYOTO HOTEL
Cable Address: INTERNO KYOTO
KYOTO JAPAN

久しぶりに書く貴女への手紙でいささか楽しくなりました。

言葉はむなしく消えます。書いたものは故意に消滅させない限り残っています。

旅先で書いてみて私は手紙の良さというものをあらためて認識したようです。また書きます。

見知らぬ土地での仕事は精神的にも肉体的にも消耗しますね。早く切りあげて帰京したい。


風邪をひかないよう元気でいて下さい。

1961.11.28

恵子様　さだを

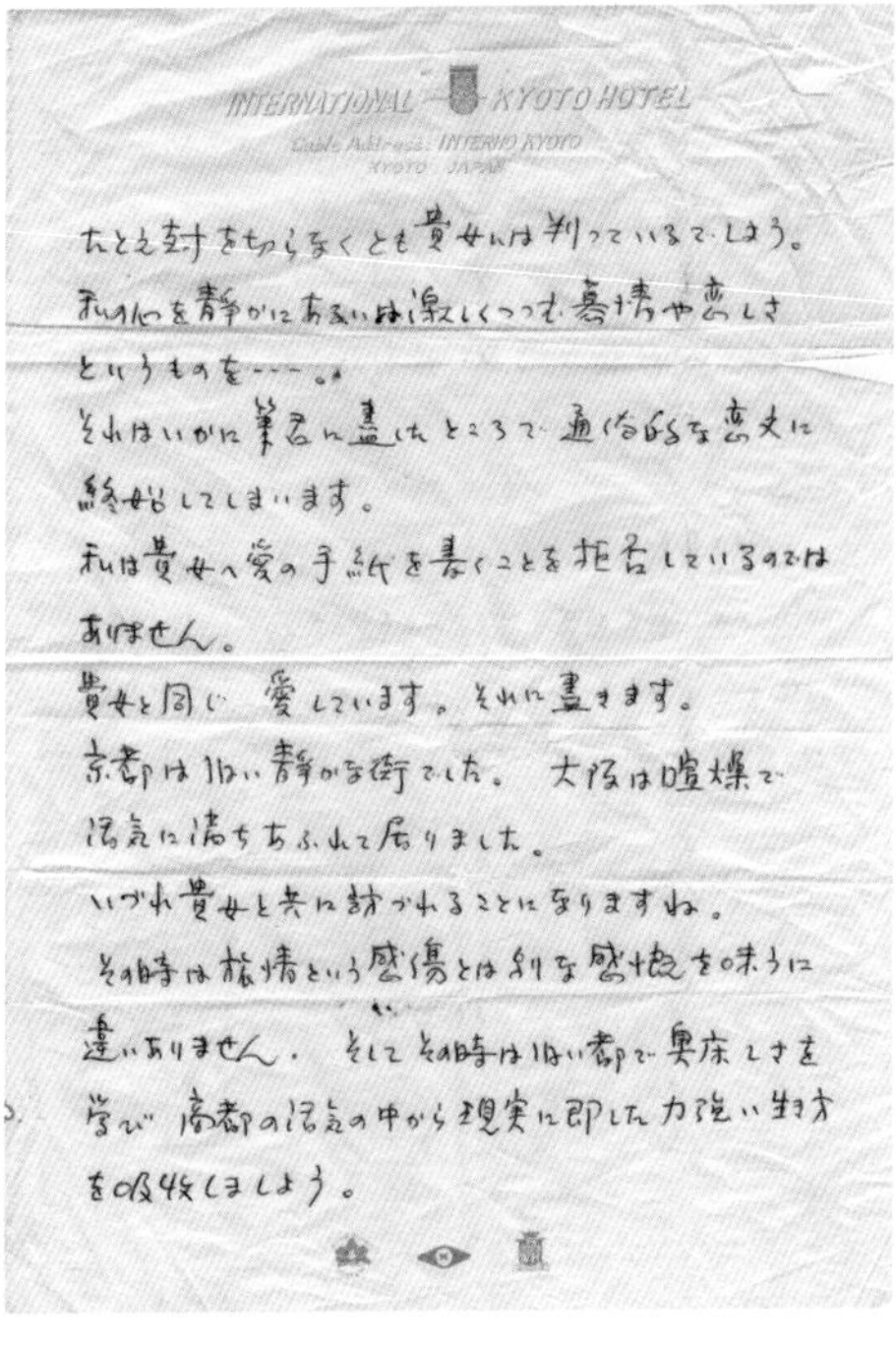

INTERNATIONAL KYOTO HOTEL
Cable Address: INTERNO KYOTO
KYOTO JAPAN

たとえ封を切らなくとも貴女には判っているでしょう。

私の心を静かにあるいは激しくつづる慕情や恋しさというものを……。

それはいかに筆舌に尽したところで通俗的な恋文に終始してしまいます。

私は貴女へ愛の手紙を書くことを拒否しているのではありません。

貴女と同じ愛しています。それに尽きます。

京都は旧い静かな街でした。大阪は喧燥で活気に満ちあふれて居りました。

いずれ貴女と共に訪れることになりますね。

その時は旅情という感傷とは別な感慨を味うに違いありません。そして其の時は旧い都で奥床しさを学び商都の活気の中から現実に即した力強い生き方を吸収しましょう。

〈飲食店経営〉

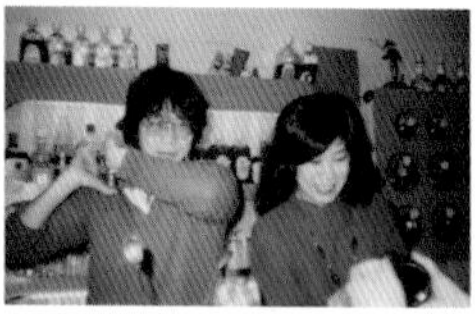

上段—田舎料理、麦とろめ（「あきもと」二号店）上田三四二先生を囲む歌人たち（西荻窪）。

中段—スナック喫茶「現代」貞雄のニンニク入りカレーが人気メニュー（世田ヶ谷学生街）。

下段—新築成る。杉並区天沼3-26-19。正月。

（貞雄は、昼夜働らいた）

正月、千恵子の母と弟洋夫婦

愛犬、「助六」のロク、15年生きた。

発起人・上田三四二・玉城徹・山崎方代・古明地実ほか

出版記念会の貞雄の御礼の言葉

ご紹介にあずかりました著者の亭主でございます。今年は長い寒い冬が続きまして桜の開花も遅れておりますが〝春宵一刻酒千金〟の時期となりました。先生方はじめ皆々様方にはこの貴重なる時間、他に何かとご予定もおありの所、本会に臨席たまわりあまつさえ身にあまるお言葉やご教導いただきまして、真に有難く厚く御礼申上げます。

私が短歌に縁を持ちましたのは昭和35年、当時勤務していた出版社で、少年少女日本文学全集を企画いたしましてその中の一巻に、与謝野晶子集がございました。今は亡き木俣修先生の監修と解説をお願いしまして、下高井戸の先生宅に通いましておびただしい書籍の積まれた書斎でお話を伺ったり、お酒をいただいたことが思い出されます。しばらくは私も作歌をと思っていましたが、女房に先を越されまして以来全く不勉強でございます。

その後44年に現代出版社をおこしまして独立した時分は、そのうち歌集を出版してやるよ、と言っていたのですが、十数年を経ましてやっと「吾が揺れやまず」を出してやることができ、やっとその責務を果したという安堵の思いがございます。これもひとえに先生方ならびに皆々様のごべんたつのたまものと、深く深く感謝申上げる次第でございます。

以上簡単ではございますが、私の感想とご挨拶にかえたいと存じます。ありがとうございました。

（東京の中野サンプラザでのこの夜、夫貞雄は、結婚式と披露宴が出来たねと目をうるませた。）

自然化粧品コーナー

玄米の試食会が放映された。中央は落語家のヨネスケ。(1993.3.22)

商店街のイベントには積極的に参加。「現代」さんと呼ばれ、客にも親しまれていた。

店には、俳優・松田優作の幼子も来た。近くに相撲部屋があって力士も出入りしていた。

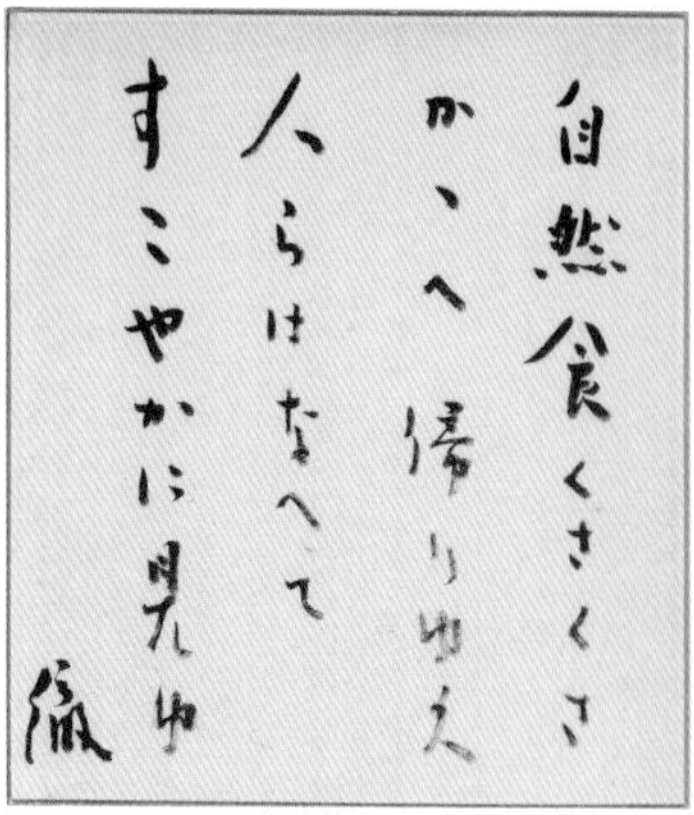

自然食くさぐさかゝえ帰りゆく人らはなべてすこやかに見ゆ　玉城　徹

南阿佐ヶ谷、すずらん商店街店主らと詩吟10年。

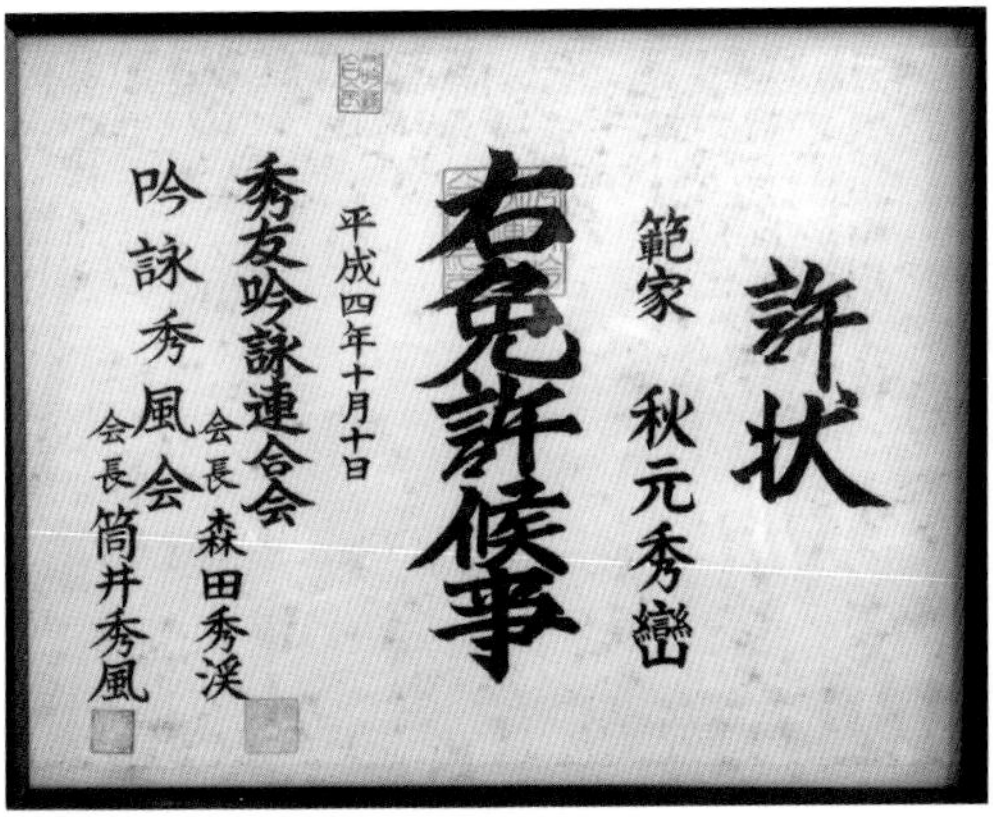
許状
範家 秋元秀巒
右免許候事
平成四年十月十日
秀友吟詠連合会
会長 森田秀渓
吟詠秀風会
会長 筒井秀風

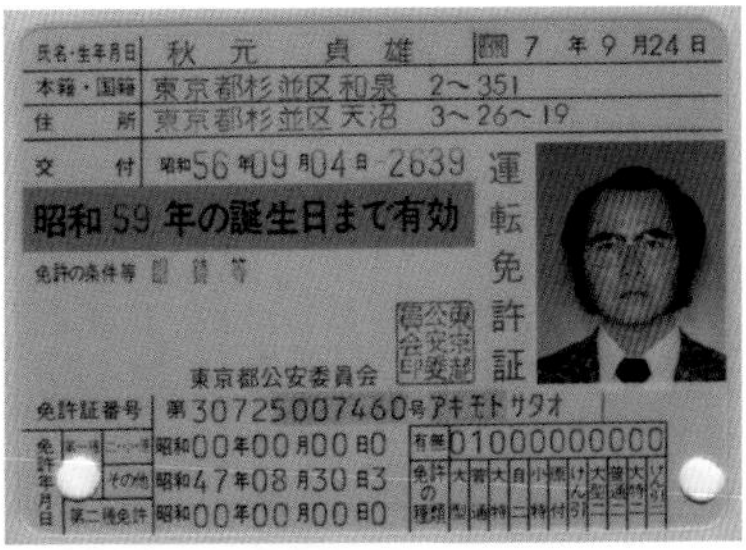

満洲時代の耳と目の障害を超えて取得した。

火野葦平先生の東京での秘書をされた小堺昭三氏の伴奏で詩吟を披露する貞雄の正月。

女優熊谷真実さんの母親の発案により、「金色夜叉」のお宮に仮装した貞雄

洋の子、裕之を抱く貞雄と長女裕子を抱く千恵子。

昭和生れの商店主らと親睦二十年。作務衣姿中央貞雄。

撮影、杉野浩美（ぱにあ創刊同人）

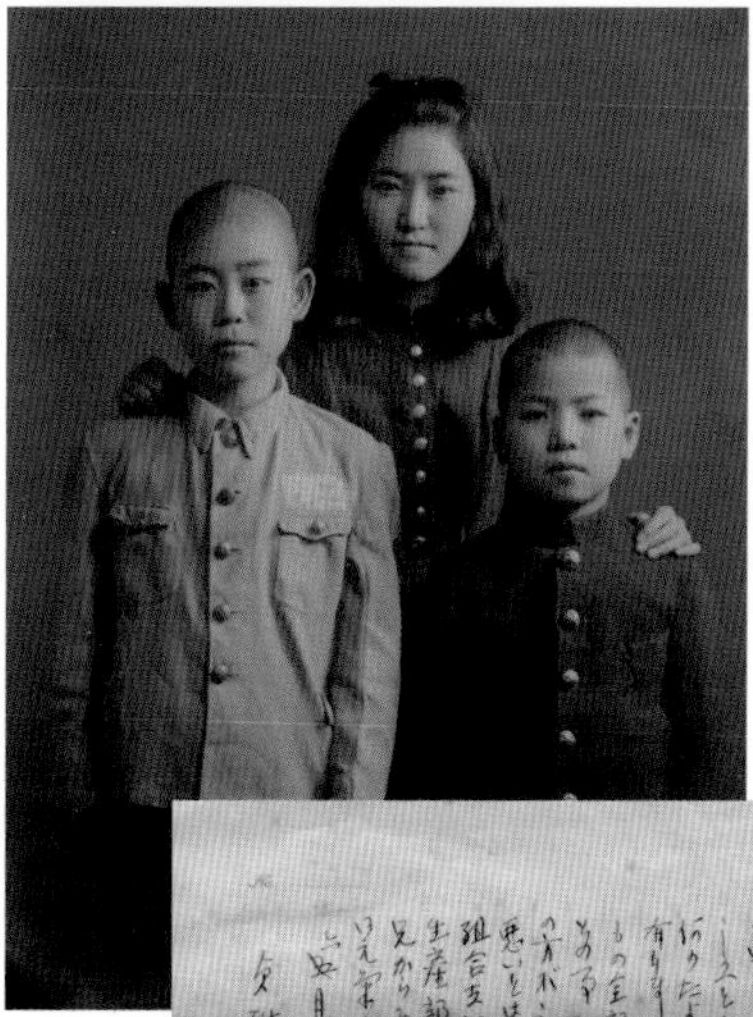

左から春雄、鈴枝、貞雄。鈴枝姉は戦後間もなく亡くなった。貞雄の小説「運命」に書かれている。

春雄　春二　四良　貞雄

（上）岐阜県の菩提寺安楽寺。父春貞の 50 年忌の法事（平成元年）には兄弟四人健在だった。

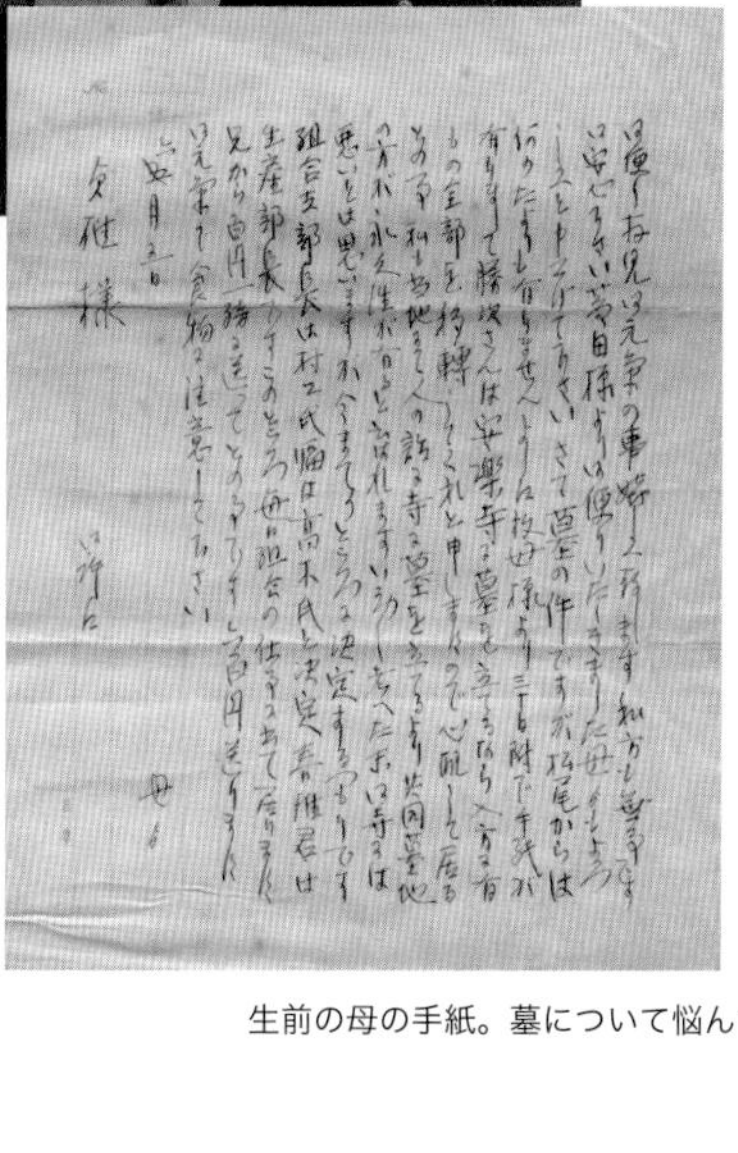

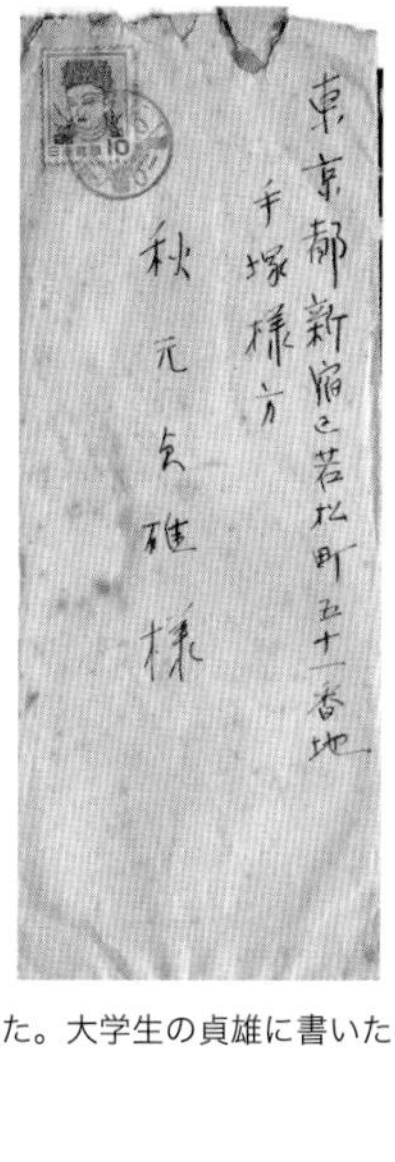

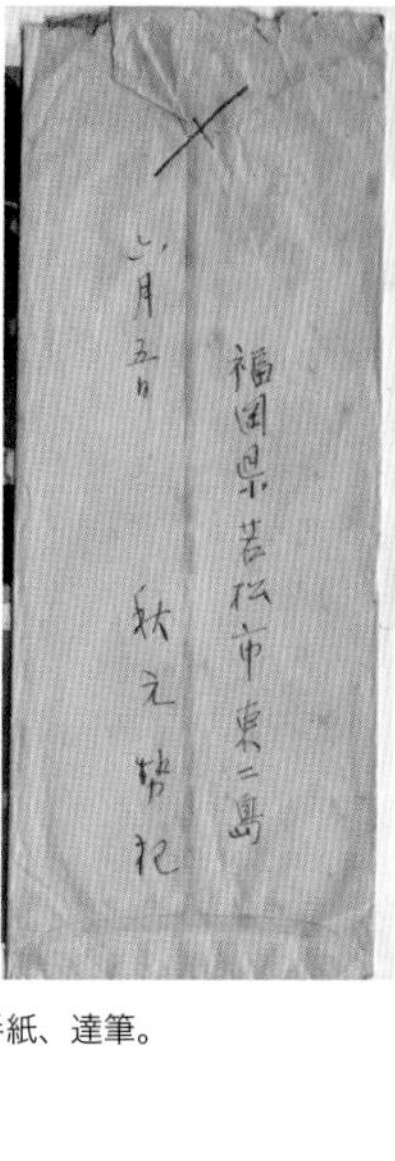

生前の母の手紙。墓について悩んでいた。大学生の貞雄に書いた手紙、達筆。

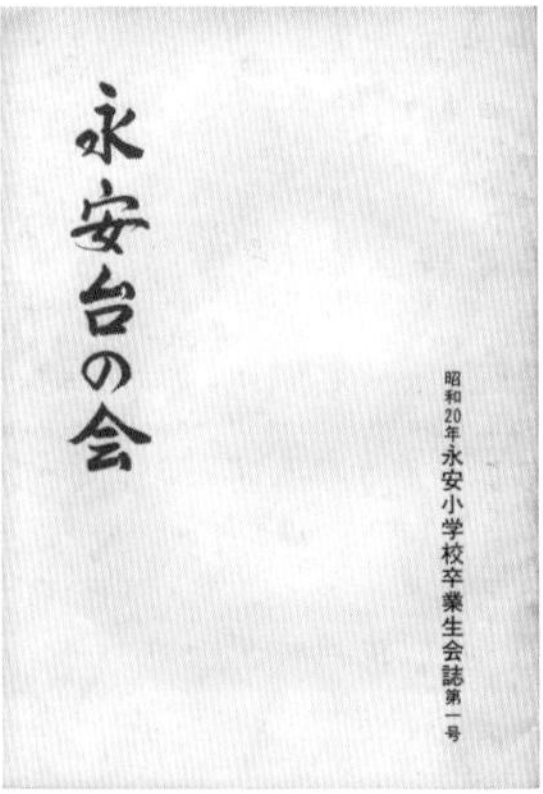

編集を終えて

あきらめていた友との劇的な再会を果した嬉れしさ、神秘さ、夢のような一瞬が過ぎた時に、麻酔から醒めてより以上に幼い頃が強烈に偲ばれるといった、筆舌につくしがたい感激を味わってからもう半年の月日が去った。

× × ×

「永安台の会」の会員は一億一千万の日本人の中からいうと芥子粒ほどの集合体であるが、みえない感情の糸で結ばれた唯一無二のものであり、そこにこそ我々の逢うことの嬉しさ、楽しさがもたらされるのだ。（後略）　秋元記

永安小学校同窓会第一回赤坂プリンスホテル（昭和 55 年 5 月 25 日）後でそびえている。

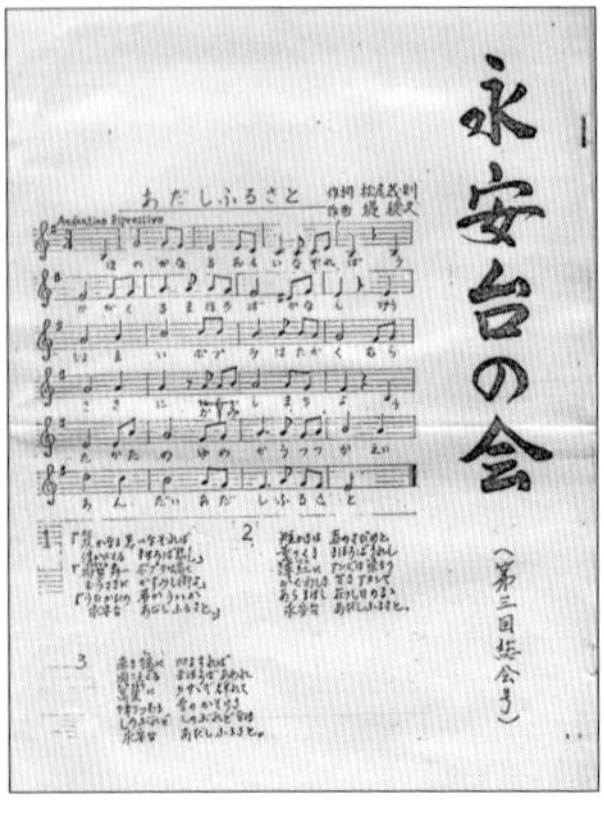

第 12 回　千葉白浜荘（平成 10 年 5 月 30 日）前列右端、貞雄。

若松高校３回生同窓会　京都の集い　三千院・寂光院・鞍馬・貴船
平成 17 年 9 月 15 日～ 16 日

撮影、真田佳実（「さとハウス」オーナー）

この頃より、視力極度に低下、出版の仕事は諦めたが、原稿は天眼鏡を頼り、執念で書いていた。

鰻を待つ間の至福の一献
（荻窪「東屋」にて）

荻窪教会通り商店街（50 年通い慣れた道）

池袋にて最後の永安台の会。９人になった。
（2018 年 1 月 30 日）前列右端、貞雄。

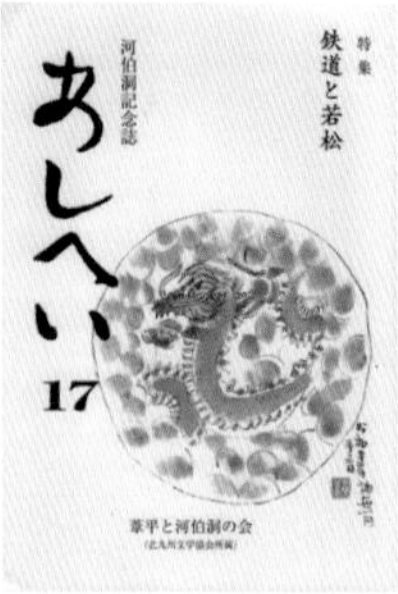

写真は、作家訪問の頃。追想文を書く晩年の文字は乱れてきたが、書いた。

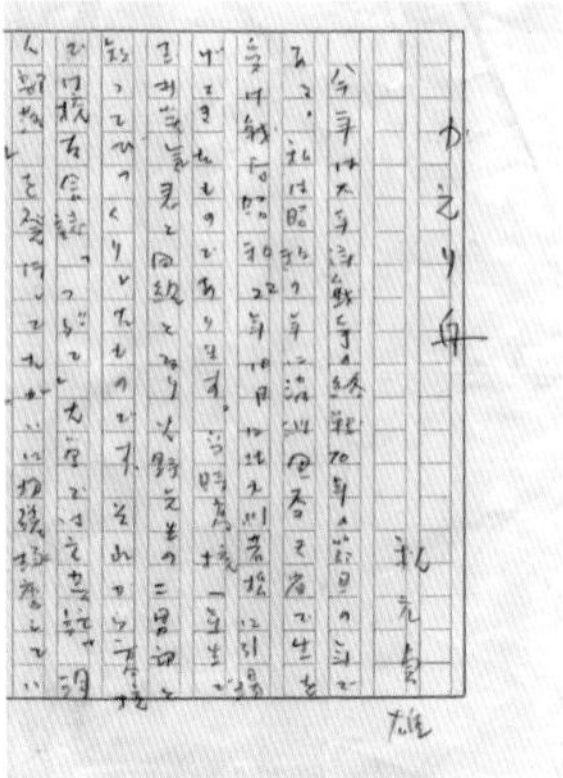

天沼三丁目のマンション前。(食道ガン告知された)

ひとりで歩けた。

甲府市中央三丁目の終の住処

貞雄の最後の表情（千恵子の携帯写真）

左端、春雄と長女
中央、輿石浩一と妻
右、貞雄と千恵子（令和１年１０月）

コロナをさけ車で京都から見舞に来て下さった９０歳の兄と８８歳の貞雄。（令和１年10月）柔和な表情です。

貞雄の生まれた昭和７年建国の満洲国は終戦で滅び、故郷を失った。その春雄兄と貞雄の七五三時代。

『渦火』の著者（右）輿石眞明（本名正秋）の家族、妻縫子と桂子・浩一（正秋はシベリア抑留より帰還、43歳で他界した）。

人類の三大苦、病・貧・争の解明をめぐってバリバリの共産党員であった筆者と青年宗教家との命を賭けた対決の書！＝現代出版社刊＝

『幸福をたずねて』の著者（左端）

本書は終戦直後の混乱期、結核に冒されて絶望のどん底に呻吟した著者が、病気と貧困と争いという人間の三大苦を超越して、幸福への道を歩むに至る体験を激動と混迷の不幸な時代に生きるわれわれに、静かに語りかけてゆく感動の書である。―現代出版社―

兄が遺していった〝心〟

兄自身「渦火」にも書いていますように、兄が入信するまでには、いろいろと問題があったようです。兄の場合、自分自身が、医者も薬も効力を失うくらい胃を病んでいたことと、余生が短かいならば、自分の身をモルモットにしても、自分と同じように病む人々の為につくしたい。そういう気持が入信に結びついたものと思われるのです。党員であった兄は党を裏切ったのではなく、日本を良くするための政治的活動は、若くて健康な同志に託し、健康に自信のない自分は、世の中から自分のように病む人間の心を一人でも救う役に立つことによって、社会に貢献しようと決意したのだと思います。

（著者亡きのちの五版発行の『渦火』付記・千恵子）

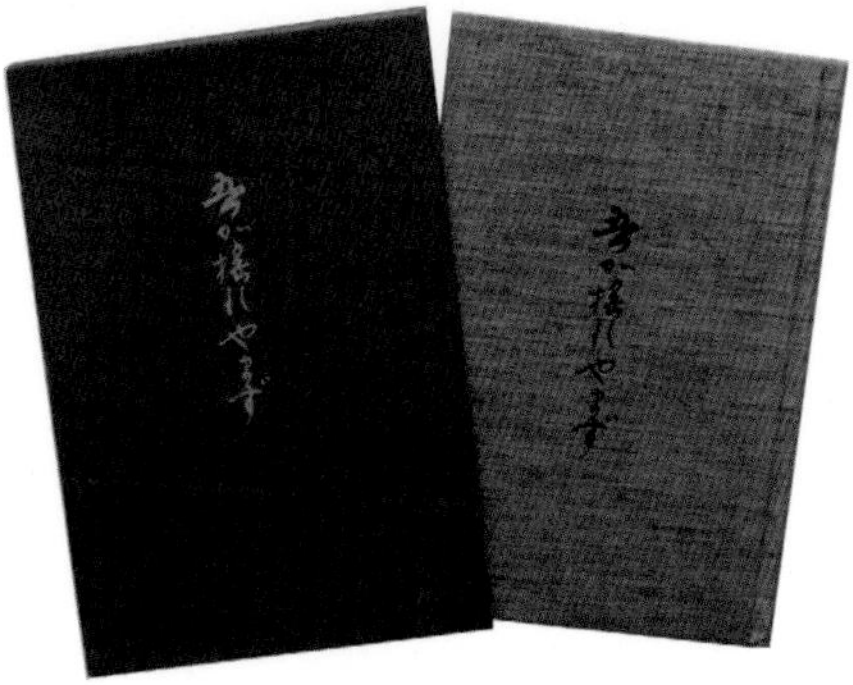

「五月書房」で刊行した山梨の作家熊王徳平「甲州商人」三部作の甲州商人が「狐と狸」として東宝から出版、映画化された。その著者の「ど根性一代」。

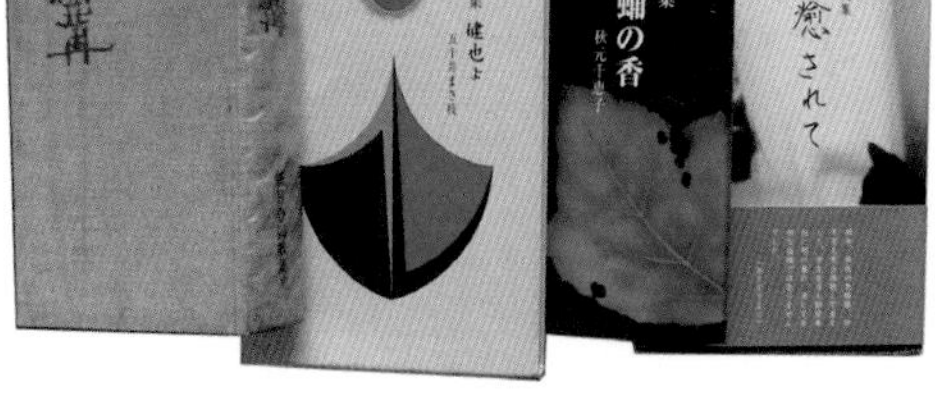

〈貞雄の座右の銘と一冊〉

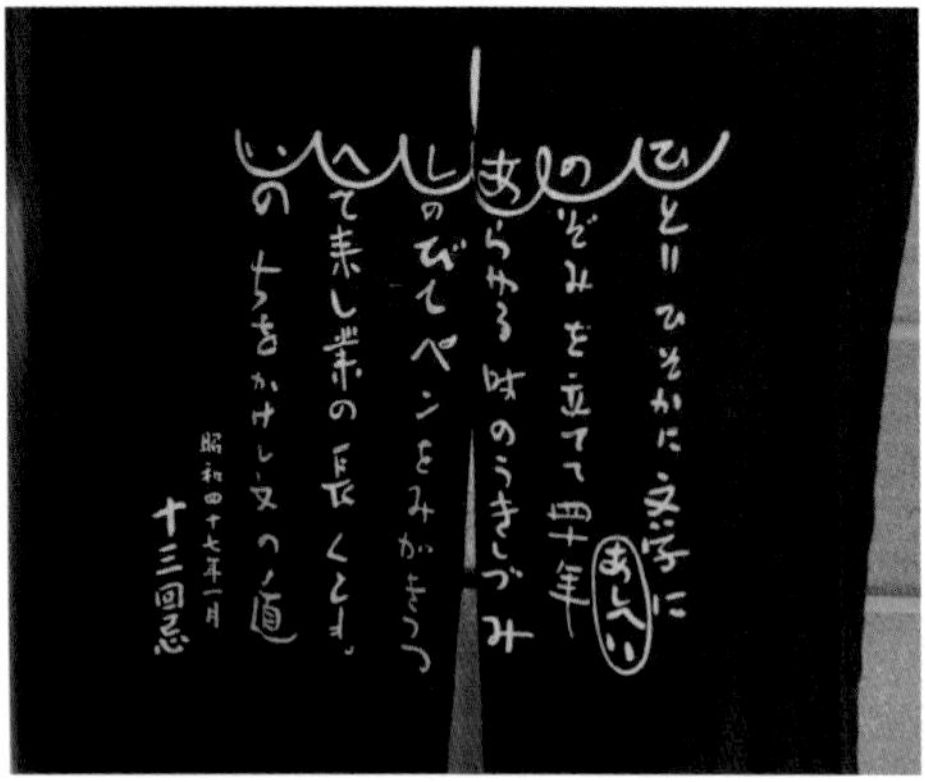

東京の葦平忌では「君は葦平君の息子か」と訊かれたとしばしば嬉しげに話してくれた。

文学をなめちょる ―同人誌「洞人部落」への葦平評―

秋元貞雄

戦後間もなく、私と玉井英気君（葦平次男）は、若松高等を卒業して早稲田大学文学部在学中であった。高校在学中から、校友会誌「つぶて」の編集にたずさわっていた関係で文学に興味をもって小説を書いて校友会誌や新聞に発表したりしたものだ。

当時、昭和二十七年頃、火野先生が阿佐ヶ谷に別宅を新築され、闘志さん、美絵子さん、英気君、史太郎さんが学生生活を送っている。

その頃、私は世田谷の千歳船橋に下宿していたのだが、お互いに新宿が起点で毎日のように、当時はやりのトリスバーで安酒で話をしたものだ。話の中心が「洞人部落」であった。誌名は若松と洞海湾からとって、つまり若松人だけの同人誌というわけだ。

さて、志は決したが出版費用、金の運営をどうするか、思えば二十歳の青年達が親のスネをかじっている連中ばかりである。しかも東京チョンガーばかりであるから、同人十人位の集まりで、同人費など食事と酒でたちまち終わりとなってしまう始末である。これでは出版費用など何年たっても出来はしない。

しかし、若者の無分別としか考えられない。前につき進む道を私共はえらんだのである。

『洞人部落』創刊記念ダンスパーティーを、昭和二十八年一月三日、若松市内のキャバレーを借り切って開催したのだった。正月でもあり、東京及び散っていた学友も帰省していたこともあり、数百人が参加してくれたと思う。六十年も前のことで数字は定かではないが、税務署や警察にも届けた覚えがあり、かなり収益はあがったので出版費用は十分だったと思う。

ところで、創刊号には長谷健、亀井勝一郎、火野葦平諸先生が御祝に寄稿して下さった。火野先生から英気君、私が呼び出されて大目玉を食ったのである。それが標題の言葉であった。それから若松、阿佐ヶ谷のお宅にうかがうのも、おっかなびっくりという始末であったが、ある日、火野先生から一葉の葉書を私の下宿に頂いたのである。

『貴君のこと五月書房の竹森氏に話しておいたので連絡して会ってきなさい』まさに天にのぼる心持ちとはこれであろう。早速、先生の言う通りにしたのは当然である。以来、六十年、私は文芸出版にたずさわっている。

先生が亡くなって五十四年という半世紀以上が過ぎている。東京での「あしへい忌」は同級生の宇野先生が仕切って居られる間は、毎年出席したが、その後は私の腰椎狭窄症で残念ながら欠席となっている。

昨年十二月三十日深夜、ＮＨＫテレビで先生の自殺の原因が放映されて、なみだがとまらなかったが、風評被害を何十年もこらえていいわけもせずに簡略にさよならと一言残して従容として自殺していた先生の姿は、私の脳裏に残るであろう。

（「河泊洞だより」二〇一四年三月号）

戦後70年 ―甦る火野葦平―

秋元千恵子

「安全保障関連法案」を強行に成立させ、再選を果した安倍総理が、またも意味不明の政策の矢を放った。その「一億総活躍」という言葉を聞いた時、私はなぜかゾッとした。〈一億一心・火の玉〉・〈一億総玉砕〉といった言葉の飛び交った時代が蘇ったのだ。

戦後、二十代の頃、山梨県で県庁の職員組合の書記として安保反対のデモ行進や座り込みなどに参加したのが原因か警官に付きまとわれ、言論の自由がまだ束縛されていることを感じていた。

いまや老老介護の身であるが、語り残さねばならぬ使命感は募るばかりである。

熟読もできないのに転居のたびに手離せない一冊に、火野葦平の『革命前後』（昭35年1月30日初版・中央公論社刊）が在る。

葦平といえば、日中戦争従軍の体験を描いた、といわれる「麦と兵隊」以下の三部作で知られ、戦場で、小説『糞尿譚』の芥川賞受賞があり、従軍作家と呼称されたが戦場の実態や苦悶の真実も本音で書けなかったであろう葦平には不本意だったと思う。そして敗戦後の、昭和23年6月25日、尾崎士郎、林房雄らと共に文筆家追放処分を受けた。25年10月13日、パージは解除されたが、当時の心境、事情は「追放者」に書いたという。

『革命前後』の〈あとがき〉での「最後の行を書いてペンをおいたとき、涙があふれてとまらなかった」という心情が印象深い。この著書について村松剛氏は〈敗戦前後の混乱期を背景に、そういう彼の苦悶を、何の虚飾もなく率直に物語り、かつ告白しようとした―小説であり、悔恨と怒りとのどす黒いカタマリを何とかして自分の中から掘り起しておきたいという情熱に心ゆさぶられ〉たと言う。

この火野葦平の旧居（北九州市若松区白山一丁目16番地18号）「河伯洞」は北九州市指定文化財であり、葦平の資料を展示し業績を三男のご子息、玉井史太郎氏が継承、管理している。

年に一度の刊行誌「あしへい」17号に秋元貞雄も葦平先生に託された杖が奇縁の作家との出会い「一本の杖」、18号には満州生れの戦後「かえり舟」を寄稿。毎号刊行の「河伯洞だより」一八二号には、〈NHK〝麦と兵隊・従軍作家の思い〟〉の放映の紹介などが有り、

戦争を知らでもの言う総理らよ行け戦場へ孫子と
ともに　　来嶋靖生

にも遭遇した。戦中は画家、歌人など表現者は憂き目をみた。来嶋氏のように本音を率直に表現出来る時代の続くことを願うばかりである。

後の右端貞雄

〈作家・火野葦平の家族と〉

葦平と河伯洞の会 代表 **玉井史太郎**

1937年（昭和12年）3月11日、北九州市若松区に生まれる。早稲田大学高等学院中退。2000（平成12）年2月、「河伯洞余滴」で第10回北九州市自分史文学賞大賞を受賞。現在、北九州市指定文化財　火野葦平旧居「河伯洞」の管理・運営を務める。

コマ劇場勤務時代の玉井英気氏

雌ライオンの仔、彦太郎

火野葦平

秋元貞雄作品集
落日の罪
―青春の苦悩と叛骨―

著者
▼
秋元貞雄

発行日
▼
2021年3月22日

発行者
▼
秋元千恵子

発行
▼
現代出版社
〒400-0032 山梨県甲府市中央3丁目 9-11-206
Tel. 090-5313-7514

発売
▼
洪水企画
〒254-0914 神奈川県平塚市高村 203-12-402
Tel.&Fax. 0463-79-8158

装幀
▼
巖谷純介

印刷
▼
シナノ印刷株式会社

ISBN978-4-909385-23-9